行之美

The
Beauty
of
Travel

梁东方 著

河北出版传媒集团
花山文艺出版社

图书在版编目（CIP）数据

旅行之美 / 梁东方著. --石家庄：河北教育出版社，2023.3
ISBN 978-7-5545-6981-8

Ⅰ.①旅… Ⅱ.①梁… Ⅲ.①游记－作品集－中国－当代 Ⅳ.①I267.4

中国版本图书馆CIP数据核字(2022)第054561号

旅行之美
LUXING ZHI MEI

作　　者	梁东方
策　　划	董素山
责任编辑	姬璐璐　张柳然
装帧设计	牛亚勋
出版发行	河北出版传媒集团
	河北教育出版社　http://www.hbep.com
	（石家庄市联盟路705号，050061）
印　　制	河北万卷印刷有限公司
开　　本	787毫米×1092毫米　1/32
印　　张	11.75
字　　数	225千字
版　　次	2023年3月第1版
印　　次	2023年3月第1次印刷
书　　号	ISBN 978-7-5545-6981-8
定　　价	68.00元

版权所有，翻印必究

谨将此书献给王海波、徐建华夫妇

序 一

◎姬旭升

　　恍若是在一个早上翻开东方这部书稿的。当时，心内的霾和心外的霾正交相辉映，龟缩在东窗前，无事可做，一边偷窥般寻找屋外的风景，一边任凭呕哑嘲哳的电视咬啮和吞噬自己渐渐不再新陈代谢的细胞。一只刚刚成年的灰喜鹊，从太阳应该升起的地方，笔直如箭地向我冲来，在几乎撞上我额头时，低沉而严厉地"啾"了一声，急转，向右，向南，奔也似地去了。

　　浑沌中的我回归了些思维，但仍不确定那鹊儿是否在我的额头啄了一下，只觉印堂开始发热，甚至自感到逐渐鼓起一片丘块，那该是迷魂开悟的征象。整整一个上午，分明只有鹊儿的歌，在我左耳与右耳间穿梭劝诫：你这呆儿，去也，去也，只争朝夕，白鹿青崖……我心里知道，这鹊儿该是东方派来的殷勤青鸟，抑或就是他本人，此刻他该就在山前平原的一块高垄之上，面对着一株刚刚被割去穗子的麦子，听它们讲述自己魂牵梦绕的一生，记在他的本子上。

东方数十年如一日，呷着一瓶自酿老酒，不贪，不醉，不迷，不眩，无论春秋代序，无论阴晴圆缺，无论天长地久，无论咫尺天涯，他那瓶老酒越喝反而越陈、越喝反而越多，直至酒水如游魂般溢出、行云般弥漫并潜行，牢牢攫取住我，销了我的魂灵。最后清醒一刻，定睛看那酒瓶的字号，迷迷糊糊的两个字：旅行。而恍恍惚惚间，那被我抢抱在怀里的酒瓶也幻化成了这本名曰《旅行之美》的书。

东方用几十年的身体力行，孜孜不倦地诠释"旅行"二字，如庖丁解牛一般，解析践行其生命的六感，至若内外双重的豁然天地，其本身又岂是一个"美"字了得。旅行之六感，莫非为一个"美"字所概括？然遍搜枯肠，竟真又找不到另一个字可以通借，其概述本身的缺憾，恰恰影射了旅行行为本身的缺憾。作为人类活动的本质行为之一，旅行超越了以生存为借口的吃、以艺术为借口的喝、以爱为借口的性和不需要借口的排泄，代表着人群在文明世界的基本行为，成为人类所尊行的"流水不腐"的生命哲学。在人类三百六十万年的进程中，除了最近的五千年，先是农业文明羁绊了我们行走的脚步，再是工业文明禁锢了我们行走的自由，生生地把旅行和生存、把行走和生命割裂开。而在此之前的所有历史时光里，人类都沉迷在整体旅行之中，从西方到东方，从山上到海岸，从下游平原到上游盆地，人类整体生命的行为基石便是旅行。至于我们这片国土的宗祖，不也是赶着羊群，浩浩荡荡、遮天蔽日地旅行而来吗？如果你一定要抬杠，说旅行和迁徙是两种不同的行为，那我只说一句话：从历史看，旅行是迁徙的阑尾，从未来看，也许是为新的迁徙而进行的生存训练。

几乎每个人都想过做旅行家，但理想被利诱至今的结果，却是连一次郊游的决定都要挣扎数天才能做出，且要以一处美食餐厅或奢华酒店做为终极目的地。综合我和我的人群这几十年的思想历程后发现，理想和堕落越来越没有区别，以旅行为诱使的日夜宣泄，其本身就是堕落，只有堕落了，物欲统治的社会才找到了共同的归宿和平衡点，"大同"社会才会自稳。历数旅行家偶像，郦道元、马可·波罗、郑和、伊本·白图泰、库克、哥伦布、达尔文——以及被迫和半被迫旅行的旅行家偶像，孔子、张骞、苏武、玄奘、李白、杜甫——谁敢说他们中任何一个的旅行是堕落的？即使苏武坠落匈奴的牧场，即使李白流浪半生水中逐月而亡，我都叩拜致敬。何也？精神使命和宿命使然，他们中的任何一个，都有一个横贯于旅行之上的、持之以恒的精神使命和宿命，让他们各自的旅行出于灵使。古埃及人死亡时，都要在躯体上做好记号，在墓门上雕刻好圣书体的名字，他们说，他们的巴巴（灵魂）是短暂地离开他们的肉体去旅行了，去见太阳，见第三空间的灵魂，终究还会回到现实的世界，重归它所寄居的躯体。听听，连主宰肉体的灵魂都需要出走和新陈代谢，而无限趋近腐败的躯体呢？用自己的灵魂或借助神圣的精神力量，驱动自己的躯壳，踏上旅途，于辗转中行思，求索或可得或根本不可得的未知，这就是那些可以作为旅行家的伟大者的内心动因。

如今若再走玄奘之路，已经不用费去半生的精力并经历威胁生命的磨难了，即使不是刻意，我也去过了其中的大部分路段，但并未得到作为一个所谓伟大者的自豪感，而是依旧膜拜在玄奘的每一个足迹之下。何也？因为我不知道我自己要取的"真经"为何。当年玄奘执意向西，目的只有一个——"真经"，而促使和支持他成行的价值取向，基于汉唐以来佛教传播的社会思想基础，和拨"纷纭之经"而返"真"的社会思想追求，也就是说，是众生对真善美的追求支撑起了一个伟大的旅行家。于是闷闷地想，我们的社会当下，有这种思想文化的动因吗？无所不在的"旅行"二字，无异于一块散发着亦香亦臭气息的肥肉，上面趴了沾满油腻的化身人和扮作为无人机的仿生人，而真正的行者，则已经被排挤甚至弃于社会洪流之外。于是又想，当初伟大的旅行家和当下清高孤独的寻常行者之间，那百代传承的精神支撑，又在怎样像垂危病人的心电图一样延续着呢？真经只有一本，念完便可高悬，剩下的全是物欲，物欲是可求索的"真理"，也是大多思想斗争的方向。喧嚣和高级的旅行思想越来越多，最简单的真善美越来越少，二手、三手……一百手的感想越来越多，孤独兀立或独行原野中的直接对话越来越少。我认为，大唐前后的所有行者堆叠成一个金字塔，像杂技叠罗汉一样，玄奘端坐塔尖，第二层有鸠摩罗什、法显、义净支撑他，下面又有更多人支撑鸠摩罗什一众，再下面，再下面，七级浮屠，无穷尽的无闻行者，才支撑起玄奘这个伟大的行者代表。

东方在他一个人的原野里，在模糊黎明或黄昏的天际线上，像黑塞笔下的荒原狼一样行走，在吱呀作响的绿皮火车上，内心波涛汹涌而面容安详地体验着契诃夫的东方（萨哈林）之行，把每一个忧怨的面孔都顶礼在自己的内心之中。在一个时代，可以没有聒噪的被资本投喂和豢养的旅行家，但一旦失去东方这样默然思想着的行者，那未来一世也不会再有伟大的旅行家出现了，因为精神脉络断了。旅行家作为一个人类的文化学物种，和思想家、哲学家、革命家没有区别，只是，在我们的土地上，它退化得快消失了。

十四岁的时候我有了人生第一次的独自秘密旅行。与其说是旅行，其实是出走，趁父母生活地和爷爷的生活地之间有二百多公里的距离，偷偷溜去海边，在山海关坐了一晚。那一晚心跳一直没下一百三，脑海里只有两个词：自由和解放。十八岁时，和东方等五个朋友自行车旅行十一天，花了三十元，骑了一千多里，知道了四个字：大好河山。第一次出国是去爬乞力马扎罗，仅记得热血和不可一世的豪气。后来一个人开车穿越澳洲中线的沙漠，四十摄氏度，阳光暴烈，一个人都没有，和鸟说话，找北领地的土著遗痕，盯着沙漠中的石头看，抽着烟享受孤寂。又后来去叙利亚东部和伊拉克北部，在底格里斯河和幼发拉底河流域发呆并被气场开蒙，目瞪口呆于苏美尔，才知道那里竟是先祖源流。再后来，父母两年内相继离去，自责，忧郁，上天入地寻找父母灵魂的转世托生之地，想翻开天地间的每一块石头，两年内竟飞了一百多次，臆断了很多父母的转世之所。如果不是这几年大范围的特殊原因，我现在应该在从加尔各答沿恒河西上再北上一直到冈仁波齐的路上，抑或从卡拉奇沿印度河过哈拉帕到冈仁波齐的路上，又抑或从图尔卡纳湖到拉利贝拉到麦加、麦地那到西奈到耶路撒冷和伯利恒的路上。之所以费墨添足写这段流水账，是要立于自己的心路感谢旅行，是旅行让我感到渺小，进而忘掉了我自己，而知晓了这世界的万物有灵。绝大多数人可能真不知道，面对有灵万物而忘了自己的时候，那境界中的感觉是多么美妙。

在人类这个物种的漫长精神史上，旅行是通过空间的挪移获得自由和解放的最重要方式之一，当身边缺少真理时，便只能寄托于行走追寻，相对于以流血为代价的获得，旅行自主而温和，但每一次的这种自主，却是对上一个精神循环的无情贬斥和否定。而温和的旅行行为中，又充斥着不间歇的思想斗争。越来越重要的问题是：当下的你自己，你要获得的还能是什么自由，你需要的是怎样的解放？地广人稀乃至上天入地的旅行越来越容易，而你走出内心的王国领地却越来越难；拆掉千年古城易，拆掉你给自己筑起的图圈难。当年达摩在天下之中的嵩山坐禅的时候，数十年一动未动，但他的心在旅行；现在你每天日行万里，飞机都能转换几班，但你的心却在冬眠。如果想不清旅行给你带来的自由和解放，那你的旅行和牛顿的苹果自由落体没有区别，和彗星拖着美丽尾巴的坠落也没有区别。旅行让你走出自己为自己划定的迷宫，走出你自己为自己装饰的自我为王的思想宫殿。别人只是不厌其烦地给你教授监牢的图纸，而你却用愚昧而勤劳的双手把它变成了现实。人的躯壳和肉体是可以分离的，当然是极端困苦和无奈的背景下，大多人深陷此境，若《山海经》中的刑天一般。我的躯壳愈加沉重而虚伪，它无暇时时陪伴它的主宰者，更不能每时每事都遵从它的主宰者的意志，那样它将无法在这个社会生存，更无法承受作为主宰者的灵魂时时拷问肉体的折磨。于是我向灵魂妥协，低头，将它放飞去它应该所在的高洁之处，就像放生和放飞一只笼中鸟儿。我承诺我永远属于它，永远被它主宰，请它可怜我的苟且，我会不时去拜见它，听从它的训诫，就像一个监外执行的人定时去相关部门报道。

在现代社会里旅行和生命到底是怎样的纠缠呢？去吸一口精神之氧。旅行是一种放纵，也是一种修行，是灵魂出窍，也是难得的身心合一，有时似乎是身体胁迫灵魂出走，但更多的是灵魂厌恶身体将它放逐。

通过旅行追求并获得心灵的自由和意识的解放，只是一个初级收获和工具，只说明你从旧石器时代开始进入新石器时代。当你发明了新的认知工具和思想工具的时候，你的旅行追求会有质的跨越，你的目光所向和期望值的着眼点，会从天地之间的景观转向社会、转向人群、转向人的内心。你开始洞察一个国家、一个民族、一个地区某种文化背景、某种职业背景、某种家庭背景下，每一个人群、每一对男女、每一个人的精神状态。为什么那个老人年逾古稀却精神矍铄，而另外一个人正当盛年却老态龙钟；为什么那个年轻人看似贫穷却神态安宁而自我满足，而另外一个人看似富足却急火攻心气急败坏？为什么这一群人衣着光鲜吆五喝六不可一世，另外一群人却相互扶携温和开放气氛旖旎？为什么这个城市高楼大厦酒色熏天情比纸薄，那个城市却青砖瓦舍物欲清白人心如古？你多看，多想，多结织，多做客，多倾听，多比较，把自己的苦闷和解不开的问题，换一个空间和社会去求解，你不幸地发现，自己的认知竟然已经被屏蔽很久了，被圈子、被媒介、被自己的成见，你丧失了人类自轴心时代便升级完善了的基本能力，即通过新空间、新人群、新思想的认知发现普适之理，不知道别人怎样活着，怎样思考，别人有没有精神信仰，他们的信仰从何而来，自己与社会，如何共性而合力。看完一圈、交流完一圈之后，你把自己放在世界之前，再来评价自己，是否精神饱满，是否幸福，是否良心安宁。两千五百年前孔子就说，"学而不思则惘，思而不学则怠"，借用过来也一样：行而不思则惘，思而不行则怠。你到底想要什么？不是别人告诉你，是你自己告诉自己，在一次次的心灵访问之后。

我们的世界观需要开垦一块处女地，种植、生长成熟并成为精神的种子，每年的粮食生产都大获丰收，而灵魂的生产却屡屡歉收。当解放了躯体的自由并艰难敞开心扉之后，最寻常发问的问题你要在旅途中直面了：我是谁？

我在哪里？我在干什么？在有价值的真实的旅行所为你展示出的无数的精神座标系中，再愚钝的我们也要被启发和回答，因为你看的不是风景，是在风景中顾影自盼，看自己是不是能成为风景中的一部分，成为你所景仰的幸福人群中的一分子，是不是能在风景中融化于天地，和天地合为一体。没有任何时候比你在旅行时更能够感受世界不同力量的存在了：造物的力量，万物的力量，国家社会人群的力量，文化的力量，当然还有你自己。简言之，天地人，以自己灵魂的站立为一竖，贯穿上下之天地人三横者，王也，自己主宰自己也。

我不间断行走了十几年，看到并拍摄每一座大山、每一条曲水，方知为什么我的祖宗把这片土地叫作神州。我访过归属于造物者的有灵万物，辨过天空中每一笔云所写的天书，懵懂中臣服并归顺，灵魂安静下来，学会了倾听，学习着请求和给予的方法，不再焦虑也不再心慌。写这序之前还认为：我一生都走在自我解放的路上，但至今也没解放自己；我发现和触摸出那普适之理，又不得不一分为二地看问题；我每每觉得自己可以天人合一了，却被故国情怀所中止。所以，不得不走下去，已经什么都不为，只为终结。旅行是修行，跨三界，天地人，要成正果，差一界都不行。写完这序之后，感觉达观了些：旅行为由，为鉴，化身其中，与万物对话。再托生出来，你便是一个堂堂正正的万有行者、灵魂行者，然后和东方这样的行者对话，甚至不用语言，只用脚步。依托伟大的力量并成为最伟大力量的一部分，让自己灵魂苏醒和活化，听从神圣和世间万物的召唤，开放而健康地行走，格物致知，这便是旅行的最高意境和意义，也就是华夏民族说了五千年的"天人合一"。

估计很快会有同胞写太空旅行记了。当你去太空自豪遨游之前，先读一下东方的这部旅行笔记吧，因为他将再一次证明：你对宇宙所有的问候和企图进行的交流，都缘自和你身边一草一石的灵魂对话。

壬寅年农历七月

序 二

◎汪 溪

现在回想起来,三十多年之前,东方就是一个喜欢浪游的旅行者了。可当时,我却曾误以为他那是精力过剩,或者是激情在燃烧的一种方式。那是20世纪八九十年代之交的时候,命运之舟将大河南北的我们汇聚到了郑州大学同一间宿舍。虽说我们同为中文系研究生,可他高我两届,却成了真正的"同窗"——住在了同一间宿舍里。我愿意理解为这就是一种缘分,也由此关注到了他当时的行为轨迹:除了上课或读书,很多时候他都骑着一辆稀里哗啦的破自行车四处游荡。他去郑州周边的几个水库,比如常庄水库、西流湖,去黄河岸边,去四面八方的郊外,甚至去附近的城市。他不像那种安于两耳不闻窗外事的寒窗苦读者,更像一个喜欢阅读大自然这本大书的旅行者。

很有意思的是,这个喜欢出去看风景的旅行者,在宿舍里属于他的领地——书桌上方——搞成了一块独特的小景区:墙上悬挂着一条废弃了的自行车外胎,不知它标志或象征着什么。其周围涂满了格言、杂感、随想录之类的文字，是用铅笔书写的，或许他考虑到这样便于擦拭或更新吧，他也的确时常更新着。

我很有兴致观赏那些他写在墙壁上的话语，那些从个人体验中收获的充满了情趣与智慧的感悟。我很乐意跟有情趣的人打交道。而他真正令我感到吃惊乃至钦佩的，是他毕业离校时的一个壮举：从郑州出发，一路骑自行车回他的家——石家庄。当时我觉得这真的算是一种壮举了。那可是四百多公里的路程啊！据说他骑行了两天时间。我想，这当然是有着足够的信念和意志力之人的作为。

对这样的人我深感兴趣，并愿引以为友朋。

逝者如斯夫！居住在大河南北的我们，都曾不止一次像孔子那样站在川上发出如此的感叹。岁月如流，很多年过去了。当初我所认识的那个血气方刚的旅行者，早已是曾经沧海，很有些沧桑了。可在我的心目中，他还是一个风尘仆仆而又优哉游哉的旅行者的形象，很多年来，好像一直都是这样。

其实，就是这样的。这么多年，在我和他不多也不少的联系中，话题大多是跟旅行有关的。通常，我都会开门见山问他最近又去了哪里，而他则侃侃而谈自己去了某地或某些地方的故事和感受。这样的话题往往是越说越多，越扯越远的，而我们的内心却是越来越接近了的。

有那么几次，我给他打去电话时，恰巧他就在旅途中，于是他就很自然地跟我畅谈起当地的风物，以及他当时的心情。那时候我所要做的除了倾听、问询他此行的大致路线或某些细节、羡慕他、祝愿他一路顺风，还有绵延的想象。没错，作为一个小说写作者，我时常想象这个好兄弟，这个旅行者的故事和生活。我想，旅行者——远行者，总是有很多好故事的。在我的想象之中，多年以来，很多时候他都是在路上、在旅行途中的；或者说，他一直处于那种出发和归来的生活状态。出发，在路上，抵达，归来，再出发……他一定喜欢这样的生活状态。

日常里，多年的邻居碰见了他总会这么问：你回来了？或者这样问：你又要去哪里？

与他相距那么远的我也时常或猛然间想到：我那个酷爱旅行的兄弟，此时你又在哪里漫游呢？

可以想象，这些年，这么多年来，这样一个旅行者当然是去过了很多地方。他抵达过那么多地方，借助的交通工具不一，但我想他最喜欢的，还是骑行。他骑着自行车去过许多地方。在中国大地上诸多漫长的骑行就不必说了，很值得一提的，是他在欧洲那种漫游式的骑行。他曾在德国骑行，沿着莱茵河骑行、沿着易北河骑行，去意大利，去瑞士，去荷兰……这是我最为羡慕的漫游了。

同样可以想象的是，如果可能的话，他愿意前往更多的地方。干脆一点儿说，他想去任何地方旅行，他想漫游到所有的地方去。对于他这个旅行者来说，远方，别处，异乡，就是有着那种特别的魅力，他总是被它们所召唤，所吸引，并欢快地奔赴而去。在他看来，任何一个地方，无论是什么样子，都是值得去看看的。其实，去哪里并不是最重要的，重要的是离开此处，要到另外一个地方去，到更多的地方去。有些时候，他的旅行不再是为了抵达某个目的地，而是一定要去旅行，去漫游。虽不能说旅行就是他的生活，但可以说那是他的生命之必需，是他内心深处的需要。

从某种意义上看，渴望漫游或者总是在路上的旅行者，内心里总是充满了诗的，本质上就是一个诗人。而真正的诗人——漫游者——都是孤独的，无人或很少有人愿意并能够与他同行，而他更多的时候根本就不需要同伴，他喜欢独来独往。这么多年来的旅行——漫游，他早就习惯了独自上路，习惯了独自远行，习惯了一个人看山看水、看朝霞、看夕阳，习惯了自己跟自己对话。

我知道，这位孤独的漫游者其实是个好旅伴。我这么说，是因为我曾经有幸跟他做过三次旅伴。

第一次，是在某年春天。他和我约定，各自坐火车到杭州相会，然后一起去买旧自行车，沿着富春江去骑行。我们沿着美丽的富春江一路向前，在飘荡着油菜花香的江南大地上骑车漫游，晓行夜宿，边走边玩，富阳、桐庐、浦江、诸暨，然后到绍兴，再从绍兴骑回杭州城。行程不知多少里，用时七八天。

第二次，是在某年秋天。他从石家庄到郑州来找我，约我一同骑自行车去登封那边看中岳庙，登嵩山；去看和他喜欢收藏与研究的连环画密切相关的朝阳沟。

第三次，是在某年的夏天。他约我在林州汽车站相见，然后我们一同去走崎岖山道，攀越险峻而绝妙的鲁班壑，看石板岩，游王相岩，走太行大峡谷，漫步在高高的山间……

在我还不算太贫瘠的旅行史上，如上三次与他一道的旅行令我终生难忘。作为旅伴，他是很贴心的，很周到的，很温暖的，很有情趣的，很善解人意。真的，有他这样的人为伴，你甚至会有些恋恋不舍，不想让旅程那么快就结束，以至多年以后你还会时常回想起当时诸多的情景，乃至细节。

我和他有约，在我们还不算太老的时候，还要一同骑行去一些我们向往的地方。愿我们，早日如约成行。而我之所以愿跟他如此相约，当然因为他是个非常难得，甚至可说是难再得的好旅伴，就像他是我多年以来精神上的好兄弟一样。

我得承认，与热爱旅行的他相比，我只是很有些喜欢旅行而已。有时候我是很想去旅行的，或者说我大多都是在想象中旅行的。而他，很多时候真的是在旅行，真的是在路上。我真的很希望，日后还能有机会再与这个有趣的旅行者、这个好旅伴一同踏上漫游之路，甚至无论是去哪里。与他一起旅行——漫游，真的是一桩赏心乐事。

如今，这个去过很多地方、漫游了几十年的旅行者，依然像个孩童和赤子一样，对于这个世界，对于他抵达的每一个地方，对于他旅行中见到的所有物事，都充满了好奇，充满了惊异、赞叹和饱满的情感。这个可谓是见多识广的旅行者，看世界的目光还是那么清澈如水，一路所见的风景都还是那么新鲜，那么美妙。我想，这便是那种更高境界了的看山还是山，看水还是水吧。于是，这个痴情的漫游者就写下了一部来自于心灵内部的书——《旅行之美》。这，显然是一桩顺理成章的事情。

在这个热爱旅行的写作者看来，旅行本身就是一种美。旅途上，无论是在哪里，不管看到的是什么，在懂得看又喜欢看的眼睛里，所有的一切都很美妙，或如诗，或如画。

在我看来，一边脚踏实地地旅行着，一边神采飞扬地写着关于旅行的文字，这样的人不仅是有福了，而且是很有趣的。或者可以这么说，这个旅行者抵达过那么多的地方，真可谓是不枉此生了，而写出了那么多关于旅行的文字，也真的算是不虚此（生之旅）行了。

我知道，《旅行之美》这部书，只不过是他许多关于旅行文字的极小一部分。

其实，旅行是一回事，而书写旅行是另外一回事。如果说旅行是在大地上漫游，那书写旅行就是在纸上漫步。《旅行之美》，就是如此诞生了的一部书。若问这位旅行者兼写作者的哪个身份更美妙？他一定会微笑道：都很好，一样也不能少。

多年以来，旅行者梁东方出门时总是随身携带着一件宝物：笔记薄。他要随手写下一路上的所见所闻，所感所思。如此流淌出来的文字，给人的感觉当然是很鲜活的。它湿漉漉的像早晨的露水，毛茸茸的像初春的青草。正好，他在《旅行之美》之中所描述的就是大自然，咏叹的就是诗意盎然的大自然之美，乡村、原野、森林、树木、山径、河流、鸟鸣、落叶、季节、风雨、阳光、暮霭、庄稼、野草，这些自然的物事，都被这个旅行者人性化地呈现了出来。这个旅行者眼睛里尽是诗意，他耳畔响起的是美妙的乐音，这种美好和美妙并非偶然邂逅，而是俯拾皆是。他把那诗意和美妙的一切拾掇起来，珍藏了一些时日，再拿出来精心打磨了一遍遍，才将《旅行之美》这部可看作是大自然之礼赞的散文篇章奉献了出来。

《旅行之美》不是那种干巴巴的理论性说教，也不是那种教条式的旅游指南，而是一个漫游多年的旅行者的心历路程、心得体会，它是观察，是感受，是感悟，是回望，是总结，是冥想，是那种自然而然将旅行跟文化、美学，身体与精神，地理与人心融为一体了的札记或随笔，当然也是那种散发着个性体温的游记。其实，不必为它下定义的，你只需要全身心地享受它一番就是了。

阅读《旅行之美》这样的文字，如同跟随着这位丰富而有趣的旅行者一同漫游了一程，一定不虚此行。

目　录

第一章　旅行何以为美

旅行的意义 / 003
屋子里的人生 / 011
从屋子里走出去 / 014
人生的旅行 / 020
旅行的人生 / 026
并非游记的旅行笔记 / 031

第二章　前旅行状态

靠在正落叶的杨树上的遥想
　　——旅行的冲动 / 037
长岛的细节
　　——旅行与想象的互文关系 / 042
以古人的方式踏上旅程 / 051

出门的不安与兴奋 / 058
卧游的功课 / 065
惯性会降低出门的难度 / 070

第三章　定居地周围的漫游

就在身边的旅行 / 077
定居地的所在 / 085
出行的名目 / 091
别只在恋爱的时候才投身自然 / 096
变化着的郊外 / 101
在户外午睡与看夕阳
　　——郊行的乐趣 / 107
就是为了在这里的生活 / 111
金华寺在哪里
　　——在居住地周围留白的旅行美学 / 115

第四章　旅行的方式

与速度成反比的旅行效果 / 121
行与止
　　——旅行的节奏 / 131

飞机旅行 / 136

火车旅行 / 143

开车旅行 / 160

骑车旅行 / 168

徒步旅行 / 178

坐车去徒步
　　——各种交通工具结合起来的旅行 / 188

独行与结伴 / 194

跟团旅行 / 202

音乐中的旅行 / 207

第五章　旅行的目的与旅行的目的地

旅行的目的 / 215

旅途中的人们 / 228

旅行的目的地 / 234

没有目的地的旅行 / 244

娄亭与柴厂
　　——更接近旅行本意的非景点旅行 / 249

如何去爱一处风景 / 261

第六章　城市与乡村

"可恶"的城市 / 271
城市的乐趣 / 282
柏林市中心的森林
　　——城市与乡村 / 292
衔接的诱惑
　　——郊区 / 297
小路上的诗意
　　——乡村 / 305

第七章　后旅行状态

旅行结束以后的旅行 / 317
旅行给予我们生活的背景 / 323
旅行的文本 / 329

后记 / 340

第 一 章
旅行何以为美

很多人大约都有过这样的经历：隔着车窗望到了外面的山野，望见了山野中的一条迤逦而去的小路，小路的顶端还站着一棵风姿绰约的大树。于是就想象着自己能顺着这条小路一直走，走到那棵大树下，去遥望另一边的风景。

旅行的意义

看到介绍史蒂文森生平的文章，说他年轻的时候去法国南部的一个寺院里住了一个月，其间曾带着一头驴一起翻越了一座山，于是就有了《塞文山驴背之行》一书。

这样的事情现在看了也还是能让我激动：到一个没有到过的地方去，有一种此生终于能到此一游的来之不易的感觉。于是住上一段时间，过上一段与现在不一样的生活，将观感记录下来；在不同的地方生活和写作，对自己一直有着巨大的吸引力，一直都没有改变过地被自己一再确认是一种莫大的享受。那是一种最理想的旅行方式，乃至生活方式，是自己一直在期待着的事情。一个人的生活质量如何，准确说就是自己生命中的时光质地如何，这是一个极其重要的衡量标准。

出行总是正确的，作为一种调剂，一种与日常生活轨道、日常生活相异的新鲜经验，出行也总是有价值的。每年都至少去一个从未去过的地方，这是人生最基本的"享受"中重要的也是很容易被忽略掉的内容。那个从未去过的地方给予你视野拓宽和心灵空间放大的好感觉，是任何别的事情都无法替代的。

每次出门，不管走多远，去哪里，都会收获很多感受，都会在细节中生发出很多值得注意的点。这些点，有的可能会形成一篇文章，将自己其实也含糊的、一闪而过的东西捕捉住，固定下来；有些则会成为未来的写作线索，或者灵感源头。

这固然是基于某种感受与书写的习惯，但更是因为大自然和人世尚存的美。人类过分参与这个世界的过程还在继续，而大自然也还有相当的容纳度，还没有到最后一根稻草。

每年都应该拿出至少一个月最好两个月的时间来去外地住一住，去细心而耐心地体会一下别处的生活，调剂调整在长期居住地日复一日的生活的循环感。现在偶尔还是能感觉到或者说能意识到原来在漫游过程中经常可以体会得到的一种情绪：那就是面对一个大自然的画面，面对人类生活与自然非常贴合的景象，自己往往会有一种再次望见了童年里的梦境般的幸福感。感觉就是在这样的画面与场面里，自己的人生得以最终实现，自己人生的最高目的不过就是寻找到这样的画面与景象并徜徉其间，这就够了，人生就完全满足了。正是基于这样一种心理机制自己才会乐此不疲地旅行，到处漫游，在寻寻觅觅中期待着那样的画面和景象不经意地实现。

这样的画面和景象，也许只是小小的街道拐弯处的一丛自然的花，或者是乡间土路绵延而去的方向上一排柳树的婀娜；是水渠一侧一棵独立的泡桐树，树上有甜蜜的花儿，有啁啾的鸟儿，树下有滚滚的流水。顺着山脉的走向，在山前平原形成的古老自然的横向道路，被现代的公路设计所舍弃的地方；它连接着一个又一个村庄，是大片的田地中间一条联络着无数小路的主道，这条主道边上立着大杨树，大杨树的树身上枝杈纵横，几乎从小就没有被人修剪过……

比如曾经去冀东县域遵化生活了几天的感觉，就时时影响着现在，至少是刚刚回来的现在的生活；那种平静与安详，从容与不迫，总在提醒着现在的自己，完全可以继续那样的状态，而不必用以前那样的紧张和压力来面对和原来一样的外在环境。

2008年骑车走关中平原以后出潼关，路过河南渑池。从一道山梁上下来以后，进入了黄土高原地貌之中，这个《史记》中生动描述过的地方，当然早已经没有了古人的痕迹，但是大地上经常有红红的一片，居然都是辣椒，是辣椒叶子已经开始枯萎而尖尖的果实个个都鲜红起来的辣椒。由此，渑池在我的印象里就总是有古代的风云和当下的辣椒的双重印象了。

苏州开往太仓的长途车上，抬眼所见是一片黑黑的脑袋顶，没有白发，没有脱发，是齐刷刷又一代年轻人。这个时代里，在长途上奔波的中老年人已经少之又少。没有高声，也没有人说话，大多数人都拿着手机看。窗外的大地上，水光在暮色中成为一片大小不一样的亮点。巨大的风车下一片片面积相等的水面，则是阳澄湖外著名的螃蟹产地。这样迥异于我的长居地的景象，使人完全不拿天气当回事。

很偶然地赶上了梅雨时节。在日复一日的雨和人们经常的抱怨中意识到，没有同一时间在北方的高温和干旱对比着的经验的人们，才会在梅雨时节情绪感冒。这时候他们如果有机会到北方体会几天，回来一定就会觉着家乡的梅雨季节绝非一无是处。

某一年骑车走到莱州，将自行车支在路边上吃午饭，桌子上的菜有很多海货，周围吃饭的都是打工的人和穿校服的学生。饭点一过，便路静人稀；慢慢地穿城而去，海风阵阵，给人留下的印象深刻。旅行未必去有名的地方，即便是去了也是路过，像路过不著名的地方一样。旅行不是去看热闹，而是一直在寻找一处人类与环境友好的和谐状态，一直在寻找在自己看来的美。

曾经因为十天以后一系列的旅行而兴奋不已：先是中秋回家三天，然后是去坝上沽源三天，然后是厦门五天，然后是太仓七天再加上国庆节七天……生活因为这样的改变而丰富，而更值得期待。一年之中总是要有一两次这样像是孩子要出门一样的兴奋的，否则就不仅呆板闭塞，而且也显得单调乏味了。

少年的旅行，向往憧憬正在开始的独立自主的人生，中年旅行则多了些刷新的兴奋与回望和前瞻的感慨，老年旅行则雍和而悲悯矣。

据此，所有浪漫不实的想象甚或不着边际的生活，其实都更接近于旅行的，同时也是人生的真谛。旅行正是在这个意义上成为人们喜欢并乐此不疲的事情的，正是因为旅行与平庸的现实生活的大相径庭的性质，使人们本能地在里面发现了那其实才是生活的正常而美好，而我们平庸的日常生活却恰恰是经常违背生活本意的。

生活中，对一种更广阔更新鲜的生活的向往，经常会在这样日复一日的重复中出现。于是就很想过一种不这么往复循环的生活，四处流浪，走到哪里算哪里，看天看地看人，人生只需要最基本的吃喝即可，另外当然还要带着一个小本子，写下自己的观感。

当然，这是我个人的情况。那么就普遍意义上来说，人们为什么要去旅行？

离开常驻之地，时间突然没有了形状，没有了在固定居住地固定时间做固定事情闻到固定味道的一如既往的循环，从时间列车里一下出了轨，才意识到，其实很多时候生命中的时间可以不必墨守成规。

抵达事先有所想象或者就是完全出乎意料的风景。风景一旦和人生经历结合，就不再是简单的风景而成了你生命的一部分。因为生命易老，而风景可以永存，所以风景就成了凭吊生命的近乎唯一的通道。

自主的旅行一定是成年以后的个人化的选择行为，它在最初的睁开眼睛看世界的兴致得到一定满足之后，几乎立刻就在很大程度上由近乎本能的兴趣变成了一种纾解和慰藉，乃至一种镶嵌到了生活方式里去的希望。

不管怎么样，生活都会使我们逐渐地进入状态，进入生活本身的让人十分投入的状态。我们日复一日地运转总是能让自己在运转的惯性里成为习惯的奴隶，陷入一种为了运转而运转的茫然。清醒源于我们充分的理智，茫然竟然也是源于理智，源于我们在茫然中探索的愿望：那是一种反观既有的人生，展望未来的道路从而赋予生命意义的愿望。

劈开迷茫的浓雾的方法很多时候不在循规蹈矩的生活本身，而在那些离开所谓正常生活轨道的旅行。

回首我们既往的岁月，有很多印象深刻的人和事，或者是留下了比较牢固印象的某些场景与人生片段，经常都是与旅行有关的。出游异地的氛围，那氛围里的人物景物，往往会成为前此后此漫长而单调的人生经验里的一段特例。正因为它们的非日常性，它们自由的特征，它们格外睁开了眼睛看的观察特征，使那一段生活里所有的细节都被牢牢地放大，成了我们记忆里源源不断的资源，成了我们日后人生的愉悦渊薮。

旅行是没有功利目的地超出自己平常生活范围的位移，这里所说的功利目的是那种直接和物欲相关的成分，而旅行以物质的形式出现，做的却是纯粹精神层面的事情。它是我们人类心灵丰富性的表征，是人之为人的另一个有力的证据；也更是人之为人的诸多幸福中至为享受的一种。

有内心的定力，放妥心灵才可出行，或者说出行才更有使心灵趋于完整的滋润意义，而不再是一时的逃避。没有内心的线索，在自然中的畅行便少了多一半的乐趣与自由，便很容易为荒凉和平淡所迅速攻击到。

所谓无往不胜，无远弗届。可见到达远方与取得胜利一样，是人类的一个悠久而持续的人生目标。这实际上是旅行心理的一个潜在支撑，到达远方本身就已经让人有了成就感、成功感了。

旅行可以被视为一种短暂的退隐。其实何止是可以被视为，简直就是一种退隐——不论怎样，在旅行之中人都会离开既有的生活轨道，既有的景物和人物都暂时被全新的视野所替代，心情无论如何都会为这全新的视野所影响的。从一直持续着的现实生活的序列里，从一直以来的绵延的心绪中退隐出去，进入一个全新的世界。旅行，这种由外在形式上的离开导致的内心世界的变化，对我们大多数人的人生来说，都是一次不无益处的刷新调整。

甚至我们现在可以谈论旅行，这件事本身也是幸福的。因为还可以谈论旅行，就说明没有天灾人祸，没有水火威胁，没有在战乱中苟且求生；说明我们人生中其他为了温饱而奔波的事情至少是可以暂时放一放的，生活的烦恼也没有到了迫在眉睫不解决不行的程度。身体还健康，体能还不错，对世界还有向往……谈论旅行、向往旅行和旅行本身一样，就已经是我们从容淡定，得以追求更多的人间幸福的不言而喻。

　　一些人的旅行，只是跟着团跑些地理上的距离而已，吃点喝点和看看景点而已，不能和自己的人生脉络尤其是精神脉络联系起来。从返璞归真的意义上说，旅行，什么时候接近了幼时在田野上撒欢儿式的玩耍，接近了那种没有计划、没有方向、一切都是即兴的，而一切都是在漫无目的的奔跑与徜徉里遇到与获得的方式，什么时候就臻于旅行给人无拘无束的自由的本意了。

屋子里的人生

在越来越热的城市里，在越来越拥挤的居民区中，在门窗都因为周围的噪声而不得不关闭着的屋子里，我又坐了一天。相信这种在屋子里坐了一天的经验，在这个城市中，在以我们的城市向着周边任何一个方向都做无限绵延的众多城市甚至乡镇之中，都是大多数人的一种常态。不管是坐在屋子里写字，还是坐在屋子里工作，坐在屋子里生活，已经是多数现代人不能改变的习惯与宿命。大家日常面对的基本上都是墙壁，区别只是有些人面对的是好的墙壁，雕花贴纸；有些人面对的是坏的墙壁，灰脱泥落；更多的人，是如我一样面对着不好不坏的墙壁而已。我不无惊讶地发现了一个事实：作为自由人的普通人，在不知不觉之中与不自由的狱中人一样，人生中的多数时光都是面对墙壁度过的。

我们都有过类似的经验，某一天偶然到了郊外，发现麦子已经很高很高了；某一天又到了郊外，发现玉米都已经收割完毕了。季节在你两次偶然的目睹之中才做了两次瞬间的显现,其间的春夏秋冬都被我们生活着的城市里的墙壁阻挡住了,还没有看到什么,没有感到什么,已经又是年轮一转。没有目睹自然的节序,没有在酷暑与严寒里挣扎过,没有在春风秋月里讴歌过,人生的岁月难免就有了虚度甚至"未度"的自我怀疑。

关于旅行有各种定义,但是核心其实就是离开墙壁围绕的屋子,走到户外,将一天里的主要时间用到旅程之中去。在户外旅程中,季节环绕,气息流转,草木纷然,人回到了被异化之前的原始状态,原始记忆的滋养自动刷新了滞重起来的人生。

写下上面这一段话的时候,我现在依旧坐在周围都是墙壁的屋子里,坐在屋子里想:屋子里的一天,远远不如开阔的地方的一天真实,那样的地方显然比屋子里更具地理感,更能让我们直观地感受到我们是生活在天地之间的自然人,是宇宙里的一个小小的分子。在那样的地方,我们才更贴近生命本身,更真切地感到自己生命的脉动。博大无边的视野里的天地在如轮的运转中用壮丽的光和影缓慢而持续地前行,诠释着时间的内涵、空间的观念和生命的意义。

这就是跋山涉水、徒步穿越平原之类的人类活动的美学的与哲学的终极意味。离开屋子,走出去,走到广阔的场景中去,去旅行,去或长或短地让自己置身到自然里,这是在人生无数个郁闷起来的无聊状态里,我们所能做到的最佳选择。一个人要经常能在广阔的地理环境中体会自由自在行走的感觉，才自由，才幸福。

无可名状的完善境界，一直是人们梦寐以求的一种人生际遇，理论上讲应该在人的各个生存状态里都有可能达到。朋友、家人、事业、异性之中的经验似都不乏其例。然而最广泛最持久古今中外皆然的，却是自然。是大自然所给予人的无边无际的清新舒畅，不管是辽阔的森林海洋，还是小巧的花儿草儿，甚至只是窗口上的一枝骨朵儿含苞的老树杈，都会在不期然之间让我们陷入那种无可名状的完善之境。

对自然的爱是最持久的爱，持久到了自己一直认为是永恒的，只要自己的生命还在，这种爱就不会停止。即使是阴天，即使是冬天，即使是风霜雨雪，哪一种天气都不能丝毫减损自己对她的痴情，哪一种天气里只要自己置身大自然的怀抱，都会感到无限的回归与眷恋之意。对自然的爱是自己在这个世界上立足的最后的背景，是支持着自己所以为人、可以为人的根本性动力。

在衣食之需尚可自足的情况下，永远地徜徉在自然之中，此生无他；沐浴阴晴圆缺、春花夏雨、秋风冬雾，能对大自然时时刻刻都有所不同的物象进行客观现实与情感现实的场景感受，此生无憾。

从屋子里走出去

人在屋子里,是我们的常态生活,是一种几乎已经变成了仪式、变成了程序、变成了麻木的习惯下生活的象征。

戏剧的仪式化,连形式带内容一起变成仪式,一旦成为经典,就一再被重复,无休无尽,内容烂熟,形式固定,一招一式稍有异样,就会被台下的明眼人洞若观火一般地发现。经典戏剧是不存在悬念的,是不存在"新鲜"的,它在一再重复中逐渐地走向自己的凝固。

生活的仪式化,主要是人际关系的仪式化,人和人的关系都有固定的模式,亲戚朋友,怎么交往,何时何地交往,都有一定之规。传统的节日,传统的婚丧嫁娶,每个人的表情和身体姿态都是固定的,不能突破的,也不接受另类的方式。实施这种不允许的更多的时候并不是你自己的长辈,甚至不是某一个具体的人,而只是你自己内心里的声音,是你本以为你自己天然的就是自由的观念都不曾察觉的不自由的你自己。而个人的仪式化,通常就是我们个人生活的所谓惯性,吃喝拉撒睡的方式烂熟于胸,说话办事出来进去都有固定的模式，一天之中的每一个时间段里的所作所为都有固定的内容，日复一日地无限重复。我们在一个地方生活久了往往会突然意识到自己已经成了一台随着时间做惯性运转的机器，一个被传统和仪式完全装到了套子里的非人。

而旅行和漫游在相当程度上正是突破这种缺少感受的生活状态的方法，它突破了人间没有新鲜事的居高临下的论断，为我们生而有之的自由寻找到了一丝实证的可能。

特殊生活经历，或者叫作特殊生活轨迹，另类生活轨迹，这种通常被冠以贬义的词实际上是人的解放、人的自由的一种具体表现。想一想我们每个人，有多少都是按部就班地沿着既定的生活方式、生活轨迹将一生度过的呢？生老病死，成长就业，恋爱婚姻，家庭社会，父母亲属，师长邻里，每天每日，上班下班，就连出去旅游也都是由旅行社统一安排好了以后让你去循着它的套路一步一步地跟着走的仪式和模式。这些如烟如云的经历过去以后，回想一下，除了一片与大家并无二致的模糊印象以外，不会留下什么有意义的记忆；而独独某一次你掉了队，你走了单，你一个人信马由缰在郊外随意地走了半天的经历却能深深地烙印在你的脑海里，成为你日后记忆中一个最突出的兴奋点。

自己骑车出发，沿着并非国道省道只有一个大致的方向的旅程前进；别人上班的时候自己请了假，不在家里休息，而是坐上一辆随便什么方向的公共汽车，到达一个事先全无计划的村庄小镇,一步一步地开始爬旁边只有牧羊者的山峰;到了一个著名的城市出差,不住旅馆,带着睡袋,露宿风餐;朋友们要求你请客的时候,不再去饭店酒家,而是自己做了饭背着,到了什么林木蓊郁流水潺潺的所在,大家也并不吆五喝六,只安静地坐在草地上,一人擎着一瓶啤酒,沉静地喝着聊着;并不是周末,但是从幼儿园接了孩子以后马上顺着他的指令直接去了动物园,不再以那里要关门了、以后放假的时候爸爸再带你去之类的托词压抑那实际上唾手可得的愿望……

这些理论上并不难以做到的事情在我们的实际生活里实现起来还是相当不容易的,说说可以,真正去做,多数人会打退堂鼓。一个是懒惰,一个是传统与习惯的力量已经深入了我们的骨髓,仿佛时时刻刻都有无数双眼睛在监视着你的一举一动,让你的每一个行为范畴都必须不逾矩、都必须符合"规范"。

不论是在仕途经济中,还是在完全市场化了的"艺术"领域,一个所谓成功的人,一个志得意满的人,一个被社会公认了的人,一个在主流话语里站有一席之地的人,一个默默地完成着自己的生命历程而从来不进行反思的人,往往都是这套子里的人。他们将太多的精力消耗在了被群体所认可的过程上,他们失去了作为人最可宝贵的自由。即使他们在暗地里也可能有诸多逾越性的想法,但是付诸实施的也无非是依旧在屋子里、在墙壁之间的金钱至上的暗战与情感攫取,还是没有脱开俗不可耐的窠臼。他们丧失了或者说是放弃了自由生活的可能，自由安排自己的行为轨迹的可能，自由决定自己不重复的旅程的可能。从这个意义上说，他们无一不是失败者。

智者说，人间没有新鲜事。这话如果对人类群体而言也许是有意义的，但是每一个具体的个人，在生命体无一例外地从生到死的过程中，却是从来都有着丰富的人生可能的。只要我们时时刻刻警惕所谓人群的与社会的习惯话语给我们规定出来的套路，只要我们经常能够反思自己的生活轨迹，就会逐渐拥有这种脱离与舒展的自由。

其实，从屋子里走出去，走到自然之中去，开始异于我们日常状态的旅行以后就会将一个问题的两个侧面同时廓清。一旦走出去了，就对两个侧面都有了意想不到的好处。所有室内生活都是为了户外生活做准备；反过来说也是真理，所有的户外生活都使你更加珍惜自己的室内生活。作为巢居动物的人类，当只有室内生活的时候，反而是不能真正领会室内生活的真谛的，尽管他无时无刻不身在其中。这就是我们从遥远的地方远行回来以后总是感到家是最最可爱的地方的一个重要原因，对比使我们清醒，使我们双赢。

旅行是生活背景的一种确认，因为生活久了的人会在不知不觉之中将现实存在的生存背景忽视掉、遗忘掉，会不知道就在自己的身边，在距离自己远或不远的地方正有那样一片山水、那样一种生活方式存在着，它们的存在好像和自己没有直接的关系，而实际上无一不是这个星球上与自己的存在同在的共同背景；而了解自己所在的背景，实际上是人生的地理定位乃至心理定位的重要参数，它可以使我们的生活更加稳定踏实，使我们活得更为明晰透彻。

游历使异地的自然与人居环境在我们的头脑中形成印象，拓宽了自己现有生活的场景背景，知道还有人那么与我们不一样地活着，从而为个人比较广阔的心胸打下又一个基础。异地的景象与生活对旅行者来说的"非习惯、非日常"性质，新鲜的性质，使他们的感官如洗，这是出行对出行者的最大奖赏。

旅行中对异地住宿的体验——这里不说是旅行中的住宿，而说是对住宿的体验，就是强调旅行中的住宿不仅仅是一般性地为了解决睡眠而进行的睡眠——有一种重要的审美功能，就是获得另一个你所不熟悉的人类聚居地的昼夜晨昏的地理感觉与人文气息。被人类选择为适宜居住的地方总有自己的诸多优点，这些优点有的是你有过体会的，有的对你来说还是新鲜的，不管有没有过，在异地，在与你所习惯的长期居住地不一样的天空下大地上房屋里度过一个夜晚，总是一种值得珍惜的体验。建筑的特点、吃穿用度的特征、话语方式的特别，甚至是植被气息的独特，总之是那里的人们的生存状态中的一切审美之处，都是需要我们抓住机会好好体会一下的。也就是说，旅行包含着去别的地方的屋子里的体验机会。

旅行的需要，是一种对自己生存状态确证的需要，是我们能更健康地在屋子里生活的一个重要条件。就如同你住到了一个什么地方以后，需要马上到周围走一走，需要以此来建立自己在陌生环境里的地理平衡感从而也是心理平衡感一样，人生中的一项重要而持久的事情，就是要经常地去自己的周围转一转，看看前后左右东南西北，以确认自己所处的位置，所能够出去的方向，所将遇到的景象。只有动静结合起来，只有将屋子里的生活与屋子外面的生活经常对比起来的时候，我们才能获得人生中那种宝贵的稳定之态和均衡之感。

人生的旅行

约好正月十一的上午去爬山。

很早很早就起来，赶紧地准备着出发，出发去爬山；这个准备本身就已经充满了魅力。这是出行之快乐的一个重要组成部分，这种准备出发的快乐实际上从制订了出行的计划以后就已经开始了，不过是到了临出发的早晨就更其明确了而已。在一片灰冷阴霾、似乎永无尽头的漫长冬天里，爬山无疑是一种可以振奋一下精神的运动。在最接近平原的抱犊寨山前，照例又有不少人来登山。面对平原的山，一般说来海拔都不太高，那种从平原上看过去的巍峨在你登上它们的顶峰的时候就会发现，其实在群山之中它们往往只能算个平平常常，甚至比之大多数都不如。但是群山之中的别的山，远没有紧挨着平原的山对我们的吸引力大，它是近水楼台，是相对位置上的常常被仰望着也就常常被跃跃欲试着的巨大存在。这样面对平原的第一座山，总是有一个非常广阔的视野，不仅使周围一个半圆形的扇面上几十公里的半径上的人们经常可以仰望，更能使登山者回头俯瞰的时候,可以轻易获得辽阔舒展的审美享受。

登这种紧挨着平原的山的乐趣,就在于可以不断地停下来回头望一望,望一望那逐渐靠着自己的力脱离开的大地,望一望那在平原上反而看不远的平原,望一望更遥远的道路和屋舍、树木和麦田,在这样对我们平常生活的地理环境的俯瞰中,就仿佛望见了自己往昔的生活,望见了自己。我们在孩子们身上就已经能发现那种对沙盘或者示意图之类的东西的天然的兴趣了,这种兴趣在成人身上也并没有消失,在登这样的面对平原的山的时候,就可以很好地满足它,满足它隐藏起来的连我们自己也都已经忘记了的欲望;而满足这种欲望的最便捷的方式就是登这种面对平原的山。

登这样的山,也确实总是能在第一时间里就给人带来极大的愉快。这一次还在年节的氛围中的登山过程中,还在很远的地方,就听到上面第一个小山头上有人高声谈笑。走近了,发现是三个穿着蓝灰色衣服的老人,拎着那种几十年前曾经流行过的直筒式的人造革包,上面的图案一般是上海外滩上那一栋栋老楼或者北京火车站。他们正从坐着休息的地方站起来,边走边说,兴致很高地继续他们刚刚开始的愉快的行程。这山脊上的登山路,未经修整,都是最原始的踩踏形成的小路,高高低低,还有很多碎石,每一步都需要格外调整脚步。

旅途中这样的时刻,时间突然变得无所谓,大家都很从容,到了所谓的目的地也依然从容,不疾不徐,心态平稳。这便是旅途中的所谓"不赶"的境界。

几位老人互相提醒着小心脚下,其中一个就说,还是这里好啊,没有中山路上的车,不用怕撞着!几个人由衷地笑起来,热闹地说着话,那种热闹里透着一种他们平常不大有的兴奋。几个老朋友凑到了一起,不仅凑到了一起,还是在爬山,而不是做任何生活中的琐碎烦人的事儿。他们难得有这么空灵的时候,怎么能不兴奋呢!这时候,其中一个说,原来想带点西红柿来着,可是一问,你猜怎么着,一块五一斤!不买。茴香还行,一块一斤。西红柿太贵了……对,一天一个价儿,年过去了,一天就比一天便宜了,等等吧。另一个附和着说。这么说着说着,他们就沿着山坡一点一点地走了上去。在抱犊寨山路上络绎不绝的年轻人为主的登山者队伍中,这几个结伴而来的老年登山者给人留下的印象很是深刻。显然,他们并不是常客。他们能从被生活缠绕着的时间里抽身出来,投身山野,说什么话题的时候都有一种兴奋之情溢于言表。他们的快乐不来自于他们正说着的什么,他们是在表达自己能和老朋友一起登山而有的由衷的愉快。他们沉浸在旅行给他们带来的快乐之中,在这面对平原的山坡上,叙说着生活,言讲着感受,抒发着儿童般的兴奋与陶然。一生的经历和年年岁岁生活的磨炼,使他们意识到,这种脱离生活中的实用主义的琐碎事务的旅行,是他们获得身心解放的一个重要机会。老友相聚,以这种结伴旅行,一起去爬山的方式来进行,非常让人愉快和舒畅。

从某种意义上说，只有旅行才是一个充分必要的证明，证明你确实是一个自由人，你是一个正处于行动自由状态，正享有着上天赋予人类的，生而有之的，移动的随意与或行或止全然出于己意的权利的事实。尤其是那种不受任何行程约束的单车旅行、徒步旅行，世界在你面前，你可以空前地甩开一切羁绊，不受任何体力以外的束缚地出发，向着任何一个你感兴趣的方向，进行任何一段或长或短的旅行。如果你不去行使这种用以验证你作为一个自由人的自由的权利，又怎么能用事实将自由的可能变为自由本身呢？当然，我们不是要证明给谁看我们的确拥有的自由，我们只是不愿意让自己的生活事实上与囚徒只有墙里墙外之隔的简单区别。这是生命之为生命的至关重要的一环。

这样的一环并非只有职业旅行家才拥有，即使是最普通的大众，即使没有旅行习惯的百姓，也都在自己的生命过程中体味过这种抒发自我、御风而行般的自由行程的快乐。孩童时代在田野里忘我的奔跑游戏；年老的时候约上一二旧友，郊行登山；或者只是在疲倦的工作与生活压力缝隙里抽出半天之暇，坐了去郊区的公共汽车，在终点下车以后，一个人在郊外漫无边际地行走……

什么是人生的幸福，个人有个人的解释，一个人在不同的境遇下也有不同的解释。对于旅行者来说，其中一种幸福是至高无上的：那就是参与自然界的风霜雨雪、花开花落、阴晴圆缺。在自然进程中，自己作为一个来自自然的人能够重新在场，再次目睹我们的祖先曾经多少年多少代目睹过的事情，花儿正开，鸟儿正叫，河水正在流淌。在自然的寂寂永恒里，正在进展着的一个瞬间里有了你的在场，这，其实是人生至高无上的幸福。源于自然，返于自然。

这种返回自然的状态有时候我们从风光照片里约略可以体会。但是总不及自己到达现场更能让感觉来得立体和全方位。好的风光摄影作品往往就是因为抓住了摄影者自己在自然界变化的一瞬间的现场感觉而成功的，它们是我们徜徉自然的回忆，而不是静物。关于自然的艺术品无论如何是不能比自己身在自然的事实更有力量的，它们往往不过是我们不在自然现场的时候的一个替代、期待前往的时候的一个索引。

只有在自然里，自己才可能和自己的心灵融合。徒步或者攀登，骑车或者慢跑，在那种无意识的机械运动中，在天空与大地的怀抱里，会经常处于一种自我意识的浑然里，这时候什么都在想，也什么都没有在想，意识飘了起来，在高高的地方和自己的心灵遇合，一起回看过去的自己，一起俯瞰现在的人生。这样天人合一的飞升状态，是任何别的场合都不能给予自己的，只有自然，只有未被污染的自然。这自然并非一定是绝无人迹的纯粹山水，也完全可以是妥帖地与自然融合着的淳朴生活方式。

在旅行中，人才能看到一个与平时的自己不一样的另一个自己,那是一个比平常的自己要好的真实的自己。每次旅行,实际上都是与他见面去了。一个人拿着一瓶酒凭窗而坐,在久久地凝视着移动的窗外景色的火车上;一个人骑行在丘陵地带永远在上上下下的起伏里,无用功般的上去下来的路途,没有什么效果般的体力付出;其实,都没有什么不适,都很恰当。因为那样的时候,你正魂在天外,已经在与另一个自己、真实的自己会面了。

所有的旅行者都有一个潜在的最高目的——获得自我实现的极端体验。在冲破了格式化的生活的自由寻找之中,寻找日常生活中所不容易有的高峰体验。这就是旅行者不以旅行为苦反以为乐的根本原因。

爬山需要付出交通的费用,需要付出体力的辛苦,更需要长时间地将自己暴露在严寒的风中,但是给那几个说说笑笑的老人所带来的,却不仅是当时的欢乐,更有可以长存的记忆。

旅行的人生

很多人大约都有过这样的经历：隔着车窗望到了外面的山野，望见了山野中的一条迢递而去的小路，小路的顶端还站着一棵风姿绰约的大树。于是就想象着自己能顺着这条小路一直走，走到那棵大树下，去遥望另一边的风景。那一边的风景应该更加美妙，广阔抑或幽深，总之都值得用上午甚至一天的时间去慢慢地行走与观望。

然而大多数人也就只是想象而已，终其一生也不会有一次真正的实践，永远不会花时间让自己的双脚踏上那样审美的、哲学的、在一定程度上超脱开现实与现世的路径。人们多活在套子里，或者养尊处优不肯涉足自然乡野，或者为城市里为人群中的信息所包围而惰性十足完全满足于纸上谈兵的虚拟世界，或者不得不奔着衣食住行而日复一日地辛劳，即便偶尔休息也因为已经形成了在套路里生活的习惯，而断然不会舍得那样无用地"奢侈"一下。

当然，即便不去付诸实践，没有时间和决心去付诸实践，只是让这样的画面存在于自己的头脑里，偶尔想起来，顺着那逶迤的山路去想象，无穷地想象，也是一种美好，也不是不可以说是对自己既有人生的拓展。

在没有手机地图的年代里，曾经有过这样一幅画面：在熙熙攘攘的火车站外，走着一对年轻男女，他们都背着双肩挎，手里拿着地图，不时地低下头去又抬起头来，寻找着手里的线条纵横、色彩斑斓的大纸与眼前这新鲜的街道与楼宇现实之间的对应关系。他们年轻的身体和兴奋的神情里灌注着对刚刚在自己眼前展开的异地他乡的期待，仿佛正经历着成年以后生活开启的第一瞬。他们那样擎着图背着包，一会儿看看图一会儿看看周围的街道与广场的研究端详的情状，显得那样美好。

旅行，年轻的时候的旅行，往往会在某些也许自己并不知情的瞬间里给人留下这样的印象。不是在别人当下的目光里，就是在自己事后的心中。旅行者的姿态之所以能打动我们，并不仅仅因为他们的姿态本身，更有那种对几乎潜在我们每个人内心中的旅行冲动的暗示。

2000年的春天，带着九岁的儿子游历了济南市区的有泉水、有湖面的公园和有佛像的山峦以后到达泰安，从泰山上下来，坐进从泰安开往曲阜的小公共汽车，儿子对手里的食物很有兴趣，对周围置若罔闻地津津有味地吃着。身边的一个也是背着双肩挎的年轻人，小心地问了车价，坐定，对周围的吆喝和叫喊声充耳不闻地打开了手中的地图；他年轻的额头和干净的牛仔裤脚之间的形态，一下就感动了我：这一定是一个南方来的学生，来圣人之地寻找自己文化脉搏的源头，他即将到达的是圣人的故乡，更是他打开人生最初的窗口进行自主思考的地方。

就是这样，旅行者的审美也经常让自己成为别人审美的对象。他们不仅让我们看到了生命的朝气蓬勃，还让我们看到了自由，看到了其实我们一样拥有的将自己的身体随时移动到任何地方的自由，离开我们每天每日都固定不变的生活路线的自由。有时候，仅仅因为在路上碰见了一队穿着红背心戴着黄帽子的老年长途骑行队伍，我们就会激动；仅仅因为和一个风餐露宿地行走全国的单枪匹马的年轻人说了几句话，就很惭愧——在这个世界上，是有着多种多样的生活方式的，移动着的生活方式的，而我们自己又享受过几次呢？

细数我们每一次的出行，都会为个人心灵的画册添加一幅甚至几幅新作，而这些"作品"注定不仅会让你享受了创作的幸福，还会让这种幸福伴随你终生。在以后的岁月里，这些出行中的画面会自动地以不规则的方式跳出来，让你生命岁月中那些难以避免地出现的寂寞枯燥的时光，变得相对滋润，变得相对津津有味。

旅行是人类早期以觅食为目的的漫游的模仿，是一种融化到了血液里去的行为模式的再现。在今天它已经彻底丧失了初民时代的实用主义的目的，大相径庭地成为一种无功利的审美需要。

饥饿是最好的厨师，疲劳是最好的催眠药，旅行是我们热爱我们现在生活的最好途径。离开，在物理距离上的离开才提供了观察既有生活的视角,才有对比而知的关于自己在世界上的位置的明晰。

确认此时此刻的时光非常美妙,心中充满了由衷的欣喜;这种喜悦实在是太过美好了,以至于使你不能不总要从这愉快里走出来,在不能控制的脱神里,有一种能够在愉快之中抽身出来从客观的角度审视自己确实正在愉快之中的不专心。

这样极端的审美状态在现代人的生活中实际上是越来越少了,除了食色,或者准确地说在那种情投意合的食色之外,在别的场合里就殊难一遇了。那些挣了大钱的兴奋、住了好房的兴奋,基本上是和这种油然而生的欣喜状态无缘的。这种油然而生的欣喜往往诞生于自己没有准备的审美时刻,通常总是在和自然的关系里产生。

山川河流,平原大漠,或者仅仅是小桥流水,路边花朵,田中树木,晨昏雪雨,大自然的无数细节最能够让我们突然陷入这种由衷的欣喜之中,陷入这种不自觉地要时时地再次确认的美妙里。

在一个人的正常生活里,如果缺少了这样的极度欣喜的时刻,就缺少了一大块做人的乐趣,生活质量就大大地打了折扣。这种欣喜的追寻尽管一般来说是可遇不可求的,但是也未必就一定要旅行多远多远,未必要在名山大川里才能获得。即使是在日常生活之中,在我们自己长期居住地周围,只要你是一个有心人,是一个懂得寻找美的享受的人,就一定能在别人心有旁骛的时候,抓住机会,在郊野里，在乡间，在夜的小巷或春的堤岸上，捕捉到它灵秀的身段，让自己沉浸到那种极度的审美之中去。

并非游记的旅行笔记

旅行,不仅仅是看外在的风景,其中更有一种由长期思索或者写作导致的内在思维脉络的要求。要求自己在风景中,在自由的行走中,在无目的的漫游里修复或者说是寻找一直处于头脑中的写作衔接节点。

而往往也只有满足了出行的诱惑,释放掉到达户外的冲动以后,才能在家里安坐,阅读和书写才有了根,否则就总是有一种暗暗的召唤让人心有旁骛,不能坦然。

这时候关于旅行的书写文字,即所谓游记,总是难以避免面面俱到、来龙去脉地进行事务性地交代的倾向,因为这种文体似乎负载着一种旅行者个人行程的忠实档案的责任,写着写着就和日记之类的东西混合了起来。这当然对旅行者个人未来回忆是有意义的,对个人收藏性的纪念也是有意义的,但是对读者就显得很不公——旅行文字中那些过多的日期记录实际上只对旅行者自己有意义,吃喝拉撒不是不可以说,但是重复着说的时候就一点儿都没有味道了。读者要的不是那个,对那个没有兴趣。它们不过与书中的1234之类的序列号一样，只有一个排序的意义。这实际上正是很多读者讨厌别人的游记的一大原因。这一点我们是看得很清楚的，而一旦让我们自己写游记的时候，却又总是难以避免地重蹈覆辙。这其实不仅仅是源于个人化的对自己经历的记录之癖，准确说是自恋，更源于对自然感受的贫乏，源于不能更多地更有细节地对天地自然与我们内心融合的风景的描绘。

任何试图描述自然的文字都注定是困难的，用有限去描述无限，用人们创造出来进行人际交流的语言来沟通人和自然的关系，这在根本上就是困难的。人类还没有创造出来非常有效地和自然交流的语言，道家的参悟、神秘者的无语和文学家的描述一样，都只是在一定程度上试图去接近而已。自然是我们生活于其中却永远不能真正完全而透彻地感悟和表达之人类环境的最高形式，它貌似重复的春夏秋冬、晨昏暮晓所以使人类百读不厌、屡屡产生敬畏叹服甚至极端的高潮体验，永远是埋藏在自然和人类身体内部的谜。任何触及这个谜的人间形式在人类自身都是一种莫大的享受，这也就是为什么那些注定是困难的文字反而具有永恒的魅力的根本原因。从这个意义上说，那些以发自内心的兴趣自愿投身于这项困难的事业的、文字与自然的双重爱好者们，无一不是幸运的审美者。

而也只有拥有自己的精神家园并且刚刚还沉浸其间的时候，只有精神劳动使你疲惫以后，只有阅读写作和思考以后的户外生活，才显得格外怡人；否则只能是荒凉和无聊，是惶惑和无着无落。并非任何人任何时候到了自然的怀抱里就有了能够持久、能够最大限度地丰富起来的自然的享受的，只有拥有了自己的精神家园以后才有自然家园。这个道理在通常并非拥有怎么秀丽的山水的长期定居地，是屡试不爽的经验。那些貌不经人的风景，不成其为风景的风景，所以还能在一个又一个远足的场景里成为让你流连忘返的背景，就是因为你首先拥有了一颗思考着的心。日复一日的生活使我们经常陷于无奈，而时时可以超拔于生活之上的思考也可以是我们获得暂离凡尘的精神之旅，如果在这样的缝隙里再能有到自然之中去旅行的机会，精神也就随之而饱满了。

这本书就是作者作为一个文字与旅行的双重爱好者的点滴记录，是随身携带小笔记本，在旅行中总是做随时记录的习惯的一个结果。它是过程中的细节，更是感受性的总结。它们的形成不是事后的补写，基本上都是过程中的记录，不过是在成书时将他们进行了必要的段落连缀与章节划分而已。

第 二 章
前旅行状态

下决心出一趟门,真难啊!
——父亲的一位朋友在自己参团去香港旅游之前,发出这样由衷的感叹。而今,他已因为病痛离开了尘世。

靠在正落叶的杨树上的遥想
——旅行的冲动

2008年的秋天,从西安出发长途骑车漫游了关中平原以后,经过向华北平原行进的山地丘陵起伏不已的跋涉,体力消耗很大,终于到达了黄河平原的时候,已经有了一种筋疲力尽的感觉。这一天,靠在一棵水渠边上正有落叶纷纷而下的大杨树树干上闭目休息,倾听着道路上偶尔驰过的农用车孤独的喧嚣与秋天收获以后原野上的嗡嗡嗡地响着的沉寂,连续骑了七八天自行车的疲劳开始在周身上下所有的肌肉和血脉里释放出来。头一天晚上在虽然也属于洛阳但是已经地处黄河北岸的吉利区,吃了些凉拌藕片,这也直接导致了这一路上几次的拉肚子,每一次蹲到地里再站起来的时候那种衰竭的虚弱都会变本加厉。刚才,一队骑着旅行车的中老年骑行队伍从后面赶了上来,领队的车子上有小红旗,写着新乡夕阳红户外之类的字样。按照在路上遇到同好的时候的一般性做法,互相都友好地搭了搭话。他们是集体骑车出来到某一个村里的地边上去买红薯的,那里的红薯显然是已经被他们一年一年地买过好多年了，好吃而且便宜。现在每个人的后包都鼓鼓的，满载而归的收获与呼朋引伴地集体出行，使大家看上去都充满了生机；他们准备当天晚上赶回新乡。前面还有四十公里，日落之前赶回去是没有什么问题的。大家一边骑车一边说话，体力活动导致的红润在每一张都不年轻了的面孔上弥漫着一种这个年纪的人身上已经少见了的由衷的兴奋。这是在旅途中的人们身上所共有的一种特征，喜气与善意使大家都将社会化的焦虑放到了一边，人性中淳朴的愉悦与无间，让和他们打交道的人，甚至只是看到了他们的人，都很愉快。

他们过去以后，自己强撑着骑行的架子无论如何也支不住了，就下了车，迈着走起路来有点儿僵硬的脚步到了路边的树林之中。靠在树干上，在体力上麻酥酥的修复过程中，思想却并不在这上面，而是自我分析起自己只要在路上的时候，就永远都会不顾疲倦、永远都这么津津有味、兴致勃勃的原因来。

自己最初的旅行的冲动大约是起始于小时候对道路的想象。站在一条大路的路边上，向左向右凝视这路的两个相反的方向，都是望不到头的遥远。随便向着任何一个方向走下去，这道路能通向哪里呢？出了院子是大道，道的一头通向市区、一头通向郊外，通向市区的最终还要穿出市区，而从一开始就通向郊外的那个方向，再一直走下去是田野与村庄、村庄与田野，每一个村庄与田野结合的方式都很类似，又都有着绝对的不同，正是这些不同，在旅途中成为可以饶有趣味地钻研的对象；这些不同慢慢地就会积累出大的异样来，与自己的家乡不同的口音、不同的习惯、不同的风貌的异样……这样的想象一直伴随着自己的童年，自己没有能力左右自己的行为的那个年代，童年里的一切都是被安排到了无尽的想象之域中去的；而这正是后来成年以后的旅行的最最原始的心理起点。

当终于有一天自己可以独立支配自己的时间，并且拥有沿着一条道路一直走下去的能力的时候，是有一种巨大欣喜的冲击的！只不过那次冲击被后来太多太多的事情给淹没了，没有记录下来，就像是从来没有发生过一般。仔细回想，现在是能够隐约地回想起那种自己终于可以实践自己的向往的喜悦狂涛的。事实上，后来在很多次类似的旅行与漫游开始的时候，或者骑车在夏天的黄昏里走上了一条通向远方城市郊外的傍着河的小路，或者徒步在起伏的原野上背对着朝阳而去……自己都一再地经历过类似的欣喜狂涛的冲击。那是一种恍惚不真的极乐状态，一种弥漫开来的诗意将现实中的自己提升到了白日梦里一样的享受。曾经有很多年，每天的下午自己都会骑车出去，到郊外去寻找能给自己带来这样近乎虚幻不实的美的享受的方向与路径，经久不息，常盛不衰，乐此不疲。

这样的旅行或者说漫游，从来不以任何景区景点为依托，只在生活的自然状态里，在人们日常的环境中去寻找，去真实的气氛里逡巡。而通常会把一个地方的所有方向所有道路都走上一遍甚至几遍，总会在某一个时刻，某一个角度，某一次偶然发现自己所要追求的那种虽在真实中又在幻化里的梦一样的审美感觉。它可以来自一条无人的小路，小路边上长着两排高大的杨树，杨树正沐浴在一片黄昏的光辉里，那光辉中正落下升腾了一天的烟尘，一切都将重归寂静；它也可以来自熙熙攘攘的街道，街道上的商贩、行人、走犬各行其是，各归其政，都按照自己的规律规则做着自己的事而又巧妙地不相干扰。生的乐趣就在这种漫游过程中的观察里油然而生，让人回味无穷。直到走得很累了，很疲劳了，考虑着吃了饭睡了觉，总之只要自己的体力恢复过来，马上就会再次投入到这种对自己心中的美的不懈追寻中去。

想想那个时候生活得实在是如梦如痴，一切外在的牵挂都没有，一切功利的目的都不以为念，每天每日，都沉浸在一种纯粹生命本身的观察的无上乐趣中。如今一个人的骑车旅行，正可在相当的程度上模拟到那样的审美吧。

黄河平原上秋收以后的开阔里，偶尔风过，就会有新的落叶轻轻地砸在已经落了一地的叶子上，发出嚓啦的一声、嚓啦的又一声，睁开眼睛看到的是平展展的田野里光亮而温和的阳光；那阳光的态度是很难形容的，像是刚刚生产以后的母亲，以和缓的笑意、疲劳而甜美的目光，抚慰着大地上喧嚣已已、繁华落尽的一切。我扶着树干立起来，慢慢地推着车子回到公路上，为刚才这一幕深秋里的美妙画面而沉醉着，非常艰难地向前挪动着，路过标牌上写着距离陈氏太极发源地一公里的路口，也没有向里拐，而是继续向前，向前寻找着大一点儿的城镇，有旅店的城镇。这一天还只是下午四点的时候就已经住下了，住到了前面已经很近了的获嘉小县。与一般的想象不一样，这样在当时可以说是痛苦的一幕却成为旅途之中众多收获中重要的一个，永远铭刻到了身心深处。不仅是当下的享受，更是日后回忆中关于人生甜蜜的一个最最具体的例证。

长岛的细节
——旅行与想象的互文关系

给一个有一段时间没有联系的朋友打电话，他说大年初三去了珠海，那里有一个亲戚有房子，过年人家不住，他就去住了一段，二十几天。站在阳台上就能看见大海，一个人，看书写作，自己做饭，没事就到外面走走，城市不大，很干净，过年的时候人也不多，他说终于有了到海边上住一住的机会，了了一个多年的心愿……他随意而简单的描述激起了我对于在海边上生活的所有细节的想象，那些词句被自己仔细咀嚼着、想象着，久而生香。

其实我也是久已没有在海边住过的经验了，海边的居住经验是令人向往的，正如平原上的人们总是很期待能到山区住一住一样。这是人们的本能，在自然之中的人类，除了习惯于自己天生于其中的地方的地理地貌之外，对其他的不一样的地理地貌环境也有着几乎是本能的期待。那些既在海边住过也在平原上住过，既在山地生活过也在黄土高原甚至是沙漠边缘生活过的人，是无比幸福的。当然这种居住不是通常所说的旅游，而是实实在在地在不一样的地理地貌中生活过。这样的在多种地理地貌中都生活过的幸福，已经逼近了人生的至境，实在已经近于可遇不可求的幸福极致了。

好像是为了安慰自己的渴望，突然就想象出了在海边居住的时候的一种压抑感：面对无比广阔的海，虽然就住在海边，但是也是只能面对，不能向着我们所向往的方向涉足一步。广有平原居住经历的人，有这种不能向着自己所向往的方向前进一步的无奈的一再产生，心头自然就出现了压抑的感觉。

大海是无边的风景，也是不可轻易而方便地进行日常化的逾越的阻隔，它隔断了你与曾经熟悉的一切的所有联系，既往你在没有到海边居住的时候对海的想象的岁月突然都变成了你在海边回想的甜蜜的时光。这种因为意识到了阻碍而产生的失望，掺杂了相当的恐惧，无以名之，只好归结为压抑。那样的压抑会让我们在海边沉默下来，会让我们离开大海的时候有一种奇妙的释然。大海的广阔与压抑同在，它们都是吸引着别的居住环境里的人们奔向海边的动力。

海的方向只能遥望而不能涉足，海的声音只能永远倾听而不能有瞬间的间断，海作为身边一个巨大的存在，它的庞大和莫测，成为你安详生活中一个挥之不去的影子，庞然的影子。这就是那些平原上的常驻民在海边只能小居而不能长住的一个重要心理原因，当然这是在假设可以从容选择的情况下的情态。那些夏天到海边旅游的人，住上一两天，三五天，最多一周时间就毫无留恋地离开几天之前他们还那么向往的大海的原因，除了经济上的与时间上的考虑之外，心理上的症结往往正在于此。人类对于海的这种复杂的心态，古今中外皆然，法国作家克莱齐奥的名篇《没有见过大海的孩子》里所描写的那个因为要去看一看大海而离家出走，徒步跋涉，风餐露宿，只是要走到海的身边的孩子，实际上就是这种颇为复杂的人类地理情绪的一个标本与象征。

2009年，相隔十年以后，又一次坐上了离开蓬莱跨海而去的渡轮，长岛像是固定在远处的一片叶子，在海的尽头稳稳地等待着。外地的游客都拥到了甲板上来张望，在海风柔和地吹拂中，上海来的一个单身旅客说起上岛去的费用，说找了旅行社安排，结果吃住行全包的价格比自己自由行的花费高出了很多。但是因为从来没有来过，也只能如此。当时轮船正穿行在小有波涛的海面上，船体只有微微的起伏，很多没有怎么坐过船的人都跑到了两舷去看海了。那上海来的旅客也站了起来，不再谈论价格，她看到了她所期盼的海岛。

关于到海岛上，或者在海边住上一段时间的理想自己早就有了。不仅有了，而且日趋成熟。所谓成熟，就是已经把那样的居住状态里的所有的细节都考虑来考虑去地想过多少遍。关于那些细节的想象，使未来实现海边小住的理想时的幸福感提前就已经来到了身边。等后来终于有机会到长岛的小渔村里住上一段日子的时候，这些持续了多年的想象就一一被回味了出来,与现实中的景况比照着,不管是正如所料的符合,还是有一定差距的出乎意料,甚至是完全相反的大相径庭,哪一种情况都使自己在海岛上生活的那几天里的每一个时间段都变得趣味盎然。

在大陆上的人们的想象中,很容易把一个岛看成是海中的一块平地。事实上,海中的平原,尤其是小平原是断断地难以成岛的。所谓岛,多数是耸立在海中的山脉,或者干脆就是几个山头几块礁石。长岛就是这样一道连续的山峰组成的岛。5月的时候,山上的松树林中夹杂着的槐树丛,正有一树树的白色花朵盛开,弥漫着一股股槐花的甜香。这里的气候比陆地上晚将近一个月时间。而且有陆地上所没有的湿润与柔和,相比之下,内地那种干热燥乏的气候缺点实在是太大了。

关于长岛,当地人曾有这样一个顺口溜:

长岛县城小而精,一条马路六盏灯。
百货商场卖大葱,一个喇叭响全城。
公共汽车全城绕,从头到尾司机乘。

长岛全县不足五万人,南长岛也就是县城所在岛屿上的注册居民也就两万多人。马路上清闲,公安局也非常清闲,一年到头没有案子,有点儿海上桃源的意思。

处在海边上的明珠广场。种着树,绕着喷泉,样子在内陆城市绝对不新鲜,但关键是面对着大海,更关键的是没有什么人。这种人口密度类似欧洲的情况，在中国的东部是绝无仅有的。久在人口密集的地方生活的人，很容易产生出一种对环境中的人山人海的无奈，弄得大家都没好气；而在这人口一直比较少的地方，则不容易有这种"反人类"的情绪吧。

伸到海里去的一座栈桥的一侧停着不少船，一艘仿古的船，船头上画着一对眼睛，还有帆樯，是专门供旅游之用的。另外一艘船上，贴着这么一副对联：鱼虾满仓装，船头无浪行。有人在钓鱼，一下钓上两只小螃蟹的女子高兴得手舞足蹈，在男友身边夸张地叫着、跳着。他们是跨海从大陆上的蓬莱专门过来钓鱼的，在小有收获的喜悦里明显掺杂着一种玩耍的率意。同样是海，大陆沿岸的海和这海岛边上的海，虽然海水相连，但不仅是鱼情迥然，更兼环境明显宽松，有一种海岛生态中的人均资源突然大了很多的解放之感。

这里的海，远没有人们比较容易到达的天津、秦皇岛的海咸。海水和空气的味道都没有那么咸，不过注意看了一下，发现大多数自行车的瓦圈也都是密集的锈色，很少有锃亮的。这毕竟是四面环海的所在啊，那些干活的女人们围着的严严实实的围巾也说明了阳光与空气的侵蚀力之强。

街市中的状态既热闹也平和，很有点儿《清明上河图》的感觉：平缓安详，不紧不慢，自成体系。从容有余，利索不足，更没有多少强制的秩序。随意且温馨，是生活者们生活的真谛。

街市上的安静是能够恢复的,是在被搅乱以后很快就能去掉波纹,恢复到亘古的宁静里去的。依稀只有过去的绘画作品比如连环画中,才有类似的景象出现。

从小饭馆里出来,沿着街走,经过刚才人流的高潮以后,各处都显得路静人稀。一辆马车停在路边上,车里装着放了一冬天的葱。葱又发了芽,在碎纸一样的老皮之间,鲜嫩的葱芽吸着自己身上的营养,跃跃欲试,要开始新的生命循环。一个满脸皱纹的老人,黑瘦黑瘦的,也不言语;买葱不买葱的人过来搭话,都是那个正拿着称的胖妇搭腔儿。

送殡的车队,在"大十字"路口停住了,升天的路总是要在路口上开始。一片披麻戴孝的人当街跪下,面对着扎着白花放着哀乐的灵车。灵车后面是大客车,大客车上还有一些也戴着白帽子的人没有下车,前面跪着的那一片显然是和死者关系近的,他们则是远一点儿的。再向后,是一溜被堵住的社会车辆了,还有公交车,挨着近的知道是怎么回事,等得还算安静;离得远的,就很急躁了,不停地按着喇叭,向左右两个方向倾斜着向前挪,可是便道都已经被矮矮的小吃摊地桌占得满满的了。撅着屁股吃着饭的人对身后汽车的跃跃欲试完全不以为然,回头瞄了一眼以后继续不紧不慢地吃着。

长岛正中的主山脉北面,向着大海的孙家村里,有一种几乎就是寂寞的寂静。阳光照耀着整个村子,静静的,有夜月下的错觉。在一户人家的墙边上，正有一树玫瑰沿着墙角攀缘而上，靠上部的地方已经盛开了几朵，但是大多数花儿还都在含苞欲放的状态里。它们在这即使是白天也如夜晚一般安静的村庄里，不紧不慢地等待着自己最光辉灿烂的日子的到来。这村子是整个长岛数一数二的富裕之地，因为家家都干着海水养殖业，家家每年都有不菲的固定收入，家家都有事情干，所以一向村子里就很安静。因为养殖的活计一般都是在早晨起来先去干的，而这个早晨起床的时间是不固定的，随着日出时间的变化而变化，总之就是太阳似出未出的时候就已经起床了。这样的季节，这个时间就是四点半到五点左右。干了活，八九点钟回来吃了早饭，也就没有什么事情了，成年男人如果不出去跑跑这事那事的，也就在家里休息了。女人们也就是收拾收拾家，洗洗衣服，买买菜，做做饭。这样日复一日的安详使这里成了一种始终能听见时间的脚步声的寂静地方，也使这里的时间逐渐变得无始无终地弥漫开来，人与物，所有的一切，仿佛都沉浸到了无边无际的永恒之中。每家每户，无论是白天还是夜晚，门都是不上锁的，摩托车之类的机动车也都在门外放着。因为都比较有钱，因为人人都有事干，还因为孤岛生态，所以刑事案件几乎就没有发生过。这村子里的安静，是有着这样的安定与安详的成分参与的，否则也不会有无昼无日的永远深邃了。

　　孙家村的家家户户都有在院子上空罩上一层纱网的习惯，有的更是整个装上了花房一样的铝合金顶子。其实最开始这主要是为了防止海鲜招苍蝇,不过坐在这样经过纱网筛过的阳光下,也别有味道,人们索性就把它当成一个阳光的筛子了。细密的阳光在被筛过一遍以后,威力没有原来那么大了,柔和了许多。

在一个真正的岛上,所有的人和事都会被放大,所有在繁华的平原城市里从来不会加以注意的细节都会一一在眼前反复呈现,它们会以肉眼所能观察和记录的最详细的程度一一展示出来,甚至对那些本不存在的遐想中的事情进行无休止的遥望。这就是孤岛生活对人的最大的吸引力。当然这种孤岛生活不是长期的、无尽头的,而是短期的,比较长的短期的。它一定会对你的审美观察和从容心态都有一番教益。很多作家的作品,比如笛福的《鲁滨孙漂流记》和罗布-格里耶的《窥视者》,显然都是这种从容不迫的孤岛生活的产品。

长岛的细节,和自己一直以来想象中的海滨海岛上的细节,有诸多出入,也有不少相合的地方。相合的部分会在长岛之行结束的时候同时结束,不再生长;而有出入的部分则会继续按照自己的脉络在心中潜伏,成了另外一次海边旅行的动力。不管相合与否,其实事先的想象这时候基本上就成了另外的一次旅行,另外一次真正的旅行没有开始的时候,在两次真正的旅行之间的心灵的旅次。

又一年,盛夏开始的6月,骑车千里到达了海边的日照。在沙滩上久久地驻足,看到的也多是和想象并无二致的游人的喧闹;而沿着海边公路做两个方向的骑行,才约略感觉到了一些在海岸上驰骋的快意。这样的快意是期待中的,也是超乎了想象的。向北穿过一个个渔村,是植被高大茂密的森林公园;向南则进入了尽是铁锈色的码头工厂。面对一侧永远荡漾着的海面,迎着从它那个方向源源不断地吹来的风,海洋的广阔与压抑同时成为围绕着自己的强烈存在。坐在海边的礁石上,望着迷茫的海面,隐隐约约的有岛屿屹立在一片波动之中,安静地与大陆保持着稳定的平衡。海,在这又一次的旅行中展现出了以全新的岸线地理关系所呈现的审美格局。

旅行的想象,异地生活的细节揣摩,是旅行的前奏,也是全部旅行最开始的享受。它不仅能够在相当程度上丰富我们旅行中的收获,还可以让我们即使在真正的旅行结束以后,也依然葆有对下一次旅行的内在冲动。旅行的想象与真正的旅行之间的互动关系,形成了一种互相印证、互相补充的互文关系,使人生的梦想与现实之间有了付诸实践并时时可以纠正的直观机会,让人在一次次的旅行过程中豁然,在两次旅行之间的想象中产生更多、更有依据从而也更让人幸福的梦幻。

以古人的方式踏上旅程

在河北与山西交界的井陉山区，有一条秦皇古道。这条据说是从秦始皇时代就已经开始使用着的古老国道，穿行于山峦沟壑之间，行经一个个石头村子、石头城镇，起伏跌宕、迤逦绵延，至今还在很多未经大的破坏的地方保留着深深的车辙痕迹。那些车轮的痕迹深达一尺，非经经年累月成千上万次的碾压摩擦是难以形成的。

那一天，在井陉县的山怀里，从到处都是石灰厂和大卡车的公路上下了道以后，往里走几公里，就逐渐看清了原来山清水秀的地貌和环境；在对比之中，明显地感觉到了刚才公路沿线由石灰产业带动的"工业化"给环境造成的巨大的损害：空气中永远弥漫着一种呛人的味道，不少植物枯死，整条河流脏臭，山川失去了裹着满是灰尘的大头巾的人之外的一切生命的迹象……

在掩鼻而过，逃开这些让人窒息的污染之后，在呼吸刚刚通畅了以后，山谷之中一座古色古香的城门——说城门是有点儿勉强的，因为没有城墙；或者说城墙就是两边夹峙着的大山——就出现在眼前了。这里就是古代的白皮关，又称东天门，是秦皇古驿道上非常重要的东起点。

可能因为不是什么假日的原因吧，这里里里外外都没有什么游人；雨下来以后就更没有人了，连门口的售票员都缩在被子里看书呢。路是越来越高地向上的，两边的石人石马或者偶尔出现的一两个神龛让人一时难辨真假，不知道是历史的遗存还是后人的模仿；气氛倒是符合的，光滑的石头路和那些古代意象的东西一起构成了一种逐渐向遥远的过去靠拢的味道。这样一来，在上到一个坡顶转过一个弯，一座有金水桥的古代建筑突然出现在眼前的时候，你就不会再感到突然了。刚才的路，已经把气氛造足了。

这里是清朝设的一个驿站：虽然在山里，虽然平地很少，虽然远离都城，但是和都城里类似的建筑格局相比，并没有什么减少。金水桥下流的是山上的水，金水桥后种的是大苹果树，台阶一层又一层，房子一扇排开五六间，滴滴的雨水和哗哗的小溪是这里仅有的两种声音。多少多少年以前也一定是这样的啊！有官方的驿客走到这里打尖的时候才有了说话的声音（一定是在讲述外面的世界里最新的消息或者是这山里的什么奇闻侠事或者是在讲着什么笑话吧，把守驿站的和长途跋涉送信的都是孤单的男人，他们的话题是可以猜测的），才有了炊烟和肉香；这样想着的时候，里面好像听见了外面来了人。出人意料的是，出来的是一个年轻的女子，是这里的管理员。她热情地给我们开了几扇门，屋子里面是和山里的农家没有什么区别的中厅带两卧的格局，只是没有了大土炕；在墙上，挂着一些讲述这里的历史的图片。管理员很爱笑，脸上总是很灿烂的样子。她是刚刚毕业不久的学生，分到旅游局以后就上了山，来管这驿站了。她的年轻和这里的古老有着鲜明的对照。借了她的伞，又走进了雨中。

早有耳闻的车辙路出现了：那是一条长长的石板路，路中间有两条深达数十厘米的车辙！车辙里现在满满地流的都是水，成了临时的排水管；从两条车辙的距离来看应该是车轮的轴距无疑，可是车辙竟然还有这么深的，实在是超出了我们的想象力。古人有着怎样的毅力呀！今天我们步行都嫌累的山路居然是他们赶着马车行走其上的"国道"！他们在山路上走啊走啊，居然把石头路都压出了两条车辙！抚摸着那深深的车辙，仿佛感觉到了古代辚辚的车轮碾过的沉重；当自己可以在一件具体的东西上确认古人的生活场景的时候，和在历史书上看关于古人的描写的感受是非常不一样的，用惊心动魄来表达那种心情是一点儿也不过分的！

在山顶上的一个带门楼的关口下面，这样的惊诧到了极点：因为我们发现脚下的车辙已经有半米深了，而在我们头顶的位置上有一道明显的凿石的痕迹——那里就是原来这条路的路面，车辙太深了，车的"底盘"就会被挡住而"搁浅"，就必须由"养路工"把中间的石头凿掉，这样一层一层地凿下来，直到我们现在的脚下，又有很深的车辙了，如果不是发生了什么大事，就应该再凿了……

等爬上这个小关口两边的"长城"以后就知道是什么事情使凿路的工程停下来了：这里的长城，是清朝抗击八国联军时修建的！后来，八国联军果然被挡在了这道长城之外……

雨越来越小了，不用伞也可以了。沿着长城慢慢地上了北侧的小山顶，那座背水一战的胜利者给失败者立的碑就在山顶上，向北看还有德国人修建铁路的时候废弃的隧道——在一段不长的路段上竟然有这么多惊天动地的故事，而印在深深的车辙里的又何止那些数得过来的有记载的历史，从秦朝以来的往事好像都可以在其中寻觅出个究竟。

浓重的荆条味道在雨后的山间弥漫，加上刚才爬山带来的急促呼吸，使人有了一种洗了肺的感觉，特别清爽。这种清爽立刻就又让人想起来路上那让人窒息的污染。古人给今天留下的是力量的痕迹，这种痕迹凝固在了深深的车辙上，是古人对自然的适度开发的良性遗存；在实用之外，它还是美的，是与自然和谐的产物，是不亚于任何一种传统或者现代雕塑的东西。

想象在这样的驿道上的旅行，一定是淳朴的旅行。旅行者凭着脚力，借助畜力，一步一步地行进着，关键时刻在任何一小步上的懈怠，都会使整个行程瓦解。在进行这样任重而道远的旅行之前，他们会穿上娘做的新鞋，甚至是新衣。车梁上带上口袋，口袋里装着干粮。全家人头一天，甚至头几天就为出行的人做着准备，收拾行李和干粮，唠叨着路上的注意事项，担心着那遥远而未知的前程。然后在某一个起程的日子里天明即起,一家人的心一起忐忑着送了又送,说了又说,让行路人回答连声又依依不舍,由是对前路生出了更大的畏惧。

这种淳朴的旅行于今已经十分罕见了,一则出门已经变成了家常便饭;二则通信工具超级发达,走到哪里遇到了什么,都可以随时通告;三则人情越来越淡薄,传达感情的方式也早已远离了那样"临行密密缝,意恐迟迟归"的古典情怀。简单、轻巧、随便而仪式化,都成了现代人表达离别之意的首选,最多也就是多重复几遍"打电话啊""发微信啊"之类的嘱咐,就已经是非常有情有义了。

淳朴旅行的这种背景没有了,淳朴旅行本身也变化了,那种一步一步地走出去的淳朴,那种对于前途的一切都是未知的淳朴,那种满身行色、一路尘埃的淳朴,在不知不觉之间都已经作了古。

淳朴的旅行死了。不过,今天我们的自行车旅行、徒步旅行,靠着自己的力量进行位移的旅行,就因为在一定程度上模拟了那种淳朴的旅行,而让人还能感受到那种远去了的古老旅行方式的诸多审美享受。尝试着像古人那样以淳朴的方式去旅行,这成了我们心底里的一种不大不小但却始终存在的奢望。不为别的,只因为甚至还在那样的旅行正式开始之前,诸多源于我们精神与身体的本能的对应关系就已经一一产生,并一一发挥作用,让人既跃跃欲试又寝食不安……

在旅行开始之前的准备与旅行的第一步踏出去的时

刻，每个人似乎都能隐隐约约地意识到生命正被具象化了的"征程"意味所笼罩。旅行的方式在相当程度上决定着旅行前的心理状态，其中古人淳朴的旅行方式所带来的前旅行心理表现，无疑是最为完整而充分的。它们或者会显得绵长琐碎，却也情深意长，是整个旅行的美学享受中，至为重要的一环。

旅行实际上是需要很长时间的不旅行的时间作为准备和回味期的，一旦进入过分紧凑的旅行而停顿很少，甚至是只旅行不停顿的状态，其实我们的感觉就会迟钝下来，就会丧失很多细节的审美能力，就会有大量旅行中的信息没有被自己捕捉到，即便是捕捉到了也会一闪而过，大大降低了旅行的质量和质地。

旅行过于紧凑，在一天之内看的地方、经历的人太多的话，感觉与感慨就会随着体力一起降低水准，甚至麻木起来，进入无感状态。这是对旅行成本的极大浪费，因为旅行的舒缓节奏是保证审美感觉的一个重要条件，绝对不可丧失。

到底一次旅行配以多长时间的不旅行的准备与回味期为好，这虽然说因人而异，但是总还是有一个大致的一般性的规律的，比如两次旅行之间间隔最好在一个月左右，而每次旅行的时间不宜超过十天，也许一周为最佳。

以这样众多的细节，将"旅行"这两个字还原到原来的意义上去，还原到古代的所指上去，然后设想，设想自己到达一个从未到达过的地方，以崭新的眼光去看人家早已经熟视无睹的一切,山川、地势、河流、道路、行人、表情、街市,这个你同样可以生活一段或长或短的时间而生活不生活都由你自己决定的地方,一下就会给你带来一阵好大好大的喜悦。这就是旅行的喜悦,这就是依靠转移自己的位置,来获得在世界上各个不同的地方模拟着自己就是一直在这里生活的样貌的旅行。

出门的不安与兴奋

有人约着出去玩,在我是重要的快乐之一种,从听到第一句出去玩的建议内心就已经开始激动了,根本就不存在答应不答应的问题,而为应和人家的提议我可以把自己手边上的一切事情都毫不犹豫地放下,只为了能成行。这是一种从儿童时代就持续着的行为模式,是有小朋友来叫的时候马上一撒手,把手里正玩着的东西随便一扔就走的行为模式的再现。

然而,大多数时候是我在约别人,是约谁谁也不能去,只能自己去;同样热爱自然而又有时间且肯将时间用到或长或短的旅行上的人,实在是不多。在我们的文化里,可以日复一日地重复毫无生存之外的意义的吃喝拉撒睡,可以将大块大块的时间扔在酒桌上最无聊的劝酒令里,扔在空气污染价格昂贵的所谓娱乐场所,但是如果谁日日去欣赏自然的美景,则立刻会被人们在心里归为不务正业、不着边际的闲人、奢侈的浪费者。立刻就拿别样的目光来看你,最善意的评价也会说太个别了,有什么可看的呢,怎么有那么多的时间，累不累……殊不知将时间播撒到对自然的爱之中，是最贴近人生本来意义的事情，何况人很难在同一美景中长期保持自己新鲜的爱的冲动，稍纵即逝的爱又何必毫不吝惜地去人为地制止呢。在你还有对自然的爱的情趣和对象的时候，一定要抓紧一切时间投身进去，义无反顾，不必顾及世人庸碌的指点。

关于古驿道上淳朴的旅行的遥想使我们意识到，在形式之外的内心状态层次上说，实际上在古人与现代人的旅行之前的心理过程中，至少也并未像其外在形式上发生那么大的变化；无论古今，无论旅行方式怎么变化，出行前的心理准备或多或少都是会有一些的。正如不做任何物质准备的旅行是不可想象的一样，不做任何心理上的准备的旅行，也是少之又少乃至不具备什么论述意义的。

出行之前在无数个空闲时刻里对出行的细节的想象，对那些似乎有着某种预感的瞬间的应该是煞费苦心才能获得的感受，一一提前出现。它们与后来的事实往往相合，也往往相左，相合相左其实都不再成为问题，因为一旦真实的旅行开始以后，那些事先的想象也就烟消云散了。它们不过是旅行在开始之前就已经开始了的一个程序，是旅行的审美享受的一个组成部分，一个通常被我们忽略却总是存在着的重要的部分；和旅行回来以后很长很长时间里我们对旅行的回忆一样，构成了旅行享受的过程之前、过程之中与过程之后的三个阶段之一。

使用个人的交通工具，包括自行车、摩托车和汽车的时候——当然使用自己的双腿的时候就更是如此了——这种旅行享受的三阶段就会非常明显，因为这样的旅行通常都不是仓促之间的决定，都会经过自己的考虑和准备，而考虑和准备过程中就已经会产生无数个遐想的瞬间了。那种乘坐公共交通工具的旅行尽管也不能说就没有准备，但是因为旅行过程中和旅行目的地的千篇一律而很少能有个人独特性和偶然性的机遇，这三个阶段都会多少有些折扣。

旅行前的那种因为对所有即将出现的细节的相当程度的不确定性，而让人怀有不安的兴奋，是旅行之前就已经开始了的心理上的旅行。

出行的时间与机会都已成熟，没有一切烦事琐事要办，但是股票在涨，气候又这么好，家庭关系也融洽，竟就不能终于下了出行的决心。享受生活，享受在这里的每一天的吸引力，始终强大，真就能盖过出行的吸引力？

所有准备的细节，所有关于困难与意外的想象，所有对既有生活模式突然萌生出来的留恋，都是即将开始的旅行给予我们的最初的犒赏。所以应该在旅行之前很久就已经知道了这次旅行的具体行程，让即使并非主动的旅行先有了浓郁的个人色彩，让想象在即将开始的现实之前展开翅膀，尽情地飞翔。那种对即将到来的旅行的想象和预期，绝对是旅行本身的重要组成部分。它掺杂着不安，也绝对掺杂着兴奋。

出门的兴奋是与出门的不安相生相随的伴生状态，是旅行的这第一个阶段里的重要享受。这个出门按照字面的理解应该说是出自己家的门，但是仅仅是出自己家的门，并不能每次都带给我们所谓出门的兴奋。能带来出门的兴奋的，不是日常生活里出门买菜、出门上学、出门上班甚至是出门散步那些已经烂熟于心的路径与环境；带来改变的期待的至少是出门去郊外，是出门去远方，是出门去从未涉足或者很少再去的什么地方。这是能带来出门的兴奋，对即将出现在自己眼前的新鲜的人类生活场景与自然环境秩序有所期待的兴奋的基本条件。

人从一个地方到达另一个地方，生活状态和场景都变成了另一种格式，重新适应的过程，或多或少、或长或短都难以避免。有的人表现为换个地方睡不着觉，有的人则表现为不知道该怎么使用时间，有的人则迫不及待地要回到过去的生活模式里……

改变虽然多有不适，却也是不易有的机会。还是要抓住这样的机会，多看多走多体验，以丰富自己的定居之地已经拘囿了的人生。

2009年6月14日，越来越酷热的天气让人在城市里的每一分钟都变成了煎熬。决定实现很早以来就有了的一个想法：骑车去日照。

出门决定在出门前三天就做出了，骑车去一千公里之外的海边，山东的海边，日照。这个决定的做出使人在随后的这三天里时时刻刻都沉浸在一种对即将开始的路程上的景象的想象之中。无数的细节还从来没有出现呢，就好像已经在眼前一一上演着了，甚至连在路上休息以后重新上路的那种于疲惫之中被再次鼓舞起来的力量，都被感知到了。关于出门前要办的事情、要做的准备则更是随时都会在头脑里增添着。车把要缠上黑胶布；地图要用透明胶粘一下了；长短衣服都要带，还有拖鞋，简易的就可以；去银行取钱，路上用的之外，还有煤气管道的集资费，到时候赶不回来的话，就要先留给邻居预备着了；对了，要剪一剪指甲，尤其是脚指甲，否则不仅容易把袜子顶破，而且容易受伤；说起伤就想起病来，要带上治拉肚子的药，防蚊子的药；还有需要更多时间的工作：在网上查阅电子地图，一一在自己的小本上标上路线中经过的地名，还有重要的转折点的地名……下午睡觉起来以后下楼去整理自行车，先用黑胶布把前把缠了，果然握住以后的摩擦力大增，又用汽油刷了刷链条，上上了新机油，还紧了紧一个很松很松的螺丝；上楼用肥皂洗手以后很久手上还有油的味道，而在阳台上试着穿一双鞋的过程中，无意中发现了好几双更适合自己的鞋，有儿子的，也有过去自己穿过的，都已经从记忆里消失了，现在翻出来发现脚感和模样都比现在经常穿的要强啊！鞋就跟书一样，自己不知道还有哪些存货，也就跟压根没有一样了。穿上一双里面非常平展没有变形，外面也没有大的折扭的鞋，来回走了几次，那个得意啊！

　　旅行前的准备，具体准备阶段，往往是越收拾越琐碎，越具体内容就越多。这实际上是对旅行的想象的具体化，甚至可以说就是旅行的一个重要组成部分，想象部分。从这个角度上说，旅行计划越是制订得早，旅行持续的时间也就越长。

在这些最具体最有形的准备之外，还有一种心理上的准备。那种临到出门的时候往往会出现的对居家生活的舒适方便的留恋，对出门意义的怀疑，总会在某些缝隙里钻出来，让你在某个瞬间里突然竟有了懈怠的念头。这时候自己就要说服自己，就要放开了想一想，在家里的寂寞，在家里的对外面的向往；还有在外面的其实不必再有的急急之状，没有什么特别目的，只放松自己，从容地开始每一天的旅程就可以了。到达了预定的目标固然好，没有到达也没有什么不好，任何地方都可以是目标，只要感觉好吧。

这三天时间里的头等大事，甚至是唯一之事就是为三天后的出发所做的物质的与精神上的准备了。每一个念头都会反复出现，清醒的时候出现过了，睡梦中还会隐隐约约曲曲折折地出现；清醒的时候自己给自己解决过了，不清醒的时候还会蹦出别样的解释来……临出门而未出门的那一刻，人会有一种近于恶心的心慌和不安，从内心深处涌上来，让人惶惶然。这是改变熟悉的生活状态前的一种自然反应，面对未知的旅程的时候的一种忐忑与期待混杂的情绪。总之要改变，是要下一个决心的。不过一直处于旅行状态中，也就免了疫，再不会有这样的生理与心理的反应。

把手机里的短信有保留价值的抄录到电脑里，然后清空收件箱和发件箱，轻装上阵。没有想到的是，临到最后出发之前的没完没了的收拾,居然还是持续了好几个小时。如果不是出发的时间到了,如果出发的时间再向后延两个小时,相信自己还可以一直收拾下去。收拾不完的东西,其实代表了我们临出门时的一种兴奋和不安,出于对路途的想象而不断地加大自己的行囊,从小刀到胶布,从治拉肚子的氟派酸到可以夹在近视镜上的墨镜片,从防晒的长袖衣服到防蚊的风油精,无一不是必需的,无一不是突然想到刚才被遗忘的。手忙脚乱地捆好了行李以后又跑回屋子里去取了一次照相机的电池充电器……及至终于骑上赛车出发了,走了一段路程以后又不得不返回家来,因为偶然地在裤兜里一摸,在通常总是有钥匙的位置上没有了钥匙,下车打开行李包,翻遍了所有的地方,确实是找不到钥匙了!只好骑车向回走,一边走一边看着地面上的任何一样异物,在清晨车辆和行人还都很少的马路上低头逆行,一寸一寸地找回家。结果,那钥匙,那一大串钥匙就插在小房门的门锁上。

卧游的功课

出门的兴奋，自然是在做了出门的决定以后到真正出门之间的这段时间最为高亢；但早早地就在书本里对从未涉足的地方的纸上游，认真地按照地图将路线风物，将历史和人文一一以将要到达者的心态研究起来，却是出门的兴奋的先声。这在旅行者们习惯的用语里叫作"做功课"。

这是自己在手机搜索时代之前，乐此不疲地购买关于别处、关于全国各地甚至是世界各地的人文地理图书的重要原因。购买与阅读这类图书资料，实实在在是一种享受，是一种早早地就开始享受日后某一天才会真正实现，甚至哪怕是永远都不太好实现的旅行之前的兴奋。虽然网络上的搜索功能已经相当发达，但是依然还是无法替代这种关于地域人文图书的购买与收藏的乐趣甚至方便——随手拿起，随手放下的毕竟还是只有书本的形式最为便捷吧。

卧游（未必一定是真的卧着，而是相对于真实的旅程之中的那种行进状态而言的静止状态）一处自己没有去过的鼎鼎大名的所在，或者一处并非旅游点的什么地方的小景致的详尽的介绍，看去的时候与回来的时候的路线，研究食宿，了解历史上的烟云往事、名人轶事、百姓故事，想象站在山巅或者海边观赏日出，坐在园子里享受正午的阳光的情景，审美的愉悦，甚至比身临其境也不差。卧游往往在关于旅行的书籍为我们提供的实用的旅行信息之外，让我们获得比之实游更为符合我们自己想象的美的享受。

在从来没有去过一个什么地方的时候，我们如果能经常地对那个地方进行卧游的话，等到真的动身去了那个地方，想象与现实之间形成了互文关系，实地的感受还会因此而加倍，因为我们心仪已久，即使不尽如人意，也因为我们比之那些从来没有卧游过的人多了一个对比，而多了更多的判断。修正想象之境本身其实就有着极大的快乐，不首先卧游的话，我们对想象修正的机会就不那么多、那么深刻了。地形地貌为人类提供的审美之境总是在第一次到达的时候最强烈，作为旅行者，应该珍惜每一个处女之地的第一次。而珍惜的方式就是首先卧游、反复卧游、经常卧游。

当然，图片、地图和文字介绍永远不能为一个从未涉足的人建立他自己头脑中的关于任何一处风景的真正的方位感，也就是那种拥有大量实地细节的方位感，充满了当地气息的方位感。从一定意义上来说，旅游就是为了在我们的头脑里建立起这种连带着当时当地的特殊气息的全息方位感，即建立起只属于自己的关于一个地方的概念，建立起自己作为天地间一分子关于一个地方生存环境的概念。

日后回忆起来的时候，它立刻以清楚明了的东南西北的明确图像出现在自己的头脑里。不过这并不影响卧游的意义，相反还是卧游之所以有意义的一个重要原因：只有先在头脑中建立起一个由资料建构起来的想象之境，才使得我们日后真正涉足其间的时候，能够获得更加清晰明确的意象。

中岳嵩山，在我的五岳登山经历中，是最后一个登临的地方，这其实是与距离嵩山不远的少林寺有直接关系的。一般的旅行，都是直接以少林寺为目的地的，少林寺在山脚下，不需要费力攀登，而嵩山虽为大名鼎鼎的中岳，但是一般性的名气却还不如少林寺大。只作一日两日游的游客通常也就是在少林寺之外再加上山脚下的中岳庙、嵩阳书院、嵩岳寺塔也就作了罢。关于中岳的想象甚至在自己有机会去了少林寺在路上仰望过嵩山崇高的山峰以后还在一直地持续着，看了不少地图和介绍，始终也没有能在自己的头脑里建立起这些景致之间的明晰的地理关系，直到2009年的春天得以骑车到达这里以后，才彻底将方位与气息都烂熟于心。

那种将自己头脑里一块一直试图搞清楚而却一直模糊的地段搞得心明眼亮一清二楚的感觉，是不亚于盲人见天的欣喜的。嵩山脚下那股由庞大的山体和悠久的历史文化共同构成的清凉安详的气息，成了它的方位，成了它与周围那些景点之间的地理关系的一种最好的注脚。正是事先很多年里对于嵩山的卧读，强化了自己对于这块土地的迅速了解和深入把握，从而获得了比之突然涉足从未了解过的景色有更多更深入的感觉。

在那个马路上有很多武校，武校门口有很多穿着类似袈裟的黄色青色衣服的孩子们练武的黄昏，我终于结束了一路上坡的行程，到达了中岳庙雄伟巍峨的门前。

沿路的武校，校门口一般都会挂着巨大的横幅或招牌，说自己热烈祝贺自己学校的什么什么学生获得了什么什么奖励，在什么什么比赛拿了冠军亚军季军，要不就是学校的校长什么什么著名的拳师，穿着袈裟摆出来的一个酷酷的同时也是司空见惯的姿势。通常规模都不是很大的学校里，穿着统一校服的孩子们在里面使弄拳脚，不时地传说吼哈吼哈的声音来。

在学校外面一个小卖铺的窗口边上，站着一个穿着校服低着头的孩子。他的双手垂在胸前，手掌里拽着一个大大的塑料袋，里面满满的都是刚刚从这小卖铺里买的东西。和他一样高的妈妈站在他身边，一个劲儿地嘱咐着，嘱咐着。孩子只是低着头，不抬头看妈妈的眼睛。这是妈妈来看孩子的一个画面，孩子自己还觉着这个时间很难过呢，可是在过来人的眼里却已经是饱含了为人父母的辛酸一幕了。送孩子上武校，是一种无奈的选择。普通的升学路艰难，即使是升上去了，也还是有更难的就业在后面。从小就选择上武校，也算是一种出路吧。不过孩子很小很小就要住校，就要离开父母，到这可能是远在百里千里之外的少林周边来，那种分别的苦，只有孩子的父母心里最知道滋味啊。

旅游点不是孤立的。当地的风土人情，人们普遍的生活状态，客观上都是那些寂静的文物、不动的风景的重要陪衬。那些匆匆而来、匆匆而去只看景点的跟团旅游者，正是因为缺了这重要的所得，所以才会回家以后什么也想不起来。他们能够看到的都与在电视片里看到的并没有什么太多的不同，围绕着景点的大量的细节，人类生态的细节都被隔离开以后，记忆里就没有了特异性的东西，记不住什么也就很自然了。

一个老婆婆问是不是住下，十块钱，我说住，她就领着经过已经拆光了众多屋子的遗址，向着远处的村子走去。卧读的时候看到过的被房屋包围的中岳庙已经变成了空地上一处被格外突出出来的宏大建筑，申请世界文化遗产的工作正在如火如荼地进行中。这项工作的一个直接后果就是拆光了周围的民居。卧读过多次的中岳庙周围的环境地理，与现实中这拆光了的气氛，终于与夜色一起在我的头脑中、在我的呼吸里，合拢了。

这一夜，在中岳庙村床上的睡眠和旅行中大多数的睡眠一样，照例又是舒适的、沉静的，窗下那一树果子已经很是不小了的杏树，叶子和果实都是绿的，大小形状也相仿佛，更加难以分辨了。猪圈里的那一窝大兔子偶尔会弄出些声响来，很快就被更为广大无边的寂静所吞没了，吓得它们再也不敢造次。嵩山脚下的村庄，弥漫开了那高大山体沉沉的气息，很自然地就让一切都不敢再有高声。村夜安详，人生安详。

惯性会降低出门的难度

下决心出一趟门，真难啊！——父亲的一位朋友在自己参团去香港旅游之前，发出这样由衷的感叹。而今，他已因为病痛离开了尘世。

老年人出去旅游，一个原因是他们普遍有闲也多少都有了些钱；另一个原因是老年人的生活相对缺少变化，要靠旅游这样外在的变化来做一些调剂。变化在人的一生中是一个永恒的伴随，以至于人在变化中适应，在适应中将变化做了一种永恒不变的伴随性的感受习惯。一旦进入老年的缺少变化的时期，就一定会有些不适应，就要求变。而旅行是一种立竿见影的"变化"，它也就顺理成章地成了老年人的生活方式选择中的一种重要选项。

有意思的是，旅行是有惯性的。这说的是两层意思，首先是一直出门，上一次出门和下一次出门的间隔很短的话，第二次出门的时候就不需要做心理上的准备，不需要事先酝酿情绪，不需要做离开家、离开习惯了的家庭生活模式和克服内心里的懒惰的准备；其次是说，出门回来，稍微休息了一两天以后，马上又跃跃欲试，身体和精神都做好了下一次出门的准备，如果一时间不能再次成行的话，就有点儿抓耳挠腮、急不可耐的意思了。两次衔接得比较紧的旅行就会逐渐在旅行者的心中形成一种旅行的惯性，催化我们每个人身上都潜藏着的跃动不居、不肯长时间安定下来的旅行欲。

一直不断地旅行，会不知不觉地在身体里安上一台生理的与心理的双重意义上的发动机，让人无论如何不愿意停掉它们，在结束了一段旅行的日子回到家里调整过来以后，就迫不及待地要寻找另一次。一生都非常挑剔生存环境也基本上都处于隐居状态的德语作家黑塞，在中年的时候突然进入了一种难以遏制的旅行状态。他说：

> 有一天，我看见太阳又那样照在古老的乡间大道上，显得异常灿烂而且有朝气，看到一只黑色的小船在湖面上飞过，船上有一面很大的雪白的帆。这时候我突然想起了人生的短暂，突然，我觉着一切企图、愿望和理解力都不复存在了，心里只剩下一种十分真诚、不可救药和疯狂的旅行欲。

他又说：

> 柔软、喧嚣的西风在窗前黑色的湖面上掀着

波浪。没有目的,没有目标,在热情中疯狂地折磨着自己,狂野而且贪得无厌。真正的旅行欲、知识欲和经历欲,就是这样疯狂而贪婪的东西,任何知识都不能使之安静,任何经历都不能使之满足。

瑞士与德国交接处的波登湖是湖光山色辉映的好地方,黑塞在成名前后隐居于此,娶妻生子,阅读写作,侍弄田园,用精装书铺门前的甬路,带着孩子在水边遥望山顶积雪常年不去的阿尔卑斯山,度过了很多年稳定而平和的日子,他的创作和他的生活在这一段长达十年的湖边岁月里都到达了一种让很多人羡慕的化境。然而正如他上面所说的那样,终于有一天,凝视着湖面上的行船,他突然爆发了强烈的旅行欲,而且一次次出行一次次回来,哪一次也不能让他真正停歇住自己的脚步,他宁肯把孩子托养给别人,自己也还是要继续自己一直未了的旅程。

旅行是一件可以让人上瘾的事情,这一次旅行的疲劳甚至还没有完全消散,全部的身心就已经又在跃跃欲试于另一次旅行了。他的旅行欲一发而不可收,远到印度,近到意大利,在几年的时间里几乎是马不停蹄地到处走,他自己说自己无论如何都很难停下来,上一次旅行与下一次旅行之间的衔接是没有任何障碍的,不管是物质上的还是心理上的,一切都不在话下,势不可当。直到有一天,他自己突然失去了再次旅行的兴趣为止。

旅行的惯性可能像黑塞那样来自内心的要求，也可能来自环境甚至是气候的压迫。旅行的惯性，这种生理上的和心理上的习惯固然是哪里的人都可能存在的，但是对于生活在焚风效应强烈、干旱少雨、尘土飞扬、地理与人文的生存环境都乏善可陈的状态里的我的长居之地的人来说，则尤其显得强烈。常常会在火车即将到达的时候听到周围的乘客发出这样的抱怨："唉，真是不愿意回来啊，哪儿也比这里好！"

长期居住地缺少应有的魅力，几乎到任何一个地方去旅行，甚至包括省里别的县市去，都要比之在家里更能享受到好的地理与人文环境，以至稍有条件者的旅行的惯性也就就此一发而不可收了。这一点在盛夏的酷暑里，表现得最为明显。那时候所有去海滨的列车都是一票难求的，所有好一点儿的单位搞的一项重要福利就是集体去凉爽的地方度假，东北西北青岛威海，或者秦皇岛张家口承德。整个夏天，人人都在想方设法地让自己更多地处在旅行之中，而不是在定居地受罪。这还引发了一种非常有意思的现象，就是周边方圆几百公里的范围内的很多景点都是以这座城市为主要客源地的，这主要不是因为本地普遍生活水平有多么高，而实在是因为这里的生存环境乏善可陈。这或者可以看成是特定地域特定季节里的一种例外现象，但是在无意中却让人在一种非常态里望见了一个事实：旅行不仅有益身心，甚至还是可以直接提高我们当下生活质量的。

如果说日常生活常态里，不是人人都有机会长期拥有这样去遥远的外地旅行的机会的，那么在自己定居地周围的短途旅行还是比较方便易行的。事实上，不论我们的长期居住地幸耶不幸地是好地方或不好的地方，我们在长期居住地周围的漫游式的短途旅行都始终会是日常生活缝隙里的一种更经常的旅行行为，它的质量的高低，直接关系着我们生活的幸福指数。这，也正是下一章要讨论的话题。

第 三 章
定居地周围的漫游

在自己长期居住地的周围,自己在每个季节,每一个季节的每一点儿气候变化的细节间盘桓着,日复一日,年复一年,虽然多有重复,却并无厌烦;还时时为我自己尚能有时间有精力有兴趣这么出来转一转而暗自庆幸。

就在身边的旅行

在20世纪的六七十年代，文化生活与物质生活一样贫乏。单位里的时间被以宏大的名义而一再地收紧，大人们几乎没有所谓的业余时间，除了偶尔的出差以外，我们现在所讲述的意义上的旅行，完全是奢侈的腐朽阶级幻想。然而这并不能直接否定大人孩子心中对于旅行的向往，即使到不了外地，就在周围转一转的渴望也依旧强烈。

记得春秋气候适宜的时候，父亲总是用自行车带着我和妹妹在下午下班以后骑车出去，离开地处保定东郊的单位，穿越田野和村庄，沿着有高大的杨树做护道树的庄稼道，顺着流水和缓、花草茂盛的沟渠，沐浴在小麦或者玉米的清新味道里，听着虫叫蛙鸣知了的聒噪，在一个一个漫长的黄昏里，去一个一个有可能放露天电影的村庄或单位看电影。那时候的电影千篇一律是八个样板戏，急迫地找了去，真正看起来以后那些没完没了的拖腔和千篇一律的架势，马上就让人恹恹欲睡了，所以通常是不等电影放完，就又往回走了。看电影只是一个由头，我们父子三人出去放风式的漫游才是真正的目的。在轰轰烈烈如火如荼的风云中，这样父子处身自然之中的生命片段，弥足珍贵。

正是在那样的一个一个就在定居之地周围的漫游过程中，孩子幼小的心灵得到了一定程度的拓展，大人也在带孩子的过程中得以舒缓一下被时代拉得紧紧的神经。在身材矮小经验匮乏的儿童的观感里，出行的距离无疑要比成年人所感觉的要长得多，那些其实就在附近几公里范围内的漫游在当时的感觉里都是很远很远的旅行，是无目的的旅行在一个孩子心里生出的第一个萌芽。

儿童因为体力与经验的双重匮乏，当然还有经济上的一穷二白，所以往往比成年人更受地理环境的限制，他们像早期人类一样为地理环境的自然限制所限制，目光和视野无法超越自己诞生与成长环境固有的种种局限；好在他们对更广泛的世界的兴趣也更多地停留在想象而不是实践的水平上，这从发育的角度挽救了他们在小小年纪里的苦恼。不过，面对环境的限制他们还是本能地表现着人类在被限制状态里的种种无奈与落寞的，文明与思想还没有灌输到他们的头脑里，他们的精神世界还无从谈起，不能让自己在思维的自足里获得内心的平衡。所以时间久了就会爆发破坏性的冲动，这种冲动的一种方式是完全没有自我束缚的暴力，另一种方式就是出走，远远地离开故乡，到别处，到没有到过的地方去。好在自己和妹妹都在很小的时候就已经跟随父亲有了这些短暂而重要的漫游经历，成为终身受益的早期教育的重要组成部分。

现在身体依然很健康的父亲在天气好的时候还是喜欢骑车到周围转一转、走一走，春天看花，夏天看树，秋天看果，冬天看雪；虽然城市规模扩大了很多，再想走到田野中需要比以前多得多的时间和路程了，但是这样的兴趣于他已经是一个始终保持的习惯。至今我依然记得几十年前的那些黄昏里平原上草木的气息，那气息明显比现在这个时代要湿润。正是那来自自然来自田野的湿润气息，成就了自己日后总是乐此不疲地喜欢到任何一个人生阶段里的定居处周围漫游的长期兴致。这个习惯使人一直都与自然与四季保持着贴近的传统，都能在自然的怀抱里时时获得身心两方面的抚慰。

我们"自由地"生活在一个地方一辈子，从生而为人的自然讲、从法律的角度讲、从我们的健康允许的角度讲，我们都具有行动于四面八方任何一个地方的可能性。然而，当一个人老了，不能动了的时候，回头看一看，其生活与行为的半径往往并不大，大有辜负了自己作为人的天赋行动自由的权利的意味。

我们的一生之中放弃了多少所谓可有可无的旅行的机会呢？因为那不能挣钱，因为那不能带来眼前的利益，因为那不能使你和你迫切地想与其建立个人关系的人建立关系，因为日久天长的习惯，因为，因为种种当时极其充分的理由，你一一将那些机会放弃掉了。结果弄到最后，即使住在一个城市一辈子，也只是对这城市的办公区、商业区和生活区熟悉；郊区也只是对国道或省道周边的地方有过一掠而过的目光扫描，尽管那样的一掠而过的扫描一而再再而三地发生，但是从来没有哪一次你去实现过总是在那一掠而过的瞬间在你头脑里出现过的念头：什么时候到这一片地方走走啊，看上去还是不错的嘛。功利主义的行为习惯和不愿意打破行为模式的惰性，成了大多数人将自我锁闭在城市的墙壁之间的无形绳索。

以这样的遗憾面对自己的过去者，大有人在。旅行对我们这样大多数都是以固定的方式定居一地的人来说，是一项以符合人性要求为最大目的的行为，任何违背了这个最高目的而为眼前的目的所左右了的人，都有可能是被定居的生活方式束缚了自我的人，都有可能是被人类自身的所谓当代生活方式异化了的人。

我们已经习惯了日复一日地在街道与墙壁之间往复，我们在不知不觉之中就仅仅把城市里的街道建筑当成了世界的全部，郊外的自然景象只是在我们乘坐着快速的交通工具一闪而过的时候的近处变形、远处模糊的画面而已。我们的人生，不过是钢筋水泥丛林里的一次次地循环往复的轨迹所组成的时间消耗。消耗完了，还要去最后的建筑——火葬场与墓地。那总算是多少有点儿自然的味道了吧，对于相当多数的人来说，那将是他们最长久的与自然接近的机会了。

还是让依然活着的我们回到现实中这一片自己定居的土地上来吧：在同一个地方生活久了，会有乏味的感觉。放眼望出去，一切都一成不变。街道和郊野都再熟悉不过，少有新鲜。季节的不同带来的变化本身也已经烂熟于心。这时候就需要走出去看看外面的世界，到环境焕然一新的异地，到风景不同、生活方式也有了差异的地方，走一走，看一看，不必是什么名胜古迹，只是普通的人类生活场景和自然状态，就已经是一种收获。

这一年春天离开城里的家住到郊外的家以后，居然再也没有到过由城里向东的河边。要知道这以前那是每天都必到的人生路径。如今河边路径上依然葆有盛夏时节茂盛的景象，树枝树冠形成的黑胡同还在。有熟悉到了再熟悉不过的诸多细节，茂盛地将空隙填满的细节，作为自然风景它们常有常新，还是能给人以很大的新鲜感。

在一片相对广阔的风景中，让享受自然的人获得一种虽为模拟但因为面积足够广大而仿佛是真正的自然一般的感受。这是无边界的市郊大公园，自然保护区概念下的自然休闲区域的审美本质。石家庄的太平河景区是基本上符合这种意义上的审美实体。沿着一条自然的河，将岸边改造成适宜观赏的公园化的景区，游客既可在一个地方盘桓，也可以纵向地沿着河流的方向向上游或者下游一直走下去，尽管不是无限的公园，但是开始与结束的地方都因为与周围的自然环境没有明显的隔断，所以就能让游人在心理上获得一种"无限"的印象，从而增加了游览者内心里的自由感，也使整个公园的心理效果被强化了很多。

当然这与那种整个大地都是公园式的整体环境状态还是无法相提并论的，那样的理想环境中没有达到公园状态的反而是星星点点的个别地方，一如这里达到了公园状态的是星星点点的个别地方一样。

这并不妨碍人在其中的感受。事实上正是这一刻，觉着就在这家门口的安宁里，似乎已经有了想象中只有远方才有的理想。不禁就想那种漫游式的旅行，以寻找可以让鼻炎自愈的地方为目的，却又不单纯以治疗为唯一宗旨，而是采用漫行方式自由自在地行走陌生的地方，从一开始就坐最慢的慢车，因为没有一个期待抵达的目的地在前面，在车上能坐着向前本身就已经是目的了。

每年都是坐卧铺一天一夜直抵目的地，今年可以改改，物理漫游兼精神漫游的方式，身心最为舒适。即如这个周末的上午，骑车漫游河边，走走停停，偶尔写写笔记的生活，将其延长到一段时间里的每一天，便是长途旅行了。

当然，在我们对我们定居地的四季的所有细节都已经烂熟于心以后，往往会突然爆发出一种强烈的压抑感，一种想一举突破点什么，走到更加广阔的地方去的冲动。这是定居者的宿命，需要用旅行做调节，需要用远距离的民宿或者第二居所做必要的化解。其实，最方便的化解就是到定居地周围的旅行，这种旅行因为可以使用边边角角的时间，一天半天都可以随时完成，而日积月累以后就能连成串，串成片，形成对周围一个非常广泛的圆周范围内的细节上的熟悉。

在自己长期居住地的周围，自己在每个季节，每一个季节的每一点儿气候变化的细节间盘桓着，日复一日，年复一年，虽然多有重复，却并无厌烦；还时时为自己尚能有时间、有精力、有兴趣这么出来转一转而暗自庆幸。即使那些退休者大约也是没有个个都意识到这其间的乐趣的，人要是等到了退休的时候才想起自然来，在自己的体力已经下降到了一定程度的时候才想起漫游来，多少是有些遗憾的。人是要在自己身体和精力都最最充沛的时候将自己置身到大自然里去的，只有在四季里，人才能找到自己。人只有有了充分的在自然里漫游的经历以后，才可能真正在家里、在屋子里、在墙壁之间坐下来。否则那样的枯坐未免就让人会在某一个瞬间里仰望天空而生出莫名的郁闷。

当我们还年轻的时候，当我们已经度过了自己在心智上可以与自然浑然一体的童年时代以后，很少再会对身边的风景在意：在周围触手可及的，就是应该不以为然的，这个原则好像是天经地义的。只有在我们在日复一日年复一年的生活中经过了种种失败和挫折，获得了生活的欢欣和悲哀以后，才逐渐由平息下来的心绪在某一个无所事事的下午的时候突然意识到就在我们的身边、我们的周围，原来还有着种种可以颐神养性的自然。我们原来所向往的"别处"，对别处的人何尝不就是身边呢？懂得欣赏我们身边的美的人，才是生活的真正拥有者。

只有将居住地周围——这个范围应该是以居住地为核心以五十公里甚至一百公里为半径的圆——都走到了，才能真正在家里非常安定地坐下来，做到心无旁骛。这既是基于地理方位上的确定感，对周围的所有参照物的细节都了然于胸了；也是基于一种周围再无新鲜之处的绝望：既然外面没有看的了，又一时不能总是走到更远的地方，那就安心在家里待着吧。反正在家里，在家务与生活的运转中，在写与看的间隙里，任何一个外界的消息，任何一个与地域有关的新闻，你都迅速地在自己的心里，在你独有的头脑地图中，将地理位置给标出来，做到心明眼亮。一个人，对世界能做到心明眼亮是很难的，在人际上难，那就在地理上实现它吧，清楚这个我们容身其中的世界上的地理起伏序列，对我们的身心都会有大大的裨益。

定居地的所在

定居地周围是最方便日常旅行的所在，实际上在这里使用旅行这个词已经是勉为其难了。这里是你不看也得看，兴致勃勃地看也还是那一片的固定景致，不管多好多么差强人意，它注定就已经是你的生活环境本身，改变不了；要改变只能改变你自己的位置。也就是去旅游，去没有去过的很少去过的外地，景致不一样的地方。

哪怕大的环境和本地并没有多少区别，但是道路格局、植被样貌甚至人的状态也还是有所区别的，也还是能给你带来可贵的新鲜感的。这就是不论去哪里，只是要离开你长期居住地的旅游的本质所在。

从这个意义上说，不论是去哪里，不论那里有没有通常所谓的风景，实际上都是对你长期居住地的一种反拨意义上的新鲜经验，都在一定程度上让你再次意识到了天地之宽和世界之大，从而安抚了你日复一日总是在同样的环境而不得不经常靠着走入内心来生活所导致的烦闷。

从某种意义上来说，我们在长期居住地的生活也是类似圈定了生活范围的监狱。监狱里出去放放风之所以是必要，就是因为如果只在一个同样的一成不变的环境里就会渐趋崩溃。

一个春天的下午，我骑着摩托车离开公路，只是沿着滹沱河一味地向上游走。河的北岸的矮冈上是就着地势盖着一层层土坯房子的米江岸村。所有与山冈一个颜色的层层叠叠的建筑，还有山冈下面的滹沱河河道里的菜地庄稼地，都掩映在一片茂密的树林之中，树林之上新生的绿色之中还葆有初生的鹅黄色或湿润的棕色，但是树下的阴凉已经形成，那是一种丘陵地带难得的阴凉。

只有特别高大的树木才会有那种爽利阴凉的感觉。高高爽爽的树下有足够的空间让人坐卧活动，像特别高大的客厅；道路和田地都在这阴凉之下。这就是米江岸村的环境。这种在丘陵地带非常罕见的树林景观的形成，得益于树木归个人所有的制度。树木大了粗了，有了买主了，就伐掉一些，伐了马上就会及时地补种上小树——小树都会被仔细地围上荆棘，防止别人碰触摇晃；而且每次的砍伐都是间作，都不会是彻底完全的，而总会留有余地。

在这滹沱滩地的树林中，在这高大的树林造成的阴凉里，油菜花地那一边的父女俩，一起来给小麦喷农药。走到地头的时候女儿很体贴地赶紧从父亲肩膀上拿下药桶来，灌上药水儿。我的存在多少破坏了他们平和的原始气氛，被观看的不适使他们有了几分拘谨。即使以最慢的速度让摩托车在这样的树林中滑行，自己也还是觉着太快了一些，于是就熄了火儿推着车走。

这时候，前筐里坐着一个穿红衣服的小女孩的自行车被从高冈上的村子里推了出来。推车的女人已经没有了显然前不久还有的少妇的身姿，敞着怀，露出里面的红毛衣（外衣近于土色，更显得内衣鲜艳）。两个人并肩推着车子，对话似乎很频繁，注意力完全在对方的话语上，而不在环境里，也不在孩子身上。刚才去串门时的诸多感受这时候在离开以后被尽情地倾诉着和倾听着。看来她们就是要这样推着走而不准备骑了。过了前面的一道不高的坎儿就是宽阔的滹沱河了，因为上游和下游各有一个水库，河里的水已经很浅了，她们可以一直推着车子走过去，到对岸的村子里，到自己的家里去。另一条迤逦婉转的小路上，正有一个牵着牛的老人，一点一点地向着去河滩方向的小路蹒跚着。宁静的气氛突然而至，一切都以老牛的节奏缓缓地进行着。呼应这节奏的，是布谷鸟断断续续的叫声。

我推着摩托车在这样的景致里走着，迎面来了一个毛头小伙子，骑着摩托车带着媳妇风驰电掣地开过来。看见我推着车走，一定是认为我的车坏了，嘴角上露出了一丝笑意——那里面有同情、有替我感到的无奈，还有略略的"幸灾乐祸"。我们在擦肩而过的一瞬间里互相的面孔中都漾过了一层笑意，然后就又是树林里格外清亮的鸟鸣之声了。

米江岸村这样的田园风光是醉人的，对于村民们来说这里就是他们的定居之所。他们每天每日在周围的田地里劳作，在相邻的村庄之间走亲戚，在顺着河谷上下不超出十几公里的范围内生活着。我从一个外来人的角度去把他们的生活劳作的场景作为风景去欣赏着的时候,既有衷心的沉醉,也有只能做片刻停留的遗憾——感觉再好,我们每一个在自己的定居之处扎了根的成年人,要毅然决然地选择别的地方做新的居住之地的决定都是不那么容易的。而从另一个角度上说,即使是到达任何一个风景优美的地方,仅仅从一个旁观者的角度来看那里的生活,也会觉着不能久留。风景只有那么一两处、两三处,长期的甚至是一辈子地居住下去,怎么能受得了呢?而大多数游客自己的长期居住地实际上远远不如人家这种可以被作为旅游目的地的地方,游客们所以能在自己的长期居住地有安心的感觉无非是出于习惯,出于当初没有选择的余地的宿命,甚至是没有明确的选择行为的盲目,出于从来就如此的自然而然不容置疑而已。

这种属于游客的想法,这种因为一直在到处旅行而无法让自己停下脚步来的状态里的想法,其实更多地源于我们对外在生活场景的苛求。因为任何一个长期居住地都不可能是拥有无穷风景的地方,任何一个美丽的地方的美丽也不过是那么一两个、两三个角度而已。任何一个哪怕是风光优美的地方,一直居住下去也会让人觉出一成不变的压抑。人要想在一个地方安心地生活下去,靠的不单单是周围的风景,也不是层出不穷的事务性的工作缠绕,更主要的是丰富的内心。一颗丰富到可以自足的心,其培养成功的过程都是漫长的,都不是一朝一夕可以立就的。其中有文化与经历的成分,也有由个人的游历经历建立起来的人生地理背景的是否多样、是否广阔的问题。

未经世事者难以做到真正的隐居,看破红尘的人往往都是在红尘中几经挣扎与沉浮的沧桑人士。如果拥有充分的选择权的话,能最终选择在一个地方定居下来,也无疑是因为有过了比较,有过在其他很多地方的居住经验。即使是在一个地方定居了,其实很多人也依然还是怀有去更好的地方住一段时间的梦想。我们的定居从心理上来说不过是人生旅程中的一个驿站,不管后面的旅程何时才能真正开始,要紧的是抓住现在的机会,享受现在居住地及周围的风光。

当然,对于大多数还没有选择的机会的定居者来说,我们的家乡或者工作地,天然的就是我们的定居之所。在这样的地方,我们年轻的时候对身边的景致一般都是不屑一顾的,这样做的心理基础是:怎么可能在这种地方生活下去呢?我未来的生活一定在一个我可以一点一点地慢慢地体会其妙处的好得多的地方。既然如此,眼前的一切,身边的一切对自己来说都是无所谓的,不重要的,而且以自己将来前途无量之身在这种地方转悠岂不丢份儿?

人都是到了中年以后才懂得利用一切机会游览远方的或身边的景致的,而对身边的景致进行刨根儿问底儿式地挖掘的兴致,也都是这个时期培养起来的,即使他不是一个考古学家或者博物爱好者。在这样因为资源有限而很快就会不得不带有重复色彩的"深度旅行"中,虽然偶尔也会掠过这样的念头：难道自己就此永远在这个范围里生活了吗？但是疑问只会转瞬即逝，因为即使生活在别处也会遭遇同样的问题，而只有你有了对身边的景致了如指掌的经验以后，再面对别处的景致才会格外驾轻就熟，不仅是懂得欣赏、懂得爱，而且掌握了欣赏与爱的技巧。

米江岸村那种河边树林里的田园风光是非常独特的，那个春天里我推着摩托车穿越林间小路的时候所耳闻目睹的所有景致，都凝固成了一幅永恒的图画。人在大地上的栖息，只要出之自然，就美不胜收。最幸福的情境就是能经常自豪而自足地确认这样一个事实：自己就是生活在这里。

出行的名目

春末的黄昏里,在远郊开始飘着麦子的青涩甜香的广袤田地里,我听着耳机里的音乐慢慢地走。所走的道路,是自己在这个城市周围开辟出来的几条只有自己知道的漫游路径中的一条。这些个人的漫游路径一般都会避开大公路,在乡间有杨树护道的小公路与没有硬化的庄稼道之间连缀着,在诸多场景里,还经常能发现田垄垄边的杂草野花与空气中回荡的田野的馨香。

这个季节,庞大的麦子地培育出了一种植被丰厚的湿润气息,使行走其间的人们,北方干旱地区的人们,可以呼吸到珍贵的潮凉味道。那一天,那么幸福地走着的时候就遇到了一个正在浇地的人。站定了,说起话来。他问,你是干什么买卖的?我答,没有买卖,就是出来转一转。他说,总是要有点儿营生的吧?我说没有营生,就是这么干转。他摇了摇头,很不理解地将一个已经灌满了水的渠口用土封了,把水引向远处另一个垄沟。显然,我的解释并没有完全让他懂得;但是他的困惑,也并没有妨碍我们之间互相善意地招呼着告别。那时候，布谷鸟在彩色的暮色里已经再次开始了鸣叫，鸣叫与停顿之间的间隔虽然没有声音，但是好像也属于它的鸣叫的一部分，那声音的形象悠远而深阔，让人至为迷恋，连带着自己也就迷恋起这在大地上的漫游中的所有细节来了，看到的景遇到的人，都让人想了又想。

和那个浇地人的几句对话，使人意识到，在通常的观念中，即便是出行也是要有名目的。每个人都按照自己的路数生活着，按说应该非常丰富多彩，然而事实上每个人的路数加起来并不是很多很多的数不过来的路数，上班的、上学的、干活的、打工的、买的、卖的、走的、站的，仅此而已。每一个在视野里出现的人，大家几乎都能判断出他的身份还有他正在做什么的状态。即使是旅游的，也有一些虽然大家说不出来却都能感觉出来的标记：比如双肩挎，比如咋咋呼呼故作姿态的表情，比如像羊群一样被导游赶着走牵着走的队伍，等等。而当你作为一个单独的个人出现在某个偏僻的田野的小路上的时候，你的自行车和自行车上的包，还有你的服装与你的表情，却使人们疑惑了：他是干什么的？不是赶路的，不是本地人，不是过路的，转转悠悠，不紧不慢，东张西望……第一个念头自然是坏人！警惕着的人们会首先把你判断为踩点的小偷或者强盗，用最疑惑的目光跟随着你的行踪，审视着你的一举一动，让你不得不小心着自己不要失态，以免给人家那你自己也很清楚的判断做了注脚。

非常有意思的是，生而自由的人们在现实生活中其实是有着诸多不自由的行为确认符号，来给自己做解释的。据观察，到郊外的河边的人，除了情侣之外，最多的就是钓鱼人了。他们拿着竿子伸到水里，一动不动地坐在水边上，一坐一天，等待着那些一寸长的小鱼很不幸地上钩的时刻。真有那么多钓鱼爱好者吗？相信其中相当数量的人只是想着到河边上待一会儿，可又不习惯闲待着，拿上本书坐在河边看，或者在河边跑步又不是这个各方面还都比较落后的城市的风尚，于是就只有选择为所有的公众都接受的钓鱼了；他们钓鱼只是给自己到郊外、到河边的行为找了一个借口而已。即使是到郊外随便走一走，也是要有一个名正言顺为大家普遍认可的名分的。在日常生活里被不知不觉地装到了套子里的我们，即使是寻找解脱束缚的出行行为本身，也要有相应的名目。

这些名目大多要有功利色彩——比如钓鱼、比如锻炼、比如带孩子玩。回首一个人的一生，除了为了温饱和工作的奔波以外，即使是出去旅游，目标和方向也都是十分明确的，时间上也都是争分夺秒不容耽误的；成了工作性的奔波的一种惯性延续。这逐渐形成了一种藏于我们心中的"道德"，如果没有那样明确的目的，那么见了人就心虚起来，出行的所有细节就都很不自在，就会惭愧，就不理直气壮。

一个已经习惯了带孩子到郊外玩的人，一旦孩子长大了，不愿意出去玩了，就突然发现孩子其实只是自己出去玩的一个借口，没有了带孩子的天经地义的理由，自己再没有目的地漫游的话先就有了几分心虚气短，仿佛遇到的每一个人都在怀疑自己：这个人，既不是种地的，也不是小贩，为什么一个人转悠呢？当我们试着以别人的眼光、以所谓社会约定俗成的眼光来看自己的漫游，来观察自己这徜徉自然中的举止的时候，只要有了一点点这种回看自己的意识，只要稍加留意，就仿佛有了那么一些不自在，突然就又重回了牢笼；似乎至少需要一个画家写生或者音乐家采风之类的名目来遮掩一下了。好在这种外加上去的自我审视并不一直存在，自己也就重归理直气壮的自由自在了。

　　人生的束缚林林总总，多是我们自己给自己逐渐地套上的锁链，获得自由其实往往只是换一个角度，将习惯性的目的撇到一边。即如出游一事，名正言顺的名目似乎只有春游秋游，所谓三月三踏青赏花、九九重阳登高望远，不是节日不是季节，就没了名分。而那些有名分的被认可的春游秋游，一方面说明参与者有不忘自然在节序中的标准像，需要定期迫使自己去自然里徜徉的念想；另一方面也恰恰证明了大多数人实际上不能做到人与自然的充分融合，即使是这种不忘自然的人也只是在一年之中的这几个点上才可能屈身自然之中，略做走马观花式的停留而已。

　　当然，这里面有很多不得已的因素制约着每一个人，生存与发展的锁链捆绑着绝大多数人的手脚，生产生活毕竟是大多数人大多数时候需要从事的事情，这使他们在时间使用上不能做到随心所欲的自由；只可能在这有数的几个节日假日里才具备出行的条件。在被束缚者成了绝大多数的时候，出游的习惯与名分也就跟着他们被固定到了那么几个有限的日子或者季节。要在其中开辟出不分季节没有固定形式甚至没有目的地的漫游者的名分来，实属不易。然而在旅行这件事情上，只要条件允许，内心的要求从来都是第一位的。当更多的人投身到这样符合身心两方面的健康需要的旅行方式中来的时候，名分就会自然而然地到来。这无须更多的证明，那些先发达起来的社会就是最好的例子。

别只在恋爱的时候才投身自然

这个题目还可以用相同的句法再加上几句：别只在钓鱼的时候才投身自然，别只在春游秋游的时候才投身自然，别只在从一个城市到达另一个城市的时候才经过自然……

不过也许还是说说恋爱更有点儿意思吧。是啊，为什么只有谈恋爱的时候人们才相约到自然环境之中？为什么不可以使我们的日常生活中经常出现谈恋爱的时候的环境景象？稍微观察一下就会发现我们所居住的城市里的人们到自然里去，很少抱着体会自然和在自然环境里运动的目的，他们到自然中去除了钓鱼以外往往就是因为异性的张力。在自然之中的私密行为较少受打扰，被熟人看见的概率比较小；他们在自然里来只是为了避开熟人的圈子，偷尝道德内外的甜蜜。这样的张力关系，可以在自然里展开，而不处于这种关系中的人，则基本上不到自然里来。相比之下，那些放风筝的老人倒成了难能可贵的了。

比照发达社会中人们开着车到森林湖边到自然中去运动去阅读去合家野营的普遍状态，可以知道我们即使是有了车，生活质量也还是不高。把车开到自然里，只是开着空调在里面，并不下车；或者是下了车领着狗一口一个"让妈妈抱抱""乖，别跑"……而对于处身自然之中于身心的诸多妙处，则要么不以为意，要么完全隔膜。

在城市边缘上不收门票的风景区，这样以遮掩和展示为主要内容的外出者屡见不鲜。它是阶段性的生活水准的表现之一。河边的草地上，是成双成对者的天下，那种持续的卿卿我我的状态，在局外人中的眼里似乎总是不无夸张。不过有一点是值得肯定的，那就是他们在这样的时候是喜欢让自己置身于自然之中的。这种"置身于"可能更多的是考虑避开别人的目光，但是也不排除有什么别的成分，人们在这样生命力勃发的时候往往还是很爱自然的，在自然里确认自己的自然属性，在自然里获得超越于普通的世俗生活之上的两个人之间的情感涟漪。

很普遍的一种现象是，人们在互相爱着的时候，也会同时爱上周围的大自然。爱与被爱的情绪，既是精神的也同时是肉体的，而这两点在大自然的环境里显然比之在城市的建筑丛林里都更容易展开。因为爱而使人具有了超越于庸常的生活之上的超拔目光，使自然审美与自身的情绪统一起来。这样的状态，是自然环境比之城镇聚居状态中更有优势的地方。任何爱过的人仔细回想，在当初爱着的时候，在当初拥有这样的目光的时候，置身自然之中都无疑是很享受的一件事情。

人在恋爱的时候投身自然，面对自然的草木地形，会有一种来自祖先那里的原始环境观感。在那样的原始环境观感的祖先记忆中，爱情展开的场景重现，会在相当程度上与原始的爱情产生一种互相激发的正相关效应。单纯从审美的本能上来说也不无赏心悦目，也能让人有从人世的凡俗里脱身而出的享受。将两性与自然结合，这是人类原始本能中的一种高端的也是自然的选择。那为什么不能将这种爱自然的天性一直保持下去呢？任何年龄的人都应该保持哪怕是无所事事地在自然里的静坐的习惯，那样他的人生才会更美，像恋爱一样的美。永远像恋爱的时候一样热爱自然，这大约是一个很好的命题，当然也许还仅仅是一个命题。

和自然脱节的人生是可悲可怜的，是狭隘的。它使人缺失了存在的根基，缺少了像当初爱情蓬勃时的那样源于生命源头的动力。和自然脱节的人生、和地理脱节的人生，和四季脱节的人生，是丧失了灵性的人生。尤其是作为所谓的知识分子，作为从事精神劳动的人，这种脱节一旦成为习惯，成为长期的常态，也就基本上意味着这个人在精神创造力上的枯竭。那种纯粹书斋里做出来的学问，失去了自然的、地理的经常性营养的学问，注定是乏味而无趣的，是从根本上失去了生命色彩的东西。不仅是他们的作品，甚至连他们这个人，也就逐渐丧失了生命元初的朝气和有根基的活力，而成为心灵枯槁的乏味之人。

歌德经常在魏玛的丘陵山脊上长途步行，遥望大地的起伏和云烟的变换。曾经有一幅著名的油画，画的就是那样的一个场景。那个场景，给人留下的印象非常深刻。当终于有机会到达魏玛的时候，自己离开那些城里的景点，到周围的丘陵圆滑的山脊上走了走。用那种与歌德一样的目光遥遥地走着，试想着当年的歌德以近似的角度回看着自己的家乡的情景，就有了一种与他的思绪非常靠近的恍惚。在山脊上，连续的山脊上行走的状态，是一种最直接的"高峰体验"，持续的高峰体验。因为人一直在山脊上走，山脊虽然也是先低后高或者先高后低，但是两侧始终再无障碍，两侧的山野始终都能尽收眼底。行走在山脊上，一直都会有一种身在巅峰、直视无碍的感觉。歌德从丘陵盆地中的城市里拔身出来，这样沿着山脊徒步，正可在获得身心休息的同时也获得自然审美的享受。这样复归于自然的山脊上的散步，正是他无数的创作的酝酿之所，也更是他享受人生、享受生命在自然中的点点滴滴的真切感受的重要途径。

海德堡著名的"哲学家小道"也有类似的地理审美角度，它蜿蜒于城市对面内卡河谷之上的山坡上，树木蓊郁，徒步其间不仅能观赏人们所居住的城市全景，更可以享受树木与山石的清新气息。曾几何时，荷尔德林等哲学家日日行走于这条小路之上，在自然里审美、在自然里休息，也在自然里思索，在自然之中他们不仅收获了自己的人生目标，自己也更成为后世的风景。不论是歌德还是那些哲学家，都是将置身自然的习惯保持终生的，都不是只有在恋爱的时候才投身自然的。他们拥有比之同时代人，甚至比之后来很多年代里的人们都高得多的生命享受。

　　人是需要经常在地理环境中去端详端详的,人是需要去四季之中去漫游漫游的,人是需要在自然之中去徜徉徜徉的,不如此,实际上就说不上什么有价值的精神生活。这是人类在自己最成功的社会形态——农业社会里一种普遍的状态,也是在百年以来的工业化过程中逐渐丧失掉的审美的人性元素中最宝贵的一种。

变化着的郊外

这个春天,和以前的春天一样,和以前的所有季节一样,自己都保持着在力所能及的范围内出游的习惯。不过是因为春天,气候和心情的适合而出游的次数更多而已。然而就是在这个春天,在几次不同的行程之中,惊讶地发现,原来自己一旦发现了什么美景,就意味着那美景即将消失的话,居然一而再地一语成谶。让人痛心疾首:小壁农场面积广大的苗圃里的路侧,有一个原来留下来的小院,院前有两棵巨大的柳树,相信树龄绝对在半个世纪以上,无论春天夏天秋天,甚至是冬天,每次走到这里的时候自己都会不由自主地停下来,歇一歇,远远地给那树照张相——甚至因为不愿破坏它们在自己心中构建的想象,自己从来都不走近它们;最近的一次也是在十五米开外。它们一头柔顺的长发,在有风的时候会成为风的形状,在无风的时候会淑女般下垂。然而在这又一个春天的时候,它们永远地从我审美的视野里消失了,永远不会再出现。我以前拍摄的那些照片大约是它们在这个世界上的最后一点儿痕迹了，是它们曾经在这个世界上存在过的唯一证据。

还有，水库下面那个村子的村口上，那一棵格外粗大高壮的泡桐。它笔直笔直（害了它的也许正是它的笔直吧）地立在水渠边上，树下有农妇洗衣服，流水中映着树上成千上万的紫色的泡桐花，让甜蜜的香气弥漫在春天因为温热的气温总显得含混不清的天空里。它那村口的位置，和有水中的倒影的形象，曾经是一个引领着整个村庄的美丽的旗帜……然而，在这个春天里，我再一次走到它附近的时候就已经心里一凉，因为视野里应该有它的时候已经没有了它，现场是一个大大的坑，土还是潮湿新鲜的，刚刚砍走，连着巨大的树根都挖走了。

和这些风景一起，郊外的很多道路上的诗意也永远逝去了。

在这些曾经的郊外，原来的，十几年前甚至就是几年前的道路状态都已经很难寻觅了。那时候，道路是狭窄的，弯曲的，带毛边儿的，这里那里花儿草儿把头头尾尾都伸到了路牙上，被车辆行人蹭到了茎茎叶叶，也依旧痴心不改地随时准备着再向这个方向恢复失地。那时候建筑大多是低矮的，不成片的，排列除了北方传统的坐北朝南以外，别的也就没有什么一致性了，存在着比现在更多的可能性。而且，几乎不管什么样的房子，都掩映在树木与草丛间。那些树木与草丛没有现在人工的整齐，却有现在无论如何也不会再有的天然……

那时候的某一个下午，随意地骑车走在这样的道路上，身边没有威胁性很强的大车驶过,空气里有长久存在的安静将一切都沐浴其间。举手投足之间,目力所及都是生活恬淡平常的运转,仿佛自从有人类以来这里的一切就从来如此,仿佛你只是千千万万年没有任何变化的生活场景里走入的一个与以前的旧人并无二致的新客。可是值得庆幸的是这个与以往的过客相同的人,却正是你,是拥有你的头脑,拥有你的审美嗅觉的你自己。这就是生命至醇的幸福味道,是人之为人的大享受。

那时候的感叹是:一个人要在广阔的地理环境中体会自由自在的行走的感觉,才自由,才幸福。

虽然如此,现在在更远的郊外,还是有城市里没有的好空气好风景的。郊行因为是直接从城里的生活中脱身出来,田野里的广阔与安详跟城里的喧嚣与周而复始的重复有着鲜明的对比,所以更有那种焦虑被最初舒缓着的时候的令人欣喜的效果。相比之下,反倒是长途旅行因为长期都在旅途之中,逐渐已经习惯了在大地上的行走,慢慢地就有了相当的麻木,那种直接的舒缓焦虑的喜悦就不像郊行这么明显了。

在郊外曾有人问是做什么生意的,为了避免不好理解便回答是画画的,答后自己都笑。不过在郊区的漫游过程中,的确是经常在以画家的眼光和心态在看世界,看周围的一切。这就将自己生命中的这样的时光和审美享受结合了起来,成为一种乐此不疲的于身心皆有裨益的积极之事。

骑车去郊外进行没有目的地的漫游,不仅是合于身心的健康之道，更是自己获得审美体验的一种方式。这种方式的产生完全是自动的，是发自内心的乐此不疲，随时都可能自动地进行起来：天气好的时候，天气坏的时候，天气不好不坏的时候；春花初放的日子里，秋风飒飒的下午，大雪满天的傍晚；学生时代，婚姻前后，养育孩子的过程中，人到中年渐趋淡泊的不惑之年……从三十五岁开始的心灵上的退休生活，助长了这种审美活动，自由、俭朴、简单、淡泊，常常能反观人生，反省自己审视着的碌碌人世。置身事外的感觉尽管有时候也未免孤独冷清，然而更多的无疑却是自足的快乐。

最方便的旅行，可以经常进行而花费很小收获往往又很是不少的旅行，就是去郊外，去你居住的城市的郊外。一天半日，坐公共汽车、骑车甚至步行；不拘方向、不拘是不是整块的时间，在任何一个你有闲暇的时候；不管春夏秋冬，不管早晨还是黄昏，你都可以在心中有了感觉的时候突然站起身来走出去，一直走到没有了建筑的地方，向着广阔的田园畅快而深长地呼吸。

城市里的房子越盖越多，需要越来越多的时间才能把自己运转到郊外了。站在一处周围全是纵横的道路的"郊外"，空中持续地鸣响着似乎永远会川流不息的车辆运转之声。高速公路、外环路、国道、省道，仿佛所有的道路上都趴着一架从看不见的头到看不见的尾的大机器。这台长长的机器自然不会有隔音的厂房，它轰轰隆隆的低沉吼声永远震撼着大地，和它排出的废气一起污染着绵延的大自然。好在因为它们存在久了，所以在周围的人听来就很习惯了，仿佛已经是大自然的一个固定的组成部分，是所有生活的确定的背景，是关于安静的一种必要的条件。在所有安静的时间，在所有不和别人说话的时候，这种声音就会突然加大了音量，成为安静的注脚。

尽管我们居住的城市的郊外环境在不断蜕化，城市在不断扩张，郊外距离我们越来越远，垃圾在城市和郊外之间的堆积越来越多，但是只要你下决心一直走下去，总还是能走到郊外的。就在你欣赏自然的好心情没有因为路程的遥远而消退的时候，就在明媚的或者阴郁的天气没有结束的时候，你已经站到了你想象中应该去的地方了，而那时候你往往能获得你的想象没有触及的景象和感觉——当然更多的还是一种虽然在想象之中，但是一旦真实地在其中行走和呼吸的时候，就无以复加的愉快带来的兴奋。那样的兴奋使你即使面对的其实都是在想象之内的东西，也因为阳光和植被的鲜活生命色彩而让你赞叹不已，仿佛是一个全新的世界。

郊外仿佛是城里人的花园，是被人工修整和限制固定死了的公园之外的真正属于城市这个大家庭的花园，那里的一草一木的生长和丧失都会在一个经常到郊外观赏的人的心中造成巨大的波澜：哪里哪里的两排大树刚刚被砍了，哪里哪里的麦子都已经一尺高了又被盖上了房子，哪里哪里的河水越来越黑了；哪里哪里的垄边盛开了一片虽然微小但却成了片的有着蓝色的花朵的仿佛安静的火焰的野花，哪里哪里的青蛙已经开始鸣叫，哪里哪里的乡间小路上依旧保持着在今天的发展之中越发显得难得的安详……

郊外是城市人永远的后花园，不管城市有多大，不管城市发展成什么样的大都市，它的郊外永远是其中的热爱自然的人的一个心理上的情结——这个情结甚至发展成了一个独特的城市评价标准，哪个哪个城市如果有非常迷人的郊外的话就会被我们永远地记住，永远地向往，即如莫斯科的郊外，巴黎的郊外甚至桂林的郊外——桂林郊外奔腾的桃花江和老树夹道的野径给人的印象深刻。它们甚至已经超过了其身边城市的名气，成了连别的城市的人们也都向往的地方。一个城市的好坏，实在是和一个城市的郊外的好坏有着太大的关系。这一层，往往是为我们的城市拥有者们所一直忽视的。

在我，想念一个城市，向往一个城市，经常不是想念和向往它的城区，而更多的是它的郊外。因为只有郊外才更值得想念和向往，只有郊外才更可能保留一点点原始的味道，一点点城市历史遗留下来的过去的痕迹。

如果你到达过一个城市，只是去了它的城区，住了旅馆，吃了美食，转了商场，甚至还逛了公园，那所收获的也和别的城市大同小异，不会区别很大。而如果你去转了它的郊外，印象就会格外深刻，就绝对不会因为时间长了以后而混淆。这个定律可能对于已充分田园化了的城市是不适用的，它们的城市和郊外的区别显然要小得多。它们大致已经过上了人与自然融合的生活。

在户外午睡与看夕阳
——郊行的乐趣

对于一处去过多次的自然的所在,在季节更换天气变化的时候,我们甚至凭着过去的经验就能想象那里的感觉细节,那些感觉细节不因为我们熟悉而显得无趣,相反倒是因为预期之中的快乐而在事先便已心向往之。

在这个下着冷雨坐在窗前的早晨,或者某一个身不由己的不得不待在人群里的时刻,关于此情此景下那个自然之地的细节的想象就足够自己暗暗地重温那曾经的快乐和预想,预想那只要到达就必然会得到的感觉。这是我们可以重复进行的近郊旅行的一大妙处。也是我们在家乡、在故园、在日复一日的生存环境里所能望见的美的格外之处:它在四时的细节都让我们烂熟于心,随时都可以让我们很方便地重新投入它的怀抱。

在城市近郊的平原上,所有的田地都被用来耕作了,所有的森林都被砍伐了,所有的河流都已经干涸了、污染了,人类的密集程度已经到了不能给树与草、水与花留下一点点空间的程度,想找到一片有树荫的舒适和有水的闪光的地方，势比登天。这样，高速公路两侧林带和民心河林带就成了很多人"休闲"的地方。尽管这里的树种非常单一，基本上都是速生杨，但是在速生杨的树荫下，还是可以体会一些林野之美的，又不必跋山涉水坐长途车到很远很远的地方，不必花很是不少的钱，只要离开城市一点点，就可以进入树荫遮蔽了阳光、河水闪耀着粼粼的光芒的所在。

母亲用小车推着孩子，爷爷用带小座儿的自行车带着孙子，骑两辆自行车的恋人——两个人通常会有一个扶着车站着，另一个骑在后椅架上，眼睛婉转灵活，津津有味、滔滔不绝、没完没了地说着，男人眼角里闪烁着一种近于成功的兴奋，女人脸上涂抹着一层只属于对方的红晕——还有，带着啤酒和用塑料袋包着一点儿小菜的中年人……车声不断，尾气不断，充耳不闻、视而不见。尽管也是人造的林子，但是比之公园的嘈杂和人员密度总是好受了一些，有花有草也都出于天风地雨的自然，面对树林之外的庄稼或者菜园还会有另外的审美愉悦。

从树荫里望过去，向日葵的黄异样灿烂，玉米的红缨刚刚长成，在林立的玉米田的外侧，基本上是一个高度上，由一个一个红色的小喷泉状的缨子组成了一条红腰带。紧挨着林带的菜地里，有一种矮矮的似乎是刚刚出苗的植物，绿绿的、小小的，却一棵一棵地都顶着一朵硕大的白花，是一种药材吧？

何况这里遇到熟人的可能性还很小很小呢——恋人不

希望遇见熟人,即使是单独一个出来转的中年人也不希望遇到,人是需要这种自己单独面对自然的时刻的。看看树下的小草,在两块不知道什么人擩在那里的砖头上坐上一会儿,默默地说着什么、想着什么,站起来扭扭腰,或者喊上两嗓子,在没有熟人的情况下,都会更自由。

穿越这一片因为要装点高速公路上车辆两侧的视野而设置的林带,漫行更为广阔的田中小路,走在树下,走在庄稼地边上,终于找到一片苗圃,看了一会儿书,听着收音机喝了一会儿酒,将随身携带的雨衣铺在草地上,摘了帽子盖住眼睛,酣然入梦。在户外的野睡,醒来以后意识到自己身在何处的那一瞬间里的喜悦是无与伦比的。总会不由自主就笑起来,不仅是重新意识到自己到了跟平常在家不一样的自然环境里的事实,更对周围一草一木蓝天白云的所有细节都有一种刚刚擦亮了眼睛重新审视的愉悦。这是眼睛的享受,更是心灵的享受。在户外的时候,即使不睡觉,只是闭上眼睛,静静地入静上那么一会儿再重新回来,重新看见刚才看见的一切,也都能有处身崭新的世界的感觉。在芦苇和树木都褪尽了颜色的河边暖暖的沙滩上的午睡,虽然十分短暂,但是却因为这个完美的心理过程而变得永留记忆。

郊行的乐趣,没有束缚,行止全在随意之间。晨昏暮晓,寝食坐卧,全从一己之意,自由自在,痛快淋漓。除了野睡,与看日出一样,看夕阳也是一种就在身边便可以完成的简单易行的感官享受。和看日出不同的是,看夕阳可以更从容，时间量远远比看日出要大，也不像看日出那样起早摸黑地去等待。日暮时分，人应该在户外。看天地转换，是人之为人的福分。舍弃这样的福分，是大浪费。看日落的全过程，无所思无所想，只是看，只是沐浴，即足矣。

6月初的一个傍晚，发现了晚霞的辉煌，马上带着儿子向着西郊奔，去看夕阳西下的过程。天上仿佛一场最最盛大的演出，金碧辉煌。奔驰的彩云不仅布满了西天，连东天上居然也涂抹上了它绚丽的色彩。在这样的斑斓的天光里，失去了光线的田野里，没有大棚遮盖的菜园，散发着蔬菜们原本的馨香。看日落，并不是只看日落本身，更有日落时候大地上的颜色、气氛、温度的迅速而又不易被察觉的变化。还有这变化里人类活动的微妙转移：结束了一天的生活与工作，走上了回归的路，乡间的小路上，骑车的、步行的，车后面带着孩子座位的，不紧不慢，全没有了有日光的时候的匆忙与慌张。他们迎着庄稼与蔬菜联合制造出来的香风，突然把心情放得很松，宁和与安谧的气氛从外面一直走到了心里。从打工的城市里回到家园，从喧嚣疲惫的商场上回归寂然，日暮时分的乡间道路上，上演着这一天里最后一段公共生活场景，它美好平和，让只看到外表的孩子或者外人以为，人间本来就是如此，从来就是这样的祥瑞与安静。

日暮时分，是大自然发生剧烈变化的壮丽时刻，这个时刻人是应该在现场的，正如花开的时候人应该在现场一样，这是人之为人的幸福本身，是人间享受的重要题内之意。

就是为了在这里的生活

一个周末,早晨起来就有点儿周末综合征犯了的意思。那种周末的氛围似乎只来自于己的经验和感觉,即使眼前并没有那种熙熙攘攘的景象,也总让人感觉跃跃欲试的,某种隐隐约约的微妙的声音正在传达着别人正在进行或者即将开始的某种快乐,集体的快乐。周末的安静里,有一种因为对他人的想象而来的难耐。仿佛大家都在准备远远近近的行程,都要去欣赏自然的或者人工的什么景致,这种准备和他们即将展开的旅程刺激着自己,让自己抓耳挠腮,坐卧不宁。现在这样描述着的时候,当年在大学读书的时候所经历过的无数个周末历历在目。头脑里出现的背景通常都是校园里的大梧桐树,树下比平常上课的时候要稀疏很多也光鲜很多的人群……因为经常在日常的每一天里外出,所以周末的时候反而经常需要抑制住自己的冲动,跑到教室里或者图书馆里去看书。但是那种看书实在是一种痛苦,无时无刻不感觉自己正在做出巨大的牺牲。这种牺牲熬过了通常要去吃饭的中午时间,熬过了下午睡觉的时间，熬到夕阳洒满新叶初生的校园里那个时刻以后，就无论如何也不能再忍受了。

毅然决然地掐断思绪，动身，骑车去那座有城墙的古城。那里照例是很安详的，大家从容而缓慢，似乎每一天都是星期日。经过临济寺所在的临济路的路口，看见彩旗、彩带、标语、横幅，还有拥挤不堪的车辆行人、买卖吃喝，才知道这一天是佛的生日。中午时分，虽然主要仪式已经结束，但是进出的人们依然络绎不绝，大多数是来烧香的，也自然有很多因为这一天不要票而进来凑热闹的。一进门——正门不开，只有偏门大开，里面一座类似岗亭的小木头房子里坐着一个身着袈裟的和尚，平常他会要求进来的人出示票证，今天则完全成了摆设。

一个中年人就坐在门里一拐弯儿整个院子刚刚向人们展开的地方，脱了皮鞋，露出里面的袜子，双盘坐地闭目合掌，闹中取静，按照自己的内心要求在这里旁若无人地做着他一个人的法事。一个矮矮的老太太就站在距离他很近的地方，面对那一溜排开的法物柜台——柜台后面就是法物流通处，他们也像逢集的门脸儿店铺一样，将柜台临时搬出来求个好卖——她小心翼翼地将藏在一层层衣服深处的一个皱皱的手绢包打开，有点儿抖、有点儿慢地将一沓面额都不大的纸币中的一张抽了出来，平常再舍不得，到了这里也得花上点啊。一个同样矮小的男人手里拎着一个破旧的人造革皮包，上面"四川X神集团"几个大字已经开始剥落了。有一个上了点年纪的妇女，双手合十，围着塔转,嘴里念念有词。不过,每走几步就会吐一口痰。

寺里的厕所很大,墙上贴着些并非直接写上去而是将剪纸粘上去的标语:"便后用水冲 勿用有字纸 用后扔筐中"。

奇妙的是,这些零碎纷乱的细节一点儿都不影响大庙里佛事活动的庄严与肃穆。以棒喝为特征的临济宗在接收新居士的过程中,不断地响起张罗其事的老居士的吆喝声,他的口气之中的不容置疑,很像我们的城市里那种不管前来办事的人怎么点头哈腰、小心翼翼也总是显得很不耐烦的柜台里的人。总还是那穿了正规的袈裟的专业人士要温和得多,他的宣读之中有一种例行公事的一丝不苟之外的出之内心的由衷高兴。这种接纳者的高兴与被接纳者的高兴对了头,就让几个裹着头巾的农妇在这个仪式中一点一点地软了下来,颤颤地落了泪。她们在这一天里于风尘之中的奔波与抵达,终于为她们在现实生活中遇到的那些无以化解的愁绪找到了一个可以让身心妥置的平台。他们望到了慈祥和慈悲,望到了这个世界上还有可能对自己好的人与组织。

钟磬婉转锣鼓悠扬,我在这个多次到达过如今又一次到达的环境里,于一个瞬间读出了些人生的新意。

在定居地周围的漫游,使我们甚至对各种心境下的各个角度的风景里度过的一个一个黄昏或者午后时光都已经烂熟于心了。某一个特定的时刻站在某一个特定的角度产生某种特定的心情的时候,经常会有一种曾经有过完全相同境遇的感觉。对居住环境的烂熟于心是靠着这样不同心境下的不同角度里的同一风景的日积月累，叠加起来的。这还是有感觉的时候，更多的是我们只生活在我们的头脑里，对周围丧失了任何感觉的时间。临济寺作为建筑作为宗教场所作为旅游点，自己都曾到达，但是这一次偶然的游历，还是给既往的印象增添了新鲜的内容。匆匆而过的游客是没有多少空间与时间去注意得到更多的细节，去产生什么想象的，只有日日面对的长久居民才会看到哪怕是同一个风景的不同侧面，会因景而生想象，制造出诸多颇含敬畏之意的故事和传说。

在定居地周围的漫游给了人们这样的方便，而只有旅行才能使人有对比的机会，只有对比了以后我们才能对我们长久居住地有一个更清醒明确的认知，不仅知道了我们周围的缺憾，更知道了我们周围哪怕并不很多的审美价值，让我们对已经熟视无睹的东西重新产生感觉，找回我们应该有的环境状态。从这个意义上说，旅行这种仿佛以"生活在别处"为宗旨的活动，其目的最终还是为了更好地看清我们自己，是为了我们并非身在别处而就是在这里的生活。

金华寺在哪里
——在居住地周围留白的旅行美学

在常住地周围的漫游，因为经常可以方便地实现而迅速变得熟悉。不仅是每一个没有到过的地方都到过了，而且到过每一个地方的一年四季的各个时刻。风雨雷电，雪雾冰霜，日出日落，以步行的缓慢，以机动车的奔驰……经常会产生一种不愿意把那所剩的仅有的几个地方、几个时刻的漫游空白再填补上的念头，好像让身边的自然留有被想象的余地，比之纤毫不遗的洞悉更有吸引力。这与到了外地以后那种如饥似渴地想利用每分每秒将每个角落都踏遍的激情澎湃，实际上是一个共同的原因：对环境、对自然的审美的一往情深。

怎样保持漫游与定居的和谐？对定居点周围的漫游，对日常生活周围细节的过分了如指掌是否反而使厌烦感更容易滋生呢？当然，这实际上是享受着以后的问题了，与不能享受即不能漫游的痛苦比起来，显得微不足道，显得得了便宜卖乖。定居点周围的漫游正是因其没有到了外地以后那种今生此来未必还有第二次的时不我待的心情，而具有从容与安详的特质，才更容易享受其天地之间的细节之美。无论在哪里，无论是在定居点还是在外地，无论是安详还是匆忙，在地理中的漫游，都与食色本能的追寻一样，无一不是莫大享受；比食色的快感更胜一筹的是，自然审美永不疲劳，永不后悔，绝对不会有满足过后的那种颓然。在自然之中，我们不管是事前事中还是事后，永远都在美中。

在再熟悉不过的环境里又一次骑车而行，心中没有了，早已没有了到达以前从未到达过的地方的那种陌生的地理环境带来的快乐。一切都正如所料，不过户外的一切还是让人舒服，无比舒服。当然，能在同一块重复的地方反复发现它的美，固然是好。可更愿意能在另外的新鲜的陌生的从来没有到达过的地方去发现。可惜，自己的长期居住地周围，几乎已经没有这样的地方了。当长期定居点周围的景致甚至并非景致的一年四季里春夏秋冬的日常景观都被我们烂熟于心了的时候，当闭上眼睛就可以把任何一个季节、任何一种天气状况下即将出现的一切都预演于头脑之中的时候，生活的闭塞和压抑就会突然强烈地攫住人的灵魂，让时间突然停滞，让人不知道下一秒钟该如何度过。

这是现代旅游者越跑越远的一个原因，他们总是想着用距离来换取新鲜，用地理上的反差来调解精神上的厌烦。最初这个方法往往还是有效的，但是久而久之，当遥远的地方也变得熟悉了以后，定居点周围给他带来的那种一切洞若观火烂熟于心的感觉就会死灰复燃，就会重新陷入沮丧不宁、惶惑不安里。

不管面对熟悉还是陌生的景观，问题的关键似乎应该还在我们自身，在我们观察与审视的角度与发现细节的能力。提高我们的审美能力，在即使是熟悉的景致里发现以往没有发现的细节，从而获得新的审美愉悦，这才是提高我们精神生活质量的根本之道。如果能经常到不熟悉的景致里去进行这种发现，那自然是锦上添花的事情；旅行与世俗的生活质量提高密切相关（所谓生活半径大），如果能与我们内在的精神质量的提高结合起来，那将是人生这场大旅行的至妙。而即使是没有那么多远行的机会，只在居住地附近也是完全可以实现这样的将旅行与生活的内在质量的有益结合的。

在处理居住地周围的景致有限，很快就会转遍的问题上，有一种留白的美学方式是很有意思的。将周围没有到达过的所有地方都走过一遍甚至几遍以后，周围每一个地理细节自己闭着眼睛也都能历历在目了。所有的大路小路之间的连接都已经在自己的头脑里实现，心里透明了，但是也失落了。对于一个热爱地理的人来说，如果能在居住地的周围一个方向一片地方保持地理上的朦胧感，不是很清晰，有适当的神秘味道，使自己经常有这么一个想头儿，始终怀有一点儿探索的兴趣，那其实是更有意趣的。

在居住地的周围，如果你能始终保持有那么一两处只闻其名而未见形的地点、景点，也是一种颇为幸福的状态。这些存疑的地方你可以慢慢消化，经意不经意地从媒介甚至就是别人的只言片语里搜集相关的信息，一旦有机会欣然前往的时候，你长期以来的资料储备和想象就终于有了一次与现实中的位置与景色进行比对的机会，从而享受到地理带给人的一种想象与发现兼得的快乐。

所以当在我们居住地周围有什么自己还没有去过的地方的时候，大可不必太急，先向往着，先搜集着，随遇而安，随形就势，心安理得地等待将来再去的时机自然而然地到来，将未来那个地理审美享受的心理过程拉长。

最近，金华寺就正在我的地理审美期待中。在地图上看到过它，它就在我居住的城市所辐射的周围漫游范围之内。在人们的口耳相传里接触过它——一个朋友说那里夏天有不少的蛇，另一个朋友说那里盖了很多度假的别墅，而网上已经有了登山者拍摄的那个寺庙的照片。自己在其周围的一次又一次的游历中也多次试图抵达它，甚至在割髭岭上面的一个路口上已经看到了标着它的名字的路标！但是截至目前，还从来没有哪怕是远远地望到过它大概的方位。留着这个线索，作为日后的一种期待。对于自己这样对地理地形有一种执着的偏好的人来说，保留这么一两处听说过没见过的地点，也算是一种难得的享受吧。因为当你把一个地方走遍踏遍，将山前山后，沟左沟右，河东河西都了如指掌了，都在自己的头脑里有了分明的地形图了以后，这个地方在你心中的神秘感也就随之消失了。如果这个地方不是你的常住地、定居地还好，如果是的话，那你再想在什么时候出去到陌生的地方走走，就必须离开，离开很远很远才能达到目的，反而造成了自己地理审美的不方便。

第四章
旅行的方式

我觉得,只有十分简单、像手工艺人那样坐三等车和徒步旅行,不要住旅馆、不要每天吃热饭,那才有意思。

——黑塞

与速度成反比的旅行效果

一个朋友跟我描述他最近去乌鲁木齐出差的印象，他说，想了想，好像是去了，又好像是没去。去了，就是因为手里有票，有来回的飞机票，有住宿票，还有从自己的生命里消失的好几天时间，甚至还有那么一点点从出租车里望见的清真寺的尖顶的影子。这一切都显示自己确实是去了，可是除了那一点点可疑的尖顶的影子以外，乌鲁木齐究竟是一个什么样的地方，自己就全无印象了。先是从北京的家里打了车到首都机场，然后上飞机，三个小时以后下了飞机又直接打车到了已经在乌鲁木齐预定好了的宾馆，到了宾馆，开会和住宿就都在那里了。会开完了，又坐上出租车回了机场，起飞以后三个小时首都机场落地，乘出租车回家。在家里坐定了以后，接了一两个电话，又看了一会儿电视，突然就很恍惚了：自己难道真是去了一趟乌鲁木齐吗？那个几千公里之外的地方，那个在古代的时候几乎要走上一年半载才能到达的地方，真的是刚刚自己去过了一趟吗？过于快速的交通使旅行的目的地在头脑中与长期定居的地方混同了起来，如同只是到同一个城市的什么再熟悉不过的地方走了走。那异质的风物与气息，都被过于快速的到达与离开给淡化成了一团不大真实的烟雾。

旅行的方式多种多样，既有通常印象中那种西装笔挺地拎着小包上飞机的公务商务旅行，也有连睡袋和防潮垫都背着的自助旅行；既有戴着一样的遮阳帽挎着一样的旅行社挎包的跟团旅行，也有自驾游的，骑车旅游的，当然更多的是飞机火车汽车连缀起来的现代标准式样的旅行。不同的旅行方式除了涉及所谓舒适度的问题以外，最主要的区别就是速度上的不同了。我们在不知不觉之中就接受了商家将旅行中更快的速度作为卖点的主流宣传，似乎更快的速度在旅行领域也是天经地义地代表着更高级、更现代。然而在旅行的问题上，速度至上的观念是很值得怀疑的。

旅行与食色本能的相仿之处在于，不费力气而直达目的地总是没有途中经过了汗流浃背的千辛万苦以后才最后到达要来得更快乐，感受更丰富。速度太快的到达往往使目的本身也流于平淡，感受就更说不上了，什么东西都是一掠而过，最后让目的也变得不过尔尔，倒了胃口。越快到达目的地，越没有障碍，没有徒步式的跋涉，也就越是失去了艰难旅途或者说是有相当长度的旅途之中的想象时光——对于目的地的想象和对于高潮的想象——也就越是留不下什么深刻的记忆，不会在心理上留下什么过多的痕迹。而旅行与食色本能所要的顶尖的享受，都不单单是目的地本身甚或过程本身,而更是心理上的相对长久的记忆。

速度越快地到达目的地,往往意味着在目的地停留的时间越短暂。高速给旅行者的暗示是不可久留,也不应该久留,应该很快地以与旅行速度相匹配的速度离开,前往另一个目的地或者干脆就此返回。过快的旅行速度让人难以获得稳定从容的观察与欣赏、品味与琢磨的心态。为了速度而付出了比慢速高的时间、精力、金钱的成本,却又将旅行的目的毁在这过高的速度里了。花了更多的钱,本来应该有更长时间的旅行中的日子,但是结果却不仅是缩短了行程,还连带着在一定意义上失去了传统旅行者的收获。

从某种程度上说,只有艰难的、用力的、缓慢的,最后才可能是乐趣无穷、回味久远的。相当多的人,包括所谓名家的旅行记,都是隔着车窗、舷窗所见,从来没有徒步或者骑车中那种费力的跋涉中的感受,他们不能获得真正的旅行、徒步或者骑车的旅行中的那种画面接踵而至、偶然性的景象突然与自己头脑中的一个潜在的构思耦合的兴奋;缓慢的旅程之中的诗意和线索,是不以缓慢的方式旅行的人永远无法体会的。

那个盛夏,终于有机会在山里徒步。从早晨八点多走到三岔村已经是下午四点了,一直滴水未进,粒米未吃,早就打听到这整个一条沟里哪个村子都没有饭馆,只在这三岔村才有小卖部。三岔村是两条沟丁字交叉的地方,道路在一棵大柳树边上向三个方向伸展而去。两个人走到路口,路边倒是有几座和正常的民居也没有什么区别的房子,但是都没有任何招牌。透过雨雾低头从窗户后面的铁栏杆里望进去,发现有货架,货架上有花花绿绿的包装。怕吓着里面的人,先在外面喊了一声以后我们才慢慢地推门走了进去。在这深山雾雨之中,两个罕见的陌生人的到来,是一件很需要适应一下的大事件。屋子里的两个老人努力睁着眼,小心谨慎地答应着,明白了我们是要买东西以后逐渐恢复了生意人的热情,说赶紧脱了雨衣,来来来。拿了最好的方便面,是康师傅牌的,但是仔细一看居然是几年前的产品了,从那时候进了货到现在一直都没有卖出去。我们以旅行者不惹事的习惯,只说不喜欢这个牌子的。老头儿开了煤气灶,给我们煮换了一个牌子的方便面。对于他刚才想向我们推销他手里的滞销商品的事情,他没有表示任何歉意,好像我们根本就没有觉察出来一样,当然更有可能的是他对那保质期之类的商品细节从来都不大以为然吧。

老婆儿一直斜坐在炕上补一只绣过花的鞋垫儿,那鞋垫儿上的花样都是突出来的、立体的,纹路不仅鲜艳而且很有硬度,破损的地方不在花纹上都在鞋垫儿的边边沿沿,起了毛、飞了线,老婆儿一丝不苟地将每一根飞起来的毛和线都用针重新锁住、收拢。她胖胖的肚子妨碍了她将眼睛凑到足够近的距离上去,所以每缝一针都需要前倾,每前倾一下又都需要后仰一下做短暂的休息。我们的到来和滔滔不绝的对话对她的活计几乎没有任何影响,一辈子见多识广的经历使她面对任何不直接和自己有关的事情都有些麻木了。老头儿执意要把方便面多煮上一会儿，以他自己的牙口判断，刚刚开了一下锅的面是无法下咽的。他给我们把碗直接放在了铺着地板革的炕上，又拿出了老两口吃剩下的半碗生菜。兰花豆是他建议我们买的，因为零钱已经声明不用他找了，所以称上就给称得很高，他的大手一把一把地抓着那些油炸的兰花豆，上面一层白色的盐粒在他粗糙的手掌里纷纷坠落。

饭吃完了，兰花豆也没有吃下去多少，作为一种报答我们没有按照他们一再要求的那样把那剩下的兰花豆装了塑料袋儿拿走。好半天不说话的老婆儿这时候也说了话，拿着吧，拿着吧。我们执意不拿，他们就可以重新放回那塑料袋子里去卖给以后的人了。老人说出门不容易，又说现在没有人走着走了，连骑自行车的人都少了。他说当年他扛着这里产的麻，步行120里到山那边的河北灵寿去赶集，来回三天，在外面住两夜，卖了麻换了小米，再扛回来。

不借助任何交通工具的步行的丧失，意味着与步行者同在的朴实与吃苦耐劳精神的减退，意味着以步行者的视角审视这个世界的小心与收敛的敬畏态度的普遍消失。那是步行之美于充分发挥身体关节运转的可能性之外的最重要的内容。老人十几年前的那种百里赶集的步行中的细节，永远地种植到了他的灵魂里，供以后大量不能行走的岁月作回想之用。正是这种回想使他一直把我们送到了门口，站在雨淋不到的窄窄的门槛下，说着慢点慢点不着急的话。

我们回头挥手的时候，他有点儿不自然不习惯地也挥了一下手。

走出去几百米，再回头，三岔村的树与房笼罩在一片淋淋的雨线里，模糊而安静。可以想象这几条山谷里每一处可以遮风挡雨的屋子里，都有不紧不慢的生活在一点一点地进行着，那样的生活似乎是有不尽的时间，有不尽的未来。

那个夏天里徒步在山中行走的时候所遇到的这一幕，一直留在记忆深处，那里的气息颜色所营造出来的在自己的生活中属于绝对罕见的印象，成为那次旅行馈赠给自己的永远的画面。如果不是采取了最为缓慢的步行方式的话，相信断断是不会有如此的收获的。

出行方式的选择，不仅会直接影响在旅行过程中的观感，甚至还在出发之前就已经让我们对旅行的速度以及与速度相关的个人审美状态有了明确的心理预期。步行者每小时能走 5 公里就已经很有成就感了，开着车每小时走 50 公里却还是觉着太慢，慢到了不能容忍的程度。这样的源于速度的心理预期，决定着我们在行程中的心态，是急躁还是平和，是随遇而安还是追风逐浪。缓慢的方式往往预示着平和的更有诗意的心态，当然这种心态如果不加提醒的话，也不免易于坠入麻木之中。

去旅行的时候所选择的交通工具的先进与否，往往决定着对旅行目的地的心理期望值的高低。步行或者骑车所到达的让自己满意的地方，开汽车来的话就未必能够有兴趣停留，就会不以为然地任其稍纵即逝，而倘若是坐飞机来的话就一定会大呼上当、大喊冤枉了。这还不单单是一个交通成本的问题，更有先进的交通工具的高速度导致的忽略习惯，交通工具越先进越容易养成一目了然、无心细看的观察模式，越容易将目的地的风景值调得高高的，仿佛不是琼瑶仙境就不能容得下自己，就不配自己的奔波之苦一样。这是交通工具对旅行的异化，是纯粹的旅行所受的诸多干扰之中最严重的一种。

旅行的速度越快，越是远离步行的速度，越是缺少诗意，缺少人对过程的享受，而直奔最简单的目的地去了。

机动车旅行的弊端不单在途中的风景一掠而过，还在于速度的惯性往往使人无法在一地安静地待下去，他们的心也会变得像他们乘坐的交通工具一样不耐烦，过分期望奇迹，居无定性，在任何一个地方都不愿意多待上一分钟，走马观花之后总是要求以和来的时候一样的速度返回城里的家，往往一边走一边还会不停地抱怨速度太慢了，路太难走了。任何阻挡了他们保持既有的速度的人和事，都会使他们怒不可遏。他们已经被速度所异化。

一个人可能对他小的时候坐在运草的牲口大车上穿越的一片草原的经历记忆犹新，比如契诃夫在他的小说《草原》中，对自己坐着拉草的大车在草原上昼夜蜗行过程中的丰富感受的记录，堪称经典。但是对最近坐飞机去遥远的边疆出的那趟公差，却只留下了飞机和车辆上的晕晕乎乎的恍惚，与酒桌上的劝敬推辞之间的乏味。越来越快的速度，会将风景的细节越来越多地忽略掉。

在一处几条公路都凑巧从周围绕了过去的开阔的地域，骑车漫游，体会着没有公路穿越其间的田野上那多少还有些古代色彩的平原景象。遥望远远的公路上风驰电掣的车辆时不我待式的奔跑，想起自己原来坐在那样的车里向外一瞥的时候的所见所感，断断没有现在这么骑行着的时候的诸多细节，它比我们坐在汽车火车上所观察到的那种田野要有趣得多，其中的乐趣远非几个概念所能总结出来的。花花草草侵上了小路，路边笔直的树木根部还有很多横生出来的新枝，黑白花的喜鹊与土灰色的麻雀在花草树木之间盘旋起落，流水芦苇蛙声，尘埃在阳光里逐渐落定。这是只属于骑车者和徒步者的观感，是只属于慢行者的风景。

旅行的价值，旅行对自己的影响力，旅行审美感受的高低，实在和交通工具的优劣不存在一种正向的递进关系，甚至是相反，如果总的旅行时间很短的话，这些感受的优良程度几乎就是和交通工具的先进成反比的。

1990年的盛夏，我毕业以后将行李之类的东西从火车站寄走，骑车向北过了黄河，在灼热的阳光和被融化了的公路上越骑越快，第一天骑了两百多公里，住在安阳的一家小旅馆里；第二天进入河北，在到达内丘地界的时候突然看见前面有一个黑瘦黑瘦的非常精干的人，两条腿像非洲人一般黝黑，后背上背着的一个圆筒形的小背包远远地看上去很像农民喷农药用的药桶。关键是他在公路边上一直保持着一种奔跑的姿态,有节奏地缓慢前进着,在这样的酷暑天气里,我这样的骑车独行者已经被人看成是有病了,他这样的奔跑者在人们眼中的怪异程度也就可以想象了。超过他去以后在前面一个稍微宽阔一点儿的地方等着,汗水在炽热的蒸腾里滚滚而下,水在嘴里变得完全无滋无味,甚至有点儿让人恶心了。他终于跑了过来,正面看和背面看是一样的黑的,只有眼睛是明亮的,哲学家一样的明亮,透着一种望穿遥远的地域和生命中的所有时间以后的辽阔。

我挥了挥手,打了个招呼,他站住了。两个都以原始的方式行路的行路人之间是没有什么隔阂与障碍的,互相之间有一种天然的接近。我们一边喝水,一边说着话。他叫熊骥,是云南红河州的一个老师,喜欢长跑,这是从云南出发跑向北京的。名目自然是要有一个的,就像后来的类似这种活动一般都会打出来迎奥运、促环保或者庆世博的旗号一样,那时候叫作迎亚运。他为他的长途奔跑寻找到的最方便的社会性话语认同,就是迎亚运。但是我相信他真实的内心冲动——这种冲动甚至连他自己也未必十分自认——却是一种充分模拟了人类最原始的生活方式的位移本能。人在一天又一天的长期奔跑过程中所获得的返祖的愉悦,是向我们的基因致敬,更是向自己的身体垂爱。而以这样的深远动机与方式所进行的旅行,速度的缓慢与进程的艰难都几乎是常人不能设想的。但是熊骥已然奔跑了几千公里,已然距离自己的目的地很近了。他这一路上晓行夜宿，风餐露宿，吃了常人很难忍受的苦，也获得了诸多丰富而独特的感受——坐飞机坐火车开汽车甚至骑车，都不能获得他这种奔跑着将几千公里一点一点地甩在自己身后的细微感受。他后来在前面的城市的街头公园里露宿的时候被巡逻的联防队给抓了起来，我出面做了证明。我们只有一面之缘，友谊却一直持续到了几十年后的现在。可以说，是在人生的某种境遇里对于原始的旅行方式的共同选择，使我们天然地亲近起来的。当然，他那种奔跑着感受大地上几千公里风景的人生极致，不是我，相信也不是绝大多数人所能企望其一二的。那样奔跑着的旅行，那样以独特的方式行进过千山万水的位移，确乎是一种只可想象却万难实现的神仙之旅了。

行 与 止
——旅行的节奏

秋末的时候,在三门峡不停起伏的丘陵地带里的骑行,已经是在关中平原上骑车漫游并出关进入黄河谷地的旅程中的第五六天了,骑友因事停止了他下面的行程,将自行车卖掉以后上了火车,先回家去了。自己继续骑车上路,在不断上坡下坡的单调路途中,逐渐进入了煤矿区,污染不仅将道路和路边的山石染黑了,也把所有的车辆和过路者都染得面目不清。尽管从总的地势上看这出了函谷关以下的路途都是下坡,但是那只是一个总的趋势,实际走起来却感觉是在不断上坡。何况还是在一片煤黑的污染里不断上坡!给人留下了很深印象的一个场景是,在黑乎乎的路边,在大车轰鸣着碾压着剧烈的上坡路猛地拐了个弯儿的地方,就在黑乎乎的路边抄着手站着几个妇女和老人,他们无一例外地都眼巴巴地望着陡然向下的公路,等待着,等待着一辆显然是被城里淘汰掉的中巴吼叫着开上来,他们就一拥而上,在那中巴狭窄的门口一个一个地把上学的孩子们接下来。他们迎接中巴校车的景象恰好被一掠而过的自己看在了眼里，虽然这个场景给人的印象深刻，但是天色已晚，自己赶路的劲头儿十足，不能停下来稍有盘桓。这样生活在大山山腰上的人们，这样在煤矿的坑口边上过着日子的男女老少，一下就闪了过去，连孩子们的欢声笑语都是戛然而止的。

虽然天已经很晚了，但是自己还是不愿意停止前进，还在奋力地向前，心里盘算的是今天多走一些，明天就可以尽早地离开这一带煤矿污染的地方了。然而道路绵延，上坡不断，错过了一个又一个住宿点已经筋疲力尽以后终于到达又一处山顶上的时候，路边上已经停了大量的重型拉煤的货车，开车的人也都在吃饭休息了。前路漆黑一团，自己这才不得不吃力地从自行车上翻身下来，迈着因为长时间地骑行而变得僵硬了的腿，深一脚浅一脚地去找旅店……

第二天启程以后，迎来了旅程中的又一个早晨。旅程中的又一个早晨，往往会有已将前此以往的生活都留给了过去的感觉，会有将所有有重量的成分都抛弃掉了的轻松。那种从里而外，从外而里，来来回回、通通透透的轻松与欣喜之感，在成年人的岁月里是十分罕见的。在兴奋的清醒里，突然意识到了自己在不知不觉中已经进入了自己一向不以为然的赶路状态，现在需要放慢节奏，在旅途中做适度的停顿了。

旅行中，尤其是一个人的旅行中，一个人的自行车旅行中，往往会在不知不觉之中陷入一种赶路的状态，时时处处都在计算已经走了多少公里了，今天还要再走多少公里，还要再走多少公里才能达到这些天以来每日行程的平均数，而有了这样的平均数以后自己就可以在多少多少天之内到达什么什么地方了……这样算数一样的旅程固然可以为我们原始的以数字为胜的成就感找到根据，但是在体力上的消耗与在旅途中的损失，都是不堪其重的。控制它的方法是将心态调整得平静下来，将旅行的目的从路程的计算上转移到风景的获得里去；或者干脆就规定多少公里以后就必须休息，吃东西喝水，推着车子走上一段，让一直紧张的肌肉群得以恢复；遇到有意思的岔路就一定要拐过去看看，有意味的风景就一定要拍照，有什么不一样的小吃也要停住品尝品尝；或有所感的时候就马上下车，掏出小本子来进行记录。这样整个旅程中的行与止就有了一个间或有之的节奏。如果上述措施并不奏效的话，不妨在一个合适的地方，一个有风景或者感觉好的地方住下来，停止前进一天或者两天，洗洗衣服，记记笔记，慢慢地走一走，让身体和心绪一起进入一种被强制着的休息状态，这样再次启程的时候一定会有一种天高地远、精神抖擞的意外之喜。停顿是为了刷新，停顿也确实能够刷新，这是一个屡屡被证明了的事实。

旅行中的行与止之中，确实有一种节奏上的美学效应。合适了就美，就享受；不合适就破坏了整个旅程中的主观心态。

如果说这还是直接意义上的行与止的问题的话，对于一处风景，对于一个地方，旅行中的行与止的美学就是一个宏观得多的问题了。一个不是你生活的地方，往往会因为你在那里有一个朋友，而对那整个地方就有了一种最直观的牵挂和想象。这就是我们和一个地方的感情联系。感情联系显然非常有助于我们加深对一个地方的了解，能持续而稳定地让我们经常关注与那个地方有关的新闻与知识，在偶尔的电话或者见面确认里，从朋友那里获得这些知识与新闻的背景，就越发显得我们对那个地方的了解有了更深入一层的体会。

然而要做到任何地方都有朋友其实是很难的，一个变通的办法就是自己在有闲有钱的前提下多去些地方小住，就像那里有朋友邀请一样地去小住，只有住下来你才会慢慢地找到那个地方在风景名胜之外的生活节奏与地方气息。这就是我很羡慕下面报道中的一对老年夫妇的原因所在：一对退休夫妇，一年四季在家里住的时候很少很少，他们在全国各地辗转居住，不论城市大小，不管南方北方，只要是以前没有到过，而心里又有去那里的愿望的地方，就会一站一站地到达。到了以后一般都会租一处民宅，住上几个月到半年时间，自己买菜自己做饭，然后像本地市民一样地到这里那里去转……

旅行中的行与止，有一个度的问题：蜻蜓点水，一掠而过，从一个景点急急忙忙地赶向另一个景点，这是一种最为大众化的商业旅游方式，强调的是在单位时间里的效率。然而只有深入异域的风景与人文环境之中，从容地审视迥然不同的景致、体会不一样的生活，才是最能体现旅行本质的方式。但是这样的深度旅行也是有一个度的，住多少时间合适呢？住得时间过长了，也就失去了旅行状态，结束了旅行，近乎定居了。这等于放弃了旅行，放弃了去看更多的风景的可能。

　　旅途中的停留，旅行中的停顿，没有是不行的，有，还要有一个度。想来那一对老夫妇在一个个自己感觉好的地方住上几个月半年的时间，对他们来说也许就是一个恰当的度吧。这样就既可深入也可广泛了，以这样的方式在山川大地城镇乡间一点一点地展开自己生命中的时光，让人生有限的百年岁月能有更多的体验，何其陶然。

飞 机 旅 行

小的时候看反特电影，里面有一个属于坏蛋系列的人物，在说到海外来了人的时候，眉飞色舞地用手做了一个飞翔的姿势，比画出一个流线型的弧，同时目光里闪过一片羡慕的明亮火花，嘴里无比兴奋地说："坐飞机来的！"

这个场景透露给人的潜台词是，飞机旅行非常高级，没有大地上的道路却又处处可以是路，自由自在地在天上像鸟儿一样翱翔，是一种在几乎是一个瞬间里就可以到达地球上的任何一个地方的最时髦的旅行方式。的确，飞机将地球变成村落的天涯咫尺式的快捷，往往因为过于迅速的到达而使人在心理上还不能完全接受的时候就已经身在异国他乡了。几个小时、十几个小时的飞行，抵达一个时差使人自身的晨昏乃至季节程序都错乱的地方，往往需要睡一大觉才能逐渐缓过来，逐渐认同所抵达的地方的时间。这样的时空门式的飞机旅行，是人类有史以来最先进的技术下的自我实现。尽管这样的实现总是让一些人不适应，但它的确是开创了崭新的人类旅行史。

一个朋友在正是夏天的澳洲待了一个月，一个月以后飞回广州，广州也很冷，而他为了轻装旅行，没有带厚衣服，冻得够呛，等到了北京，已经是凌晨一点了。从机场跑出来赶紧打了一个出租车，回到家里，不知道睡了多长时间突然被尿憋醒。从床上站起来，一时弄不清楚身在何处。和一般的睡迷糊了的情况不一样的是，他一直弄不清楚自己身在何处。脑子里盘算着，这是哪里？周围有没有人？如果现在尿尿的话，会不会被别人听见？最后憋尿的身体压力战胜了文明的约束，他的尿喷涌而出，不过还是尿一下停一下，尿尿停停，始终有那么一点儿怕被人听见，或者说总觉着不大合适的意思的。可是随着尿被这样时断时续地放出来，身体本身的抵触就越来越大，他只好放开了，彻底尿了起来……可也就是在这样彻底尿起来的同时，他突然明白了，这是在自己家里，在自己家的床边上！

他戛然而止，急忙奔到厕所，把剩余的部分结束掉。回来面对床边地毯上的一大摊尿迹，哭笑不得。这是一个月的澳大利亚旅行的惯性使然的尴尬，也说明跨越时区和季节的飞机旅行对人的影响。

他接着在电话里描述了他在一个澳大利亚的火车站站台上，躺在长椅里睡觉的记忆。那是圣诞节后的一天，天气很热，外面睡觉很舒服。这时候火车站的值班人员过来，说你在这里干什么？他说等车。那人很惊讶，说等车，现在是晚上八点，而下一趟车是明天早晨八点。他回答，对。那人说我要下班了，我要锁门了。他回答，那就锁吧。那值班人说，给你留着站台上的灯吧。他说行。然后那人就锁了门，售票处的门，候车室的门，关了那些地方的灯，只留着站台上这一盏灯，然后下班回家了。他从那个场景记忆里回到家中，中间经过了飞机旅行的漫长时间，这段飞机旅行的漫长时间对他的记忆的影响就是恍惚。

飞机像一台时间机器，门一开一合，人站进去再走出来，就换了一片迥然不同的天地。这在相当程度上是惊艳的，对于那些已经习惯乘坐飞机旅行的人来说，也是理所当然的。然而，习惯性的飞机旅行反而减低了他们对遥远的异域的期待，将一切从飞机中走出来的时候所面对着的迥异于故乡的风光只做了稀松平常的瞭望也就做了罢。过于方便地到达使人们失去了那种风尘仆仆地跋涉以后才终于抵达的珍惜，失去了最充分地利用自己那好不容易地到达以后的每一分每一秒都应该有的吸纳之心。

当飞机旅行这个快捷的好处已经因为所有的乘坐细节都被人们烂熟于心而不再新鲜了以后，还有另外一个重大的利好：对于一向会在乘坐公共交通工具的时候需要担心是不是有座位的恐慌的人来说，飞机是没有站座儿的，只要能上飞机就都有座位。尽管这还并不能一下就把人们争先恐后地拥向公共交通工具的习惯改掉，但是毕竟已经在事实上对大家的普遍心理压力是一个重大的解放。人们虽然照例在公共汽车和地铁前拥挤，但毕竟在飞机场已经可以显得从容了——除了下了飞机上机场大巴的时候之外。每人一个的座位使飞机乘客有了相当的尊严感，加上空中小姐标准化礼仪化到了近乎真实程度的漂亮微笑,还有虽然量不大但是品种也几乎是丰富了的免费餐饮,人们在这一庞大交通工具中的乘坐时间已经不能说不是一种难得的享受了。

偶然看到电视里的一个法制节目,一个犯罪嫌疑人被逮住以后供述行凶后的逃亡过程说,原来想坐火车跑来着,后来一想这辈子还没有坐过飞机,怎么也得坐一次,就冒着更大的被发现的可能去坐了飞机,去看了世博会……这被他列入了在这个世界上的最后消费名单的飞机旅行,由此呈现出了一种骇人的魅力;这显然是世俗话语长期灌输的结果,也是飞机旅行的吸引力的一次极端的显现。

我在飞机旅行过程中也试图通过舷窗俯瞰大地上的景象,想在地面上发现坐标式的地貌来做旅途中的心理印迹,但是云层下面模糊的地球细节已经不堪其任,大地上那些儿童画一样的线条因为距离过于遥远而呈现出一种滑稽的虚假效果,而刺目的光亮也使你不得不立刻就将钢幕一样的窗帘拉下,唯一可以判断自己的方位的东西就只有前面电视屏幕上时时会出现的电子地图上的飞机位置的动画显示了。飞机旅行完全消灭了乘客个人的地理方位现场观察的可能,它使旅程变成了纯粹的等待,在等待中枯坐,或者在等待中昏睡。

飞机上的味道,是一种最典型的现代化的装修材料所散发出来的可疑气体的气息。模仿皮革质地的座椅与机舱内饰,涂抹了厚厚的化学材料以后又被反复摩擦,在飞机狭窄的空间里积聚不散,任何人都只能让自己去适应它们,而断断不能把它们赶跑。

狭窄,是这庞大的飞机分配给每一个乘客的存在方式。发动机颤抖着的震动配合着这种狭窄,加上从起飞前的滑行就已经开始笼罩在人心中的恐惧,对机械故障、操作失误和爆炸起火总之是万劫不复的恐惧,就构成了飞机旅行的全部基础性的存在方式。

不管是听音乐看大屏幕还是与人交谈,都不过是人们想方设法地在转移注意力,谁都并不真心关心自己正在做的,哪怕表面上再诚恳真挚。每一个下一秒钟,都有可能发生不测,而任何不测都会在任何人只来得及惊叫一声的时间里,就彻底粉身碎骨了。危险的按钮在不知名的位置上悬着,悬在每一个人的头上。这就是飞机所能给予乘客的最有背景性的存在。

大屏幕上所显示着的飞机粗大的飞行轨迹,非常缓慢地向前移动着,比蜗牛或者乌龟都慢得多。往往是你在高度警惕之中无奈地沉没到了迷糊状态里去,迷糊了很长很长时间了,再抬头想很有成就感地看看是不是已经走了很远很远的时候,才发现它居然还没有飞出中国,没有飞到俄罗斯……再次小心地拉开侧面的舷窗上的钢幕一样的窗帘的一个边,望见遥远的下界是一片浮云下的苍黄。沟壑与荒原地貌之中,有逶迤的小路绵延不绝。在机体持续的震动中,那些地面上缓慢而可以脚踏实地的景象令人羡慕不已。但是后悔已经晚了,已经上了飞机,上了飞机就是把命运交给了偶然。

慢慢地，就又浸到那种迷迷糊糊里去了。这是坐飞机的人的一种常态，在意识到威胁时时刻刻都存在的情况下，除了麻醉自己，让自己进入一种其实也并不真实的睡眠里去，没有任何别的解除危险的办法。迷迷糊糊地度日如年，可能就是乘坐飞机给人，给人性的普遍待遇了。

飞机固然是快，但是到达飞机场到起飞却是一个漫长的过程，而降落机场与最终到达目的地之间也往往还有相当遥远的距离。更要命的是频繁的晚点和对于飞行安全的忐忑不安，每次乘坐飞机只有在落了地，飞机停止那种巨大的轰鸣与震动，自己走出了机舱以后才会有一种终于没有出事儿，有一种重获新生的欣慰。这对于本来是轻松地出来寻找美景的旅行来说，无疑是一种相当恐怖的经验了。

商业社会的话语结构里坐飞机旅行是天经地义的高级旅行方式，每一个乘客都将自己必然能感觉得到的危险压缩到了内心的深处，深到了它们仿佛不存在的程度。大家互相参照，看看别人都那么从容不迫义无反顾，自己也就只好理所当然地做出同样的表情了。商业社会的法则之一，居然是最古老的原始主观臆断法，它以某种程度上的回避作为排除危险的方式。集体回避，意味着每个人的安全系数都大大增加。其实不采取这种回避的态度又能怎样呢？毕竟一切都不是乘客所能掌控的。

有钱人非常有钱的时候的交通极端选择通常都是私人飞机——这大约是普通人对于有钱人、对于非常有钱的人的诸多不理解中最为普遍的一个了。他们把个人的亿万身家放在一次次不"脚踏实地"的飞行上,自我感觉良好地展示着自己的绝对超越于俗人——也就是一切买不起或者还没有买私人飞机的人——的成功,似乎一点儿也没有意识到每一次飞行都承受着一旦出了事故就会近乎百分之百地摔死的巨大威胁与恐怖。从据说是科学统计的结果来看,飞机的事故率是所有的交通形式之中最低的;但是为什么飞机旅行给人造成的担心最为强烈呢?这大约与它在出事故的时候近乎百分之百的死亡率有关。飞机的确极少出事,但是只要出事幸存率就很低。从尽量避免这样的恐慌造成的心理压力的角度上说,除了去遥远的地球那一端,飞机是没有办法的唯一选择,在可能的范围内,还是避免飞机旅行方式的为好。

当然,这是充满了个人性的观点,甚至是个人的"偏见"。

火车旅行

火车旅行是大多数人都经历过的一种旅行方式，更快的飞机和更慢的骑车与徒步现在都还是或者都曾经是小众的旅行方式。过去，购买火车票的艰难与上车下车的拥挤不堪都是人们关于火车旅行的首要印象。普通人旅行中的一个最大的痛苦就是坐火车的煎熬，这是没有在那个年代里坐过火车的人所万难体会的到的。

在相当长的历史阶段中，几乎在全世界都是天经地义的坐火车旅行的基本舒适条件，在这里都是一种莫大的奢望，是一种可望而不可即的幻想：随时到火车站都可以买到火车票，很快就能坐上随便哪一趟火车，火车上总有座位，从来不拥挤不堪到没有立锥之地的程度，或者说从来不人多到上不了厕所只能憋着的程度……即使是这样，火车旅行的相对便宜与相对快速还有相对安全、相对准时等特征，还是吸引着为数最多的旅程中的人们。

后来的发展事实证明，让旅途完全没有因为公共交通方式的不确定或者痛苦指数高而带来的忐忑，变成和日常生活一样的自然随意，这既是一个人的成长过程中逐渐自我修炼的内容，也更是交通环境软硬件达到一定基础水平以后的可能。

尽管记忆中这已经是十分难得的清凉的夏天了，是晚上可以睡觉的夏天，是昼夜温差始终保持在人们还能忍受的程度的夏天，但是在特殊的场合和特殊的气氛中暑天里低气压的黏热还是让人难忘。

这是一个无奈地置身于火车站的夜晚。候车室里的异味儿与终于有所平息的噪声，那种因为持续的时间过长就有了一种久而不去效果的尾音里，奔驰的火车例行公事地一趟一趟地从深夜中来，又一趟一趟地到深夜中去，单凭声音好像就能看到值班的人在各自的岗位上睡眼惺忪地应付着自己的差事的情景了。

人生的荒凉与凄凉，在这样的时候突然会一起爆发出来，所谓生命中的无味的垃圾时间，如果要用现实中的最具体的境况来对应一下的话，大约非此情此景莫属了。这是火车旅行中诸多并不意外的情绪煎熬中的一种。其实还在没有出发来火车站的时候头脑里就已经是想了又想了：过一会儿就要去坐硬座儿火车，坐上很长很长时间，每一分钟都被拉长了又拉长的时间。那种风萧萧兮易水寒一般的坚毅，随着这样皱着眉头的想了又想而一再地浮上心头。

很意外地看到K字头的列车居然还是那种老旧的车厢，倒不是嫌这种车厢的老旧本身，而是这种老旧的绿色里蕴藏着太多痛苦的乘车记忆，那些年那种没有立锥之地的漫漫征途，无一例外地都发生在这样的绿色车厢里。它们积了任何狂野的风都吹不下去、任何瓢泼的雨都淋不下去的含了油垢的灰尘的外表，是一种原来为绿但是现在早就不能再说是绿了的颜色，人们之所以还说是绿色的车厢，仅仅是因为习惯的说法，因为对它刚刚出厂第一次走上这仿佛永远也走不到头的铁轨的时候的记忆……

车厢里的电扇嗡嗡嗡地转动着，疯狂的摇摆以一种平常看来一定是不正常的速度和姿势在肆虐，但是在车厢的黏热里没有谁还会觉着它们的摇摆和姿势不正常，只是觉着它们转得还不够快，扇出来的风还不够大，还不能把浑身上下到处都在源源不断地冒着的汗湿和黏着挥走。所有坐着的人和站着的人在车厢里都无奈地互相望着，互相望着对方再平常不过的面孔里的一个哪怕是极细微的变化，那种因为虽然再也忍耐不了了但也还是要忍耐的忍耐，那种突然站起来看着脚底下的胳膊腿小心沿着座位中间的仅有的、其实根本就没有了只是临时被自己开辟出来的空间前进；那种因为实在忍受不了坐着的煎熬和站着的熬煎，而伸起双臂后又对注视着他的人的苦笑；那种因为坐在地板上，使七分裤长时间紧紧地绷着膝盖而难受的女孩，不得不往上拽一拽裤子露出两个圆润的膝的举动；那种不断地被推过来推过去的以肆无忌惮的叫喊为前奏的卖货车……种种在煎熬中的毫无意义的事情都吸引着大家在不断地沉沦之中，唯有靠漫长的时间本身的消耗是唯一的希望。车厢里的目光实际上是走不远的，空气也被这黏热所左右了，空气也流了汗，空气的汗水无处可去，只有悬在空中，在昏暗的青灰色的日光灯下以很大的介质颗粒传递着所有热血动物身上的潮与热，遮挡了所有人的视线。

车外已经是浓浓的夜了，任何试图把眼睛盯着窗外的努力都只能获得窗户上对车厢里面的映照，车窗外是另一个与自己平行的装着和自己的车厢里一模一样的人的车厢。两个一样的车厢——或者应该说三个，因为对面的窗上还有另一个车厢，一个和自己所在的车厢一模一样的车厢——让人感到恍惚，闷热的恍惚和视觉的恍惚纠集在一起，把人推到了忍耐的边缘。

火车上的窗户的上半截关着，严格地反着车厢里的光，下半截开着，嗖嗖地进着风；坐在靠窗边的椅子上的人，紧紧地把头埋在自己的胳膊里，以过分的风的吹拂来抵御浑身上下无所不在的黏稠。虽然大家也都知道被这样的硬硬的风吹了以后，会给所有的寒毛都张到了最大的身体带来什么样的害处，但是他们不能关窗，甚至不能把窗户关上一部分，那样立刻就会招致大家的齐声反对……电扇的风和一扇扇这样半开着的窗户外吹进来的风在车厢里扭结着，带到大家身上的却都不是凉；人们平板的面孔和总是像充满厌倦的表情在这样的场合里一览无余。

这是一辆开往南阳的快车，但是使用的车厢还都是那种老旧的以多装人为唯一目的的绿皮车。因为票价便宜，所以坐的也多是打工者和个别的学生。打工者普遍窘迫的经济状况和茫然的精神状态，在坐卧行走、说话办事的诸多细节上都难以避免地呈现着一种底层的衰败和无力,淳朴的粗陋和病态的紧张融会其间;过来过去视若无睹地用他们黏黏的胳膊碰着你的胳膊,用他势如破竹的脚踢着你站酸了的脚。

爷爷坐在靠窗的位置上,孙子坐在他背后也是靠窗的位置上,一老一小显然是在列车开出来几站以后占领的下车旅客的空座,为了都挨着窗,他们宁肯不互相挨着。那孙子时时地站起来,趴在高高的绿色椅背上,一点儿也不在乎地让自己细细的小胳膊和那黏黏的人造革的椅皮亲密接触着,满脸笑容地和爷爷说着什么。

这时候一个穿着铁路制服——他的制服和肩章与旁边的补票台里面的补票员的制服肩章,绝对没有任何区别——的男人,用江湖气很重的蛊惑性的语言叫卖着一种电陀螺。他非常有针对性地问爷爷要不要给孙子买一个,那站在椅背后面的孙子刚才还睁着无邪的眼睛望着这奇妙的可以自己在绳子上转起来的玩意儿,现在马上就坐了回去,让卖货的人和爷爷都不再能看见自己。那爷爷满是白胡子茬儿的脸上憨厚地笑起来,摇着头,卖货的人说十五块便宜到十三,爷爷摇头;卖货的又说要不你要十块的,爷爷还摇头;卖货的说这东西不单纯是个玩意儿,它还开发智力培养动脑动手的习惯,对孩子未来发展大有好处,爷爷还是摇头……

一个瘦瘦的小女孩样的女子背着小小的双肩挎包,站在过道上,一直在和一个坐在座位上的青年农民模样的人有一搭无一搭地说着话；有时候那农民青年站起来去厕所，就让那女子坐一下，后来再回来的时候就不让那女子起来，自己站在了边上，那女子用屁股的一角小心地坐着，脸上挂着感激的笑。

青年农民脸上的笑其实比她的更幸福，两个人东一句西一句地说着话，后来青年农民突然想起来问了一句，你在哪里下车？她说前面，石家庄！那男的先是很羡慕，很快就可以下车了，然后又很惋惜，脸上的这种表情变化一点儿都没有掩饰。及至问到她从哪里上的车，确切说是哪里人，他的脸上就更凉了。是保定，而不是他的家乡南阳，或者南阳附近的河南的什么地方……

来补票的人形形色色，过来一个小个子的农妇，说是自己有一个老旧的电视带回老家去给孩子们看看的，补多少钱？一直坐在高高的全封闭柜台里的补票员问多少斤，农妇说不知道，又问有没有30公斤，农妇说没有没有；又问那有没有20公斤，农妇也说没有没有。这回不再问了，她说就按15公斤算吧，23块钱！农妇恳求地说能不能再少点啊，她说这是最少的啦！农妇交了钱，一点一点地认真地研究着那张和人的车票一样的电视的车票。另外一个补行李票的说自己带了一个铁架子，不超重只是超了点宽，补了15块。那人还是那句话，能不能少点，回答又是那句话：这是最少的了。

这时候一个胖子蹭过来，操着京腔儿要求把自己的硬卧改成软卧，补票员驾轻就熟地说没有了没有了没有了，不管对方说什么都说没有了。那胖子说车长说了开车以后给补啊，补票员说那你找车长，我这里没有。那胖子悻悻地走了。很快就又来了一个人，什么也不说，把自己的车票和一张条子往里一塞，补票员也是什么也没有说，马上把那票改成了软卧。半个小时以后那个胖子才又蹭了回来，手里也有了条子，也补上了软卧。这趟车上只有软卧有空调，另一个有空调的地方是餐车，强势地推着售货车来回在拥挤的车厢里势如破竹地走的穿着铁路制服的女人，在走到补票台边上的时候，和补票员有这样一番口音一样的对话：

给换几块钱零钱啊！乖乖，这么忙，弄啥？

没弄啥，就是个忙！你卖得咋样？给你换5块，我这里还得留点。

不咋样，比来的时候好一点儿。我过去就不回来了，餐车的空调开了啊……

我去不了，还没有弄完呢！

补票员一份一份地核着，把列车开出以后所有的票根与手里的现款对着账。售货员烫着微微染黄的荷叶头，薄薄的肩膀和细细的胳膊都显示着20岁左右的年龄，与高高的补票台后面坐着的满脸黑黄应付一切人都有一套驾轻就熟的习惯语言的补票员近乎两代人。

补硬卧的人似乎是不需要条子的，补硬卧的有拉家带口的，有两个男人一起出差的；他们对上铺下铺中铺之类的因素相当计较。拉家带口的选择是中铺上铺结合，中铺方便一些，上铺孩子去睡也不觉着怎么狭小，主要是便宜几块钱呢；出差的则一定要下铺，因为不管是上中下铺都一样报销，都没有了夜车补助，所以一定要选最贵的、能给自己带来最大舒适程度的，如果不是软卧不给报销的话，他们会一点儿都不犹豫地选择软卧的。

补硬卧的人中还有两个学生，两个学生不是在同一时间来补票的，来了以后也不像别的补票者那样挤开站在补票台边上包括我在内的人，而是客气地低姿态地钻过来。一个是北大中文系的男学生，他一笔一画地认真填写着每一个补了卧铺的人都需要填的旅客资料，其实补票员根本不看旅客的身份证，旅客自己也从来不用把身份证拿出来，自己随便填些什么都随自己的意。这是走流程规定的形式。他主动要求补一张上铺，上铺最便宜。补完了以后还道了谢，这是学生的礼貌也是北京学来的仪式。

另一位说自己就只还有40块钱的高个子女学生趴在补票台上，用年轻的胳膊托着（也是隐藏着）自己同样年轻的脸，绝不看旁边的人。她轻轻地问补一张卧铺要多少钱，百问不烦的补票员马上在显然就竖立在她的旁边但是旅客是绝对看不到的表格上查了查，一点儿也没有不屑地回答说100多（是一个具体数字）。那身材修长的女学生又问，从洛阳补呢？女补票员说最低是44块钱，卧铺票没有再比这个低的了（这让人想起她给补行李票的人说的那句话：这是最低的了）。女学生立刻放弃了刚才还怀有的那么一点点希望，决定继续忍耐黏热的车厢里在夜晚和黎明之中的种种不堪,马上道了谢,头也不回地走了。她裸露的肩膀上和小腿上细腻的皮肤在一片粗糙颜色的男人海洋里,不无凄婉与决绝。在黏热的环境里而能显得凄婉,这是一种让人记忆深刻的境遇。在这样的列车上,身为女人,年轻女人,便负载了更多的无奈。

终于到站了,那些没有到站的人以无比羡慕的目光呆呆地望着所有站起来拎着自己的东西准备下车的人,让人立刻想到监狱里那些刑期还很长的人望着刑期坐满就要出监的人的目光。而进站的速度很慢,进站前的列车居然还要运行这么漫长的一段铁路,刚刚的兴奋很快就在要下车的人们脸上淡漠了,他们为火车连接处那没有电扇也没有窗户的地方的极度黏热所蒸腾,突然达到了旅行之中最最难受的阶段!他们努力地把眼睛从车门上那一方窄小的窗户上向外看,看着远处楼顶上的霓虹灯或者铁路边的信号灯,努力地以之为坐标判断着到底还有多远就能到达那似乎永远也到达不了的站台——站台,是所有列车上的人最希望看见的地方,也是所有的旅客都对之最没有感情的地方,任何一个踏上它的人所做的第一件事都是迫不及待地离开。

这一趟列车上的人们在终于踏上站台以后似乎比别的列车上的人们多做了一件事,就是回头看看刚刚自己坐过的列车,餐车的灯似乎比载客车厢要明亮很多,一张桌边坐着一个人,都穿着白色制服或者蓝色制服、灰色制服,他们沉浸在空调的凉爽里漠然地望着窗外这些刚刚下了车的人们和一大片争先恐后地要上车的人们。下了车的人对那些人自然是更加的漠然，他们更愿意看看列车上那些依然和刚才的自己、几秒钟之前的自己一样的无望的人们，那些人中的很多人都还要在这样黏热的列车里再坐一夜，明天白天才能到达目的地，以智慧著称于世的诸葛亮的故乡，南阳。

火车，这种现代社会最为常见的交通工具，却也正是那个历史阶段中的众生展示平台。坐慢车，坐拥挤不堪的车；坐对号入座的快车，坐动车，坐硬卧软卧。坐不同的车，状态乃至表情都是有差异的。抢座、抢立足之地的焦虑之中的蜂拥而上，与平静得多、悠然得多的乘车状态之间的差距很大，而事实也证明那正是后来火车发展的总体方向。

类似这样的火车旅行的经历，在那个时代的旅行者来说都很平常，也很正常。尽管不排除有时候火车里的状态比这还糟糕，但也还是有不少比它好很多的情况：自己有座位，而凑巧天气也不是那么热，人也不是那么多。

坐火车的时候能有座位，能有一个临窗的座位，那就是最幸运的事情了。逢着有了这种天赐的好时候，我一向都会贪婪地凝望着窗外，窗外一闪而过而又源源不断地永远会在下一秒钟里出现新鲜画面的情景，对喜欢陌生的地理环境的自己来说，是一种极大的享受。

随着列车微微颠簸的节奏，如饥似渴地遥望着，遥望着窗外，窗外偶尔的行人车辆房屋楼宇，都以一种平常绝对不可能体验得到的快速掠过，自己仿佛是一个高居这一切之上的神，一味地在他们身边飞翔，停不下脚来地飞翔。一路上那些来不及细细分辨的新鲜细节——这种新鲜完全是基于自己从未到达过的基础上的，换句话说只要自己没有到达过，就都有莫大的吸引力——强烈地勾起了自己不知餍足地对异样的地理环境、异样的人生状态的向往。这样一路望下去，一路保持着扭头向外的姿势，直到脖子酸疼得实在受不了了才肯向相反的车厢里面的方向扭一扭，做一次短暂的休息。

在火车上遥望一个一个村庄，一个个掩映在果树与山峦之间的村庄，一个个有树木与庄稼作陪的村庄，发现进入每一个村庄的方式，也就是村口上的美学形式都是不一样的。在那些工业化的进程已经开始或者已经很发达了的地方，进入的方式总是千篇一律的：宽阔之外最多再加上高大，只有实用功能而缺少审美的考虑，即使有所谓雕塑之类的东西也都是冷冰冰的物，而少有大树与鲜花。那些地处偏僻的村庄，还有自然村落、原始的人类聚居地的本来风貌。人类本来的生活是与周围的环境相融合的，一草一木都保留着植被与土地的正常关系。逶迤的小路，婆娑的花木，曲折的方向，都与一种安静的进出方式匹配着，那是一种徒步的、骑车的，非机动车的行进方式，是一种一边走一边就可以随时站定了与路边上田地里的人说话的行进方式。而村口上的一棵大树，一棵树干粗壮，树冠宽广的大树，往往就是一处大家默契的谈话中心、聚会广场，人们坐在那里与每一个来来往往的人打着招呼说着话。那棵大树,通常就是乡愁本身。

坐在火车上这么长时间地痴痴遥望着的时候,自己才明确地意识到为什么一再地到乡间漫游的又一个原因:村庄的进出方式,村口的格式,植被道路和人居的关系,实际上是一种非常吸引人的审美存在,那种远古以来的人类审美在现实生活中的自然遗存,有着不可抵挡的魅力。

火车外面展开的是一幅立体的地图,细致的观察能为我们日后的旅行提供既宏观又绝对不乏细节的知识储备和方位感觉。这是火车旅行中的一个重要收获。

在去胶东半岛的夜行火车上,望着车窗外的万家灯火,想象着每一盏灯光下的无数场景,很有一种人生感叹的诗意。当然这有个前提,就是你一定要有座位,最好还是卧铺,卧铺给人带来的安宁感,在坐火车的经历中尤其显得突出,几乎到了刻骨铭心的程度。基本上不拥挤,基本上不争先恐后、大呼小叫、末日式地奔突,即便在刚刚上车的时候人们还有那么一阵习惯性的急火火的骚动,在就座以后也会很快地平息下来,给人一种重回秩序的良好感觉。

有了卧铺再拿着一瓶酒只身坐在靠窗的小座儿上,凝神于窗外——你在车上的空间有了固定的保障以后,才可能有这样的诗意。有了卧铺而还能坐在靠窗的小座位上喝酒,慢慢地喝酒,就会有一种不由自主地感叹:即使这一趟火车旅行只是为了在车上这么坐着喝一喝酒,也是值得的啊!火车旅行使乘坐交通工具的过程也成了旅行目的的一部分,成了旅行审美的重要部件。

早晨从卧铺上起来，重新坐到小窗那里去的时候，发现外面正在下雨。雨水在小公路上制造的反光效果使那些纵横的小路，像极了一条条笔直的小河。不知道是不是在同一时间家乡的城市也在下雨，感觉好像只有家乡的城市是不怎么下雨的，是经常被霾所笼罩着的，是被老天爷遗忘了的地方。

山东的湿润在火车奔跑了一夜以后直接就敞开在了你的眼前，大地上到处都还是5月的绿色，是一片浸在湿润之中的绿色。这绿色在平原上在山麓间几乎没有什么遗漏地一直铺展着。蓝村附近，红色的瓦顶平房村落与这湿润的绿色相处得十分和谐，仿佛其间的人们的生活也都这么和谐与宁静，没有烦恼一般。而家乡的城市周围，整个华北平原上那些水泥平顶房子则完全失去了这种拱脊的老式房子的诗意，只为了建筑的时候的方便与一个晾晒功能，就将老祖宗延续了千百年的老经验抛弃了。这老经验里的诸多实用性质的东西且不说，单就一个建筑与自然和谐的诗意的丧失，就是无法弥补的遗憾了。

胶东半岛上的丘陵地带，山脉与平原交错，耕田与果园密集，而林网点缀其间，也十分发达。所有的道路和渠道两侧都有树木相随相伴，大面积的耕地上还有显然是故意设计出来的林带，做防风保产之用，也连带着做了美化。这与华北平原上非常普遍的嫌树木挡了阳光、影响了产量的想法完全相异。这种树木纵横，植被茂密的景象，总是让人恍惚，一再确认其并不属于田园审美发达的欧洲。人类生活中有一个非常有意思的原则，就是一切的一切，只有实用与美学原则相一致的时候，才是最佳。

云山雾罩一向已经变成了一个贬义词，已经很少有人再去想它本来的意思了。如今在火车上，在奔驰在早晨的胶东半岛的火车上，目睹延伸着的平原上的绿色尽头的山脉上缭绕的雾气，云山雾罩的本来词义突然显现了出来，它竟是那么美。火车在平原上，在丘陵之间的平地缝隙里奔驰，庄稼在铁路两侧，而村庄再高些的地方，就是那耸立着的山脉的山麓了，从山麓上开始就已经有了稀薄的雾带，逐渐向上，雾气越来越重，山顶完全罩在了一片茫茫的雾海之中……此情此景，夫复何求！旅行中这种由衷的感慨，便是旅行目的突然就实现了的惊喜。

火车旅行中的这种诗意情状，在卧铺车厢的宽松环境里比较容易实现，在一些最慢的短途慢车上实现起来也越来越不难了。因为短途交通基本上已经被更方便、更直接的汽车所主导了，在短距离上乘坐经常晚点的火车慢车的人比以前少了很多。

因为人少了，从买票到上车，这样的绿皮儿慢车给人的感觉就十分宽松。上了车可以任意选择临窗的座位，不紧不慢地想着心里的事情，在不知不觉中火车就启动了，就可以不受打扰地望着窗外了。窗外苍黄的大地上，没有叶子了的树林以密集的树枝为平淡的视野提供了颜色上细微的变化。小路时有时无，在村庄与田野之间蜿蜒，在树林与果园之间分隔。车慢人稀，心绪悠远，苍黄冬野，漫漫人生……

慢车果然是晚点了,晚点了再晚点,等着所有比它快的车都过完了它才能最后再前进,很快就进入了夜行状态。车上人不多,不仅是一个座位上只有一个人,甚至到达了一个由相对的座位组成的格挡里只有一个人的程度——也就是说,对面的座位上也没有人。你可以很从容地面对空空的座位,面对自己。面对自己的方式实际上就是面对窗外,窗外,夜色沉沉,从窗口的缝隙里灌进来的寒风中,只能见到黑黢黢的大地上星星点点的灯火。那有灯火的所在,正是黑暗的颜色更为浓郁些的村庄,无数在寒冬里瑟缩着的人们的栖息之地。

没有多余的光的夜的大地,只有道路淡白的反光。像是被冻僵的带子,在一片乌黑的颜色里,显示着软而曲折的方向。大约因为是腊月初七,是初八的前夜,所以沿途沉没在夜色里的一个一个村庄上空会时时升起一团团的礼花。礼花灿烂的颜色,瞬间升起,瞬间泯灭,璀璨而倏忽,将生命之美妙与短暂同时做了最直观的演绎。因为一朵接着一朵,所以凝视着的目光就可以一直沉浸在这种颜色对比极其鲜明的凝视中,逐渐地进入麻木而忘我的状态之中。烟花实在就是为这种环境设计的,烟花在城市那种充满了光污染的环境里效果已经大打折扣,只有在这里,在夜行的慢车上透过有寒风持续袭来的窗望出去的时候,才能最充分地施展它们的华彩。

夜行中的大地,因黑暗,因看不清而美,甚至连冷风都让缩在车厢里的人觉着惬意。很多人都躺在椅子上睡觉，也有如我一样一直面对窗外，看着黑夜和黑夜中叠加着自己的形象的幢幢影子。还有些人正与陌生的旅伴聊天，话题自然是陌生人之间比较容易展开的那种，天气啊，饮食啊什么的。慢车上比快车上的人们更容易达成的陌生人之间的聊天，这大约是因为坐慢车的普通人多，普通人没有架子也少些戒备，而既然选择了坐慢车就是没有什么急事，心里就比较平稳。人人都没有很快到达的预期，都有随遇而安的心理准备，任意打发时间也就成了顺理成章的事情。

其实，慢车的速度几乎和快车是没有什么区别的，甚至因为隔音隔风的效果不如快车好，引起的震动感更强烈，所以从感觉上判断，慢车竟有比快车快的错觉。当然现在也可能确实就是比快车快，因为它晚了点，在一个站和另一个站的区间内就要尽量地快开，开到下一个站停住车，好让后面追上来的快车先过去。

停住，很长很长时间地停住，或者如快车一样地行走如飞，都无所谓吧。慢车上的人们谁也不急，睡的继续睡，看窗外的继续看窗外，上车下车的人都很少，不会影响到大家一直持续着的悠闲宽松的座位格局。在这冬天的夜里，在这个一日千里的时代中，大家似乎隐隐约约地都有一种庆幸，庆幸自己可以心安理得地蜷缩在这夜行的慢车上，尽可以随波逐流，将一切的一切都付诸脑后，只是这么昏昏然地坐下去，一直坐下去。

慢车到了终点站，没有几个人像在快车上那样先就簇拥到门口去争着下车，有几位还在聊，有几位还在睡，有几位还在将目光凝视着已经不再移动了的窗外，已经灯火通明、噪声陡起了的窗外。

开车旅行

开车旅行的一个优点是可以不惧风雨，可以在寒冷或炎热的恶劣天气里有一个舒适的与环境隔开的自我空间，不论在什么样的环境里始终都拥有一个只属于自己的小环境。这也是情侣们喜欢这种旅行方式的一个重要原因，基于同样的原因，带着行动能力有限的老人孩子阖家旅行的时候，开车也是一个相当有诱惑力的选择。

用什么样的交通工具到达户外、置身自然，就一定要充分利用那种旅行方式本身的优势。开车可以带更多的东西，桌子椅子这些室内厅堂中的东西被安放在自然里的时候，便将周围自然环境中的广阔与壮丽一起纳入了仿佛自家厅堂一样的氛围中，以天地为厅堂的妙感由此而生，让人欣喜不已。桌子椅子这些在屋子里从来都不会太被注意的物件，只有在大自然的环境中才能最充分地显示自己物之为物的价值和美，才会被最充分地审视与注意。有了桌椅的依托，人在自然之中似乎也更能将自然"人化"，使自然不再冰冷，使万物都与自己有了融合性。

这样，在汽车时代，很多人逐渐就会对开车产生不知不觉的依赖，在喧嚣嘈杂充满了污染和摩擦危险的城市里，车给人提供了一个和外界隔绝开来的个人空间，放上自己喜欢的音乐，只要不是有着很急迫的事情去办，就只跟着前面的车尾慢慢地前进就可以了，即使是堵了车也没有什么，你可以暂时让音乐带着你的灵魂飞向一个想象中的地方，去那里做诗意的徜徉。很多开车的人把音乐声开得很大，这就是其中的奥秘所在吧。

开车旅行省心，随时可以出发，想出发就出发，门对门，中间环节一律省了，有多少行李，带什么东西都不必考虑方便与否，都不用事先规划超重或者携带的问题。开车旅行省略了中间的环节，发动车辆就可以直奔目的地，尤其是可以享受爬了一天山大家都已经筋疲力尽的时候回到车里的即刻放松与休息。爬山爬累了，重新回到车上，屁股重重地往座位上一放就万事大吉了，不必再费力于往往显得十分漫长的回程中的诸多等待与转车的烦琐。关门，启动，流畅的滑行让浑身上下的疲劳立刻就找到了一个完完全全的依托，只要这么依托着，它就会顺顺利利地把你带回家，带回你的屋子里，带回你熟悉而又舒适的环境里去。这是开车出去爬山的一大乐趣和幸福。

开车旅行，似乎是一种世界范围内都很流行的选择。自己轻巧地操纵着一辆硕大的钢铁家伙在城市里穿行，在田野上奔驰，在山间婉转，那种让自己以一种非自然的能力融合于自然从而仿佛拥有了什么超越的本领的错觉，实在是美妙。在开车的时候会体验到一种被放大了的自由的假象，非常逼真，以至让人着迷。仿佛车和你是一体的，你因为坐在车里而让自己突然本领大长，速度大增，力量骤强，无往而不胜……车使距离感缩短，使早晨出发来百里之外爬爬山，中午就回家吃饭的情况变得可行。这种超越了自己使用双脚、自行车、摩托车的时候不能想象的安排，让人很有自由与解放的兴奋。这是在登山之外另外加上去的因为是开车来的而有的喜悦。

自驾车旅行可以省去买票的麻烦，可以将行程与公共交通之间的烦琐安排彻底排除掉，有难得的来去自由的方便。私家车对于一向都有在火车车厢里拥挤不堪地、没有立锥之地地被"罚过站"的旅行者来说，具有一种格外鲜明的解放意义。这种对比，使私家车旅行过程中的持续地不受打扰的私人空间的宝贵，被放大到了一种自由的狂喜。这狂喜虽然更多的时候并不以显性的状态时时表现在驾驶者、乘坐者的面孔上，但是他们的内心深处实在是无时无刻不有这么一种以公共交通状态做着强烈对比的愉悦。

开车旅行有自己最充分地掌握着自己的感觉，这是其他现代交通方式所不能比的。驾驶者很容易有一种"身强力壮"的超人错觉，自己似乎突然有了某种格外的掌握时空的能力。

自己掌握着自己的感觉，来源于开车旅行中私人化的时间与行程控制，来源于快慢行止都由自己决定的旅行方式。自驾车旅行可以体会车辆在自己的操控下在一定程度上超越地理阻隔、超越自然限制的奇妙感觉。坐在驾驶位置上，不论是方向还是速度都有了远远超越于我们日常的能力，好像只要愿意的话就可以飞翔，只要愿意的话就可以一日千里，可以实现以前靠着自身的力量或者公共交通怎么也不能想象的目标。汽车旅行这种冲破人体的自然阻隔的虚幻又真实的畅快，大约是它最富于诗意、最让人留恋的功能了。开着汽车中效果很好的音响，在不是高速公路的公路上放松地奔驰，流畅的位移与平和的心态，很容易地就凑成了一种人在现实之中又在现实之外的美妙。

那一天的天气非常好，沿着山间起伏的公路，汽车平滑流畅地前行，周围的风景以变换的角度持续地流入自己不动的视野之中，充满了审美的愉快。这是开车带年迈的父亲旅行回来以后，他跟我说了好几次的他坐在汽车里的愉快感觉。在车上他总是尽量不睡觉，一直盯着外面的风景看，车辆奔驰，风景变换，车窗外的画面不断地更迭，这是汽车旅行中的一个莫大的享受。

开着车，听着歌，在路上走，在乡间小公路上走，这就已经是旅行的目的本身了。

不过，汽车在把周围的时空缩小了的同时，也把一些细节忽略掉了。这反应到驾驶者那里，是一种将一切都不大看在眼里的高高在上的感觉。开车旅行往往因为有车，有车行的速度和视野，有随时前往另一个相当遥远的地方的可能性，所以很难在一个小地方待上相对长一点儿的时间；总是要不自觉地将车的那种可以远行，可以行远的可能性发挥出来才不冤枉，才算尽兴。开车确实是在单位时间里比步行骑车之类古老的位移方式能到达多得多的地方，看见多得多的景象，但是也无疑更容易陷入蜻蜓点水式的浮光掠影。还会藉着汽车的速度而自觉不自觉地就提高了欣赏的口味，速度使人的口味高了起来，很难再将一般的自然看作风景，很难对通常的山水田园发生兴趣。车窗外的一切都很容易被归入乏善可陈之列，都看不到眼里而变得全部身心都昏昏然。如果再有点儿晕车的话，那因为开着车而在单位时间里比别人多看了点儿什么的满足感，就更会大打折扣了。

开车显然是比骑车要紧张，不唯是刚刚开车的人，即使是老司机也会紧张，容易有情绪上的一种急躁和毛草，一种不从容和不安详。快了会危险，慢了会影响后面的车，到了地方找不到停车的空间，回来的时候又怕早就没了自己的车位……能把车开得跟骑自行车一样固然需要技术的纯熟，更需要心态上的老练；还有一种客观条件就是交通秩序上的普遍和谐，甚至是车辆稀少的偶然幸运。除非要直接到达远方的什么地方，开车旅行与骑车旅行在近途游玩的过程中实际上各有优点，难分伯仲。开车可以节省体力，骑车则可以随时随地地获得感受。开车可以不畏风雨，骑车则正可在风雨中多一份对天地自然的体会。当然，关键还是旅行着的人，作为一个有幸生存于宇宙之中的生命，他在那旅行着的时刻里是不是正有一颗敏感敏锐的心。

从天津出来，开着汽车奔驰在夜里的高速公路上，漆黑的田野里，只有远处的灯，如星星一般眨着眼。以风驰电掣的速度在墨黑的夜里做全无参照的奔驰，大地尽头那些点点而来又点点而去的灯光是视野里唯一的移动坐标，它们真实而虚幻，让人既在现实里，又仿佛回到了遥远的过去时光。

那个儿童时代的夜里，地气裹着寒冷和潮湿侵犯了我们的鞋底儿、鞋帮儿、鞋带儿、鞋带儿头上那已经将穿鞋眼儿用的铁皮丢掉了的散开了的穗儿，然后是裤子和手，最后，一点一点地弥漫过了头部，在头发梢上站了站，就永远地停留在了头发根儿上。头发，被抻得直直的。

脚下的坎坷时时需要我们互相拉住对方的手，一条蛮横地出现在平原上的沟，在夜的阴影里觊觎着我们，使我们的手突然拉得更紧、更紧。绕过沟的过程是恐怖的，我的眼睛会被强迫了一般从各个不同的角度观察那沟里的每一个角落，在下一个角落发现什么的预感几乎摧毁了我渺小的意志。

猛一抬头，天啊，那是什么？一棵树，一棵人一般高的小树，身子很细，却有一个大大的头。几乎和它迎面相撞以后，我的眼睛就抬了起来，不再看周围，只看那遥远的地平线，地平线上偶尔一闪的灯。手，拉得更紧了。

在夜的野里跋涉着的时候，在夜的野的寒冷和无助持续地袭击着我们的心的时候，在恢复到了人类初民时代的惶恐和无知之中的时候，有一种温暖、有一种期望，慢慢地、悄悄地流到了我的心里。明亮和温馨的东西像是一种遥远的呵护，就在那似有若无的灯光里闪烁着。

在远方，隐隐约约的树和屋形成了黑黑的地平线，一点儿灯光，在那起伏的地平线上闪烁了一下，又闪烁了一下。我们的脚步想当然地向着那闪烁的灯光而去。那即使不是我们正确的方向，大人也不会马上纠正。我们会大致地向着那里一直走下去，直到走近了，再调整，再对准我们的目的地。

在喧哗的童年时光里，只有这种被夜的野的庞大所笼罩的时候是不敢大声的。不管有几个人在这样的环境里行走，都会不由自主地停止了任何话语，偶尔强迫自己说上一两句，也仿佛连不成句，说的人和听的人都很不自然，马上就又为单调的脚步声所制止。久已不拉大人的手的我们的手，这时候早就又伸到了大人的手里，那种寒冷里唯一的温暖是我们除了远处的灯光以外的最大寄托。

黑暗和安静使我们意识到了生命中的另一种残酷的可能，那种可能使我们收紧了我们的心，收敛了我们的笑，我们在夜的野里懂得了温暖的意义、光明的难得和亲情的无价。

那样行走的假如不是大人和孩子，而是孩子和孩子、是兄弟姐妹、是朋友、是情侣，那又会怎么样呢？是不是更方便了倾诉和表达了呢？是不是一个增进感情的大好机会呢？我相信经过了那样的在夜的野里的行走以后的人和人之间的感情成分一定会增加的，因为夜的野提供给了人类一个恰到好处的互相温暖的机会。

汽车继续在高速公路上奔驰着，尽管远方的灯光空前地多了，而且经常是连成一片，绵绵不绝，但是在越过了城镇和乡村以后，在人们聚居地的间隙里，依稀还能望见儿童时代里那种夜的野的痕迹。那些微的痕迹如果不是偶然在夜里驶上了这么一条陌生的高速公路的话，我相信自己也是无从忆起的。只在一个瞬间里，我便回到了过去，回到了现在想来都是温暖的记忆之中。曾经流遍了我全身的暖流再一次地启动了，经过了时间的阻隔，这暖流以一种虚幻的模拟形式真实地传递着完全是审美的激动。

只在那么一瞥之中，只在飞驰着的汽车窗外一掠而过的黑暗之中，我便望见了时间隧道里几十年前的自己。沉睡了那么久啊，如果不是类似情景的引导，它还会继续沉睡下去的，直到无望无奈地在我们的心里死亡。在这一瞥之中，我无意地挽救了我自己。我开启了一扇通向广阔的感觉世界的门。我们，活在感觉之中的时候才是幸福的。而那个夜里在高速公路上的汽车旅行，正为感觉的苏醒从而也为感觉所带来的幸福，提供了一个尚好的机会。

骑车旅行

通常的旅行都是从一个点到另一个点，旅行者的印象也都是那个点本身，至于点和点之间的线路上的风景基本上就都是一晃而过了，一向缺少点和点之间的联络线上的观感——如果说凭窗而坐一闪而过也算是观感的话，那就太不注重观感的质量了。而骑车旅行则恰恰能把从一个点到另一点之间的所有细节都做了自己的观赏对象，有效地将审美目的地在大地上做了最均匀的分散，自然地形成了一种全面的有纵有横的地理与人文审美图景。于是，在骑车旅行者们眼里，那些通常的旅游的点再被游览着的时候，也就不再是平面的，而是有来历、有边缘、有纵深、有背景、有来龙去脉的立体存在了，让他们在自然而然的状态下就获得了更高的更全面的审美享受。

在一般的印象中，骑车旅行似乎很适合短途的郊外之旅。阳光很好的上午，一个人骑车带着吃喝带着收音机和耳机，带着似在现实又不在现实中的想象，在城市外边的田园中漫游。这是人生中的一种至境，一种其实已经再难超越的自由……在这种自由里,你可以回到童年,回到过去的生命中的某个你愿意一再重复的场景,回到未来中的一个最最美妙的想象的景象里去……

四季之中,春夏秋冬都可以骑车做这样没有目标的漫游。但尤以春秋宜爽气候里的这种漫游最为享受。昼夜同温,可以不关心时间的早晚,达到完全任意之心态。同时景致也是最为新鲜与疏朗,万物颜色最多,变化至为丰富。

即便那些在夏天的户外度过的时光,甚至是酷暑中的长途骑车旅行,至今的记忆里也没有多少如在屋子里的那种闷热难耐的痛苦。记住的只有风凉与愉快,哪怕是烈日下的奔驰的情状。很有意思的是,对于受环境与气候影响因素最大的徒步与骑车旅行者来说,那些坏天气对他们当下的不良影响造成的不方便,甚至还没有家居者们的印象深刻。无他,只是因为他们在自然里挣扎,模拟了千万年以来祖先们一直如此的生存场景;他们用物质的外在形式,体会着精神上的高蹈。

到了不惑之年的时候,内心期望的人生景象居然还是那样一种旅行:骑车缓行于自己没有到过的地方,不管是城市和乡间,不管是平原还是丘陵,是林木扶疏之地还是植被荒凉所在,只要是自己未曾踏足或者久未再至的地方,那里总会有自己不能想象的山川风物与人生状态,骑车浏览,或行或止,或快或慢,全在彼时的心情与兴致,渴了有水饿了有饭,功能强大的数码相机随时可以记录所见所闻,还有随身携带的小笔记本,它们都会协助这样的旅行趣味盎然，让第二天早晨起来的写作内容丰富。

在生活中没有旅行的居家时间里，突然会再次感觉到骑车长途旅行的时候的一种无可替代的惬意感：置身在从未抵达过的地方的街市上，进入陌生地方的陌生人们的日常生活，一切在他们都习以为常的景象在自己都是新鲜的，都因为对比而有着一种既在人间又恍惚是俯瞰人间的观察者的视角和存在感。

骑行途中那些稍嫌疲惫而又必须坚持的时刻，那些必须藉由无数个身体的惯性动作进行机械蹬踏的细节，那些细节里头脑中类乎空白的白日梦状态，确切地说是纯粹体力劳动时大脑单纯的不复杂的修养状态，在事后想来，均不失为一种享受。那是长途骑车过程中比之狂喜或陶醉都更经常、更多有的一种平常的享受状态，是一种属于骑行者的最基本的快乐。

自行车旅行也是自驾旅行，或行或止全凭己意，完全拥有行动的自由，也就首要地解决了旅行过程中的一个行的问题，彻底排除了旅行所带给人的那种因为交通不定而来的恐慌，排除了为交通问题而费的力、劳的神。到任何地方，怎么去，几点有车，坐哪一趟车这类问题都不存在了，甚至比之开汽车旅行还有不用交过桥过路费更环保更绿色的优势；汽车不能到的地方它都能到，汽车被临时限制的路段它通过起来通常都没有什么问题。

而且自行车旅行更容易将自己消融于"本地"之中，由自行车这种通常都是本地人的交通方式上，让本地人看不出你外地人的身份，从而获得一种或多或少地存在着的本地人的待遇。这一点不论在大城市还是在小地方，总是有大大小小的效果：一次骑车进入某个里面有大量居民居住着的山地景区，收进山费的人坐在小窗里面，只瞄了一眼自行车轮，头都没有抬。这自然是有一定的偶然性的好事儿，不过骑车旅行必定不会受到车站周围频繁而坚定的拉客者的骚扰，也可以很方便地离开景区周围性价比不高的饭店商店，一下就转到了本地居民消费的地方去。

骑车比开车的紧张情绪小得多，心态平稳得多。从行使安全到解手方便都比开车要优越，没有开车旅行的时候在这些问题上的焦虑情绪。自行车旅行相关的住宿费用也比之汽车旅行要省不少，因为骑车可以钻胡同，进入居民区，寻找家庭旅馆；如果带着睡袋骑车旅行的话，旅行的两大费用——住宿和交通，就都省了。自行车旅行中，有没有停车位不是问题，交通工具的安全也更有保障，必要的时候还可以将自行车搬到屋子里和旅行者本人享受一样的安全待遇。很自然地，骑车旅行的人也很少进那些高级饭店，他们更愿意在与自己的交通工具相匹配的小店里就餐，补充能量。不在吃饭这样的问题上浪费时间，经济实惠、方便快捷是他们在旅行期间总的原则。骑车旅行显示着旅行者的贴近自然的最基本生存需要，由是也就更接近于旅行的真谛，生活的真谛。

当然，骑车旅行需要体力，还需要毅力，需要拥有强大的精神支柱，可以在貌似枯燥劳累的旅程中发现美、欣赏美的能力。在那种体力下降，精神不济，周围的景色了无变化的路段，戴上耳机听着音乐，让精神在白日梦一样的幻想之境里翱翔，让肢体的动作成为一种不自觉的习惯，最后将其全然忘却，进入一种物我相忘的沉醉状态，这也就逼近了旅行的目的本身了。

说起骑车旅行的好处，理论的总结总是不如实践来得印象深刻。

沿着富春江的骑行冲动源于中学课本里那句著名的"自富阳至桐庐八百余里，两岸风景如画"的话，在富春江镇三个人二十块钱的旅馆里住过以后，在又一个朝阳甜蜜地照耀河流山川的早晨，沿着盘山公路过了严子陵钓台，就到了竹丛掩映中的芦茨村。芦茨在盘山公路的下面，虽然可以从公路上俯瞰村庄中的一片瓦顶，但是一般的过路人是无缘到村庄里面走一走的，骑车旅行就可以稍微一拐把，离开公路，很方便地进入白墙黛瓦高脊飞檐的石板村街。这古老的村庄在远离尘嚣的山中，安详而坦然地运转着自己上千年的舒缓节奏，富春江的支流就在村边上奔流，而家家户户那种雪白的墙壁与深黑的门洞的建筑设计也为这种江边人家的闲适与舒缓做了很好的注脚。偶然地看到一个门洞里正坐着一个老人，手里举着书，聚精会神地看着，一点儿都不为外面我们这样过路人的声音所惑，自始至终都没有将眼睛从书本上挪开一下。

在村边上的饭店里吃了饭，菜是要点的，一份有一份的价格，用木盆蒸出来的米饭却是免费的。我们三个体力消耗很大的行路人，吃了近乎一木盆的饭……而那个一直在忙着择菜洗碗的老板娘，还和我们合了影。

另外一个场景是：骑车沿着黄河出关，经过函谷关以后，在陕西河南交界的公路边上，有一个小饭店。这条路是以前的干道，现在被废弃成了当地村镇之间的近途交通所用的小路。路正在整修，一有车过就尘土飞扬，好在车辆不多。坐在路边上紧靠着饭店墙壁的地方吃饭，还是完全能容忍的。小店里还不时地在路面上泼水，防尘的效果也就至少在心理上有了。

小店里划拳的声音震耳欲聋，不时有喝得脸红脖子粗的人走出来，走到拐角的地方去解手；端饭的小姑娘忙不过来了，把后厨的父亲叫出来给我们上了两碗面。虽然并没有我们所担心的这又一个省份里的消费陷阱，但是这里的面已经没有了陕西的辣香味道了，一变而为量大而油腻……

旅行中这种并无深意的片段景象，在过去了多年以后，还会偶尔自己冒出来，成为自己某一个发呆的时刻可以咀嚼良久的材料。旅行中的细节，尤其是骑车旅行中的细节，永远都会在记忆中占据一个自己的位置。某种程度上说，生命之为生命，正是源于这种记忆中的细节积累。我们有太多日常中无意义的重复的东西都不会在记忆里留下任何可供回味的味道，那些垃圾时间，不能进入记忆的时间，好了说是必要的铺垫，坏了说就是对生命的浪费。

骑车旅行有很多乐趣，如果是一条没有多少机动车的小路最好，可以基本不受打扰地任思绪随着身体的机械性的动作飘扬，随身听配合着这种飘扬的时候经常会有极端的快乐体验，是别的运动方式很难拥有的。即使是听着收音机也常常把倾听的心情放到最最松弛的状态，接收的效果却又出奇地好。

2004年的国庆节从姥姥家所在的狼牙山里骑车回来，收音机里讲着的是梁晓声的一篇类似小说又类似回忆的东西，这位长篇大作未必写得有多好的作家的这一篇东西，在这样的骑车的过程中被接收得却有滋有味。

说的是一个男孩暗恋着一个女孩，一天男孩在小铺里遇到了女孩，买了东西以后就很不愿意离开，不愿意轻易地放弃这个和女孩多待一会儿的机会。而他的不走引起了老板娘的注意，以一种十分怀疑的口气盘问着他。这使他觉着自己在女孩的面前很丢脸。就在这个时候，女孩张口问醋多少钱，男孩立刻代为答道：两种，一种一毛一，另外一种一毛八，一毛一的炒菜用，一毛八的吃饺子用。后来女孩又问酱油，又问盐，他都一一作答，女孩感激地摸了他的头，他很意外，也很不高兴，她把他当孩子了。

这时候老板娘对他的态度也转变了，但是突然看见他裤衩和背心都穿反了，所以大笑起来，女孩也被感染地大笑起来，还笑出了眼泪……

这篇东西因为是在骑车过程中听的，所以记忆犹深。骑车使心灵处于一种非常纯粹的空白状态，对任何东西的感受都会变得极具耐心与感受力。中午时分寂寞的车程在接近城市的时候越来越嘈杂和混乱，但是就因为精神都在这故事之中，心里竟然是和外在环境完全相反的澄澈和清明。

骑车进行的长途旅行，可以彻底告别日常生活中只能抽出一天半天的时间在本地周围转悠的旅行格局，可以纵情完全陌生的地理与人文环境，每天每日每时每刻面对的都是陌生的从而也是新鲜的外部世界。只这一点就是在定居地无论如何也享受不到的非常奢侈的旅行的愉快！一个人，能在完全陌生的环境里骑车漫游，所见所闻都是平生第一次，不管面对的地理与人文环境有多少缺点，也已经是一种莫大的享受了。它是关于自由的最好诠释，是移动的自由并且可以无偿地投身全新的世界的一种最外在化的直接体验。

长途骑行，很容易把身体与自行车相关的部位磨红磨肿，下来行走坐立，碰到的时候都会有一种明确而轻微的痛感。只有反复地长途骑车才能最终将这种微痛的柔软变成没有感觉的坚硬——茧子。长途骑行，遇到扎带之类的事故是很平常的，遇到这样身体上的伤痛也并不罕见。更大的困难也许还是路途上的寂寞和枯燥，是漫长的骑行过程中的单调甚至乏味。这些大约就是获得骑车旅行的乐趣的必然代价。归根结底，长途骑行的乐趣在于一种白日梦状态的自由的吸引力。人在现实中骑车，神思却已经都在世外桃源中徜徉。一切眼前的细节都以一种审美的角度在自己这里呈现。所以在不旅行的日常状态里，稍有时间，还是会很自然地选择周围的什么地方做短途的漫游，目的也依旧是那白日梦状态的追慕与获得。

我们一生的轨迹其实大多是固定好了的，儿时的玩耍虽然没有什么规则可循，但是毕竟能力有限，范围有限，行之不远，多在家庭所能辐射到的小范围里。此后的上学下学，上班下班，商品采购，甚至包括休闲散步与长途旅游，都是已经被事先规定好了的。随意到达一个没有约定过的地方，一个自己的头脑里没有怎么琢磨或者没有被固有的商业话语所规定了的路线上的景观地，这样的机会是少之又少的。人类在名义上所拥有的自动位移的权利，在一个人的一生中使用得往往并不充分，或者竟是很少使用。到达一个不在一般的商业话语轨迹上的地点，这需要相当程度上的特殊目的或无目的，而骑车旅行往往就具有这样的随意性特征。看见一个拐弯，一个分岔，一个当时吸引了我们的眼球的不在计划里的景致，马上就可以拐过去，停下来，可以临时性地决定在这里待上一会儿，坐上两个小时，甚至住一晚上。

一个人的长途骑行或漫游状态，实际上无时无刻不是审美的。你既在这个真实的世界里，又完全获得了独立于眼前的一切的处身世外的位置。你和自己说话，和天地交谈，和世界的本质为伍。

骑车旅行能给人带来最大的自由感，比之步行它拥有更大的机动性，而和步行一样拥有与周围的空气和土地始终贴近并且可以随停随走的品质。这种几乎可以说接近绝对自由的感觉,在很多时候也并非骑车者自己所能意识到的,他只是一味地沉浸其间而已。

一个人骑车漫游或远行,能满足人对自由的追求,能在旅途中获得一种相对自由得多的感觉,和任何人任何事都没有了关系,甚至到了这样一种程度:既在人世,又远在人世之外。

徒步旅行

有人说：所有的步行都是一种发现的动作，在我们脚步前行的同时，也看见了事物的全貌。

是啊，在步行中我们更有可能看到事物的全貌，感受到事物散发出来的全部信息！阳光落地，花蕊生辉，小鸟啁啾、和风畅行，所有的细节都更有可能在步行着置身其间的我们身上产生共鸣，获得被欣赏的可能。

此即所谓人在空间中的速度越慢，获得的信息就会越多，被大自然所感动的可能性也就越高的原理。只有在步行这样的舒缓的运动过程中，我们才有机会，才有心绪去一点一点地将周围的事物的全貌纳入我们的眼睛和心灵。

现代生活实际上让大多数人都已经适应了非常快速地掠过事物的表面，对一切都不予深究，只言片语的掌握和浮光掠影的看见几乎是我们对待周围事物的一种普遍态度了。那种哪怕距离只有几百米也要打车的半残式的现代生活方式，我们不是早就已经见怪不怪了吗！在这样的情势下，步行肯定就会让多数人大大的不习惯，甚至不能。不过，一旦你做了第一次步行，有了第一次步行的经验，你几乎就会毫无疑问地感受到并确认步行给你的感官和内心所带来的丰富与欣喜。在这样的欣喜里，你会一点点地记起童年的经验，甚至是祖先的记忆和人类思维原型的神秘气息。

当然，步行者的快乐更多的还是源于这种运动本身的特点：可以轻易地让人忘掉自己正在运动的事实，从而可以让全部身心自然而然地进入一种遐想状态，一种白日梦状态，一种空灵状态，一种只是看到了眼前的细节而忘记了前此后此的一切的儿童状态，甚至就只是一种头脑里什么也没有了的归零的状态。步行运动所引起的身体上的血流变化与肌肉的紧张度的变化固然是一种非常有益的锻炼因素，不过作为精神世界丰满的特殊动物，步行所引起的这些精神上的改变，所引起的这些异于平常的精神状态，更是善莫大焉的。它是理智的休息，是专注的日常思维的调解，是艺术感觉的萌芽，是审美享受的天堂。

同样的距离，或者甚至小路还是抄近道儿的，但是走起来的感觉却一定会是小路要比大路远似的。因为走小路必定是徒步，而走大路却几乎都是依靠车辆。而小路上的每一步都是不同于前一步与后一步的，每一步踩下去地形地势都是有很大区别的，视觉上的差异当然会更大，还有植被的味道，风的方向，阳光的角度，等等。和大路比起来，小路在这一系列因素上都丰富得多；正是因为其丰富，而使我们的感觉积累起来的记忆被拉长了。由此，在小路上徒步，就成了一件非常漫长的享受之事。

某年冬天里的某一天中午,我决定从郊外的西山宾馆徒步走回城里去。在正午时分的寂静里——即使是在冬天,正午时分也是格外寂静一些的;人世的繁华和忙碌总有些起伏,中午的时候就永远是"伏"的部分,因为饿了要吃饭,因为累了要休息,因为疲惫了要喘息,因为挣扎久了要思考,因为醉了要睡眠——一个人,一个人跨过马路,直直地走向田野,这是不管有意还是无意的目击者们都无法事先想象的。

跨过马路以后就对准了东北方向,那个方向既没有道路也没有田埂,在类似无边无际的麦田的纵横的垄与沟之间。这个方向假如存在一条看不见的直线的话,那这直线就切割了几乎所有现有的秩序。

我沿着这个切割了所有的秩序的方向,无比自由地前进着。因为土地还没有完全开冻,因为哪里也没有浇灌,因为踩踏无伤于越冬的麦子甚至据说还有利,因为正午的寂静里四面都没有了一个哪怕是无意识的目击者、围观者。这所有的因为,还有这可以笔直地沿着其前进的方向,都为始终是群居者之一的困扰性的不自主的我们,找到了一点儿脱离秩序的自由感。

在冬天的正午时分,在距离城市十几公里之外的山脚下开始的步行,以这样没有预期到的自由感开始了。从调整好随身听到耳朵里灌满流动的音符,这个过程在回头一望的时候被以距离的方式非常直观地展现在了身后,好像不下 300 米。因为刚刚离开的酒店和马路在视野里景致都已经有了几分模糊，只见有车在上面跑，跑得却无声无息。也许是耳机里的音乐太强大了，不是音量，是音质，是那真真切切的音质在眼前幻化出来的自由之境。

脚踏实地一向被形容为一种踏踏实实的作风，一种稳妥稳健的风格。确实也只有我们采用走路的方式从一个地方到另一个地方，让自己做物理位移，把自己的身体运转过去的时候，才最为自然而然，最为心安理得。徒步使人在大多数时间里都将自己正在徒步行走这件事情本身给遗忘掉了，徒步不直接消耗能源，不付费不买票，不必等待和事先声明，不用非得经过管理者的允许；徒步不会晕车，不会担心安全问题，也几乎不会出车祸。有人说，人类位移的速度超过40公里每小时的时候就是违反了人性的了，只有保持在40公里每小时的速度之下人才会有舒适感——以这个标准来看，徒步无疑是最为舒适的运输方式或者说被运输方式了。

虽然二月开始的这些日子还不折不扣地属于冬天，但是接近立春的天空与阴霾沉沉的隆冬毕竟已经有了区别，从上到下洋溢着一种格外的温暖，一种透明的希望，一种终于熬到了头的喜出望外。孤零零的两栋家属楼立在单位大院的外边，那是自己曾经充满诗意地描述过的远郊的家，正有两个步行出去买菜的家属慢慢走着回去的家。现在，两栋楼都在寂静里，院里院外都没有一个人，门口的土路依旧那么坎坷，两边的麦田依旧那么广阔，而其身后的土坡上也依旧荒草萋萋，其间白色的小路蜿蜒起伏，依昔让人能望见从那小路上走过的散步者面对原野背靠家园时候的感叹，一种冬天里孤独的亲情、友情油然而生。在原野里没有预示地出现于庄稼地里的民居总是很有诗意的。当这种民居不是一户两户，而是两栋楼宇的时候，不知道为什么，这诗意不仅没有因为人多而稍减，反而显得更加盈满了浪漫的气息。

一只潜伏在前面一两米的地方的兔子终于忍不住自己的恐惧，猛然一跃，向着其凭着本能判断的逃亡方向绝力而去。它拼命地一跃，吓了我一跳，继而喜悦倏然滋润了心田。如此衰败的田野里居然还孕育着这么强有力的生命！它迅速地横穿着田野上的道路，在观察到一个骑车的孩子正迤逦而来的时候它适时地转了向，转向不转速地向着远方而去。那骑车的孩子显然是见怪不怪了，望了望它，就又伏在车梁上重新去认真骑他那因为身高的原因骑得有几分吃力的自行车了。

麦田里的植被还呈现着一种丧失了生命的黑黑的绿。那种绿，绿得十分微弱和勉强，只是因为和周围的土地比较着，和满冬天没有一丝颜色的天空和大地比较着，裹挟着原来绿的余波才被看成是绿。衰败和颓亡的干枯与冷寂让踩上去的脚步喀喀有声。有些没有种麦子的地块里，已经堆了肥。粪尿强烈的味道即使被冬天压制着也还是在这正午时分的温暖里找到了挥发的机会。这种声音，这种味道，和着耳朵里奇巧的几米《地下铁》音乐，让沿着笔直的方向切割着既有的道路与田垄的步行很有点儿发现的兴奋：发现了人在大地上的自由的可能性，发现了我们原来始终是受着被开发过的田野上的道路与庄稼地菜地的形状制约的事实。人在大地上自由地行走，这样大多数人都不以为然的意境其实是殊难一遇的。穿越道路，穿越麦田，穿越边上有几棵老树的粪坑，穿越密密的护路林，从田野上以种植大棚菜为生的外地农民的暖房边上（暖房外边晒着被子，被子下面露出酣睡着的孩子无意识的脚）经过，不走地道桥而是直接越过铁路，不沿着公路而是斜着直接就从两块大地之上对准了一个早已经确定的方向。

田野上所能望见的马路都格外安静，车辆乖巧地没有了声音，也没有了污染，没有了急急的世俗气息；马路边上的单位都用背后的院墙对着我这在田野上行走的人，围墙在阳光下积聚着过量的温暖，为墙根儿上带来了不受偶尔刮过去的风剥削的热量。这热量让最敏感的小草跃跃欲试，让最早醒来的虫虫蚁蚁蠢蠢欲动，让农民选择把自己吃的"小棚菜"直接种在了墙下。这里还是躲到人世的背面来谈论互相之间的感情的情侣的绝佳之地。尽管因为有些便溺者也选择了这样的地方，但是他们毕竟不多，远远不如来谈论感情的人多。能望见人世的背面，这是自由的步行者才可能有的享受。

而那些直接插入城市中心的火车道无疑是进入城市最近的道路。火车道两旁聚集了数量那么众多的垃圾，还有以垃圾为生的人们搭起来的棚户，房顶连着房顶。在即将过年的城市里，也洋溢着一阵阵孩子们在任何境况里都会发出的笑闹声。

在我们追寻自由的种种现世的方式里,有乘坐汽车火车在公路上、在轨道上奔向虽然自己还没有去过,但是早就被去过的人渲染过了很多遍的名胜之旅;有自己开着车、骑着车顺着无数的人走过了无数次的道路走下去的漫游之旅。但哪一种也没有这样无拘无束地步行,来得独一无二,来得随心所欲。

这样似乎可以无限地走下去的路途,在我们充满限制的城市,在充满限制的城市里的充满不允许的生活里,显得如此难能可贵,以至于自己的眼泪都兴奋地要荡漾出眼眶。这泪是因着音乐的旋律,更因为这眼前自己意识到的实现:为自己这一刻的自由而哭。

徒步旅行可以让人回到童年,回到童年里看世界的速度所带来的视角中去。即使平常很熟悉的路,一旦徒步其上也会有新的观感。作为一种最原始的旅行方式,徒步旅行之中蕴涵着大量的人类早期的身体记忆,这些记忆被后来的人类社会发展尤其是百多年以来的技术进步给遮掩,在一代一代的新人类身上逐渐成为一种潜在不彰的成分,只有在人类个体重新以徒步的形式观察与感受我们的世界的时候,它们才会逐渐苏醒。这是徒步旅行的美学根源,也是徒步作为一种运动于人类的身心有益的最根本性的原因之一。

徒步或骑车旅行,可以在相当大的程度上避免被动的行路与驻足的束缚,使旅途更具主观性,让心情较少受外界不良人文环境的打扰——当然代价经常是要受外界不良自然环境的打扰。这样的旅行方式是人类最古老最原始的方式，是旅行这个词最原始的不言而喻地暗示着的交通方式。在今天诸多的旅行方式中，它是最慢的，但依旧是最美的。每年我们都能看到世界各地的一些相关报道，报道那些进行长途徒步旅行的旅行者的故事，这一方面说明他们在当今的旅行之中的特例性质，另一方面也说明了大多数人对那种原始的笨拙旅行方式的某种程度上的向往之情。因为即使是自己并没有徒步的经验，但是凭着潜意识似乎也能想象出那样的旅行的自由与美妙。

徒步行走会使人更珍视每一次到达，更珍视在目的地要办的事情、要见的人，在相当程度上恢复我们被现代交通工具和通信工具搞得淡漠化了的友情亲情。试想你去送一个徒步来探望你的人，和送一个开车来看你的人，心情上肯定会有所不同。送徒步来的人的时候很自然地你就会和他一起步行上一段，比较容易地产生送了一程又程的古典情怀。这是我们往往在过去了很多年以后还能记得儿童时代的某一个周末的傍晚，出门送来自己家玩的小朋友的情景的一个重要原因。他徒步而来，你徒步而送，两个人边走边说，边说边走，时时会站住，会蹲下来再玩上一会儿。童年的天真与纯洁，在被越来越远的步行积累起来的温暖与疲劳里，化成了自己心灵中一个永远值得珍惜的画面。

在这个人际交往基本上已经摒弃了步行的时代里，徒步的方式确实可以加深人的记忆。2007年圣诞节那一天,我和妻子买了一张周末票坐火车到了哈茨山区的一个小镇,下车的时候空荡荡的车厢里就只有我们两个人了。下车正好看见火车司机从这只拉着一节车厢的火车头上下来。他告诉我们今天火车不回去了,不回到十公里之外的另一个大站了。而那个大站是我们回马格德堡的必经之地,这也就意味着圣诞节这一天我们不能离开这个山中的小镇了。按照那种不管怎么样先玩先转、走的时候再说的习惯,我们虽然心里有些忐忑,但还是先去了小镇里,去看了那有百多年制造有公鸡报时的自鸣钟历史的作坊,去转了这小镇里的大教堂和类似古城堡的老街道。等再回到下车的火车站的时候,果然是再没有车了。

在这相当于中国的大年三十的下午,车站一片寂静。怎么办?走,开步走,向着十公里外的那个大站走。于是我们迈开双腿,沿着火车道向回走,穿越起伏的丘陵上的甜菜地,沿着一溜溜依然挂着秋天的部分果实的苹果树,沿着有高高的茅草的小河河岸,从大地中间取直线向着那大站所在的城市徒步而去。

田野上有成群的野鹿在聚集,远远地望见我们这两个徒步者显得十分吃惊。黑色的乌鸦翅膀一动不动地从树上滑下,落到地面上啄食着秋天里遗留下来的一种红色果实。

寒凉的气息随着我们的持续的脚步而逐渐被排除开去,两个人的跋涉终于有了温暖的回报。这走上一段就不得不停下来刮擦一次满脚的湿泥,走上一段就禁不住会站一站,遥望一下周围的异国他乡潮湿而优美的地形和植被的旅程,被我们一点一点地丈量过了很长很长以后,那个盖满了红色的古老建筑的大站所在的城市韦尼格罗德(Wernigerode),便一点一点地被我们拉近,拉近,终于把我们纳入了她的怀抱。

那一年在德国的圣诞节的黄昏里我们夫妻俩的徒步行走,在不经意间成了我们共同的牢固记忆。每次回忆的时候互相都能提供大量的细节,都能将沿途的所见所闻一一深翻出来;那些乌鸦,那些鹿,那些秋天的果实,那些被冻得有了冰碴的甜菜,那终于可以俯瞰到车站的小路上的一个最先的角度……反倒是那次旅行的目的地,那个有钟表作坊的小镇本身已经有些模糊了。

徒步的方式造就了更深的记忆,留住了美。

坐车去徒步
——各种交通工具结合起来的旅行

在滹沱河南岸广袤的平原上，没有村庄，没有房屋，只是一片无际的田地和树林。道路在其间纵横穿插，按照田地所在的位置和形状，倾斜着延伸。路面上化雪的时候留下的车辙与脚步的痕迹比比皆是，整个大地都是深深的湿润的颜色，空气里更是有一种北方的冬天里绝无仅有的潮湿与舒畅。

田地里偶尔还有些农人在劳作，一家人开着拖拉机在收获秧子已经完全变成了黑绿颜色的胡萝卜，孩子在前前后后笨拙地奔跑，父母则不紧不慢地装着车；紧挨着这零乱的胡萝卜地的一片已经平整过了的土地，地面被整得极其细滑，细腻的颗粒像沙子一样小，像布面一样平，像某种特殊的工艺品一样耐看。一条小路从这被平整得极其细腻的地边上延伸到了旁边的果园深处，形成了一种透视的效果，使已经没有了叶子的果园深处，有了树荫一般神秘诱人的味道。

更诱人的实际上是这果园的篱笆。篱笆是些大致排成一排地长着的花椒树,个别干枯的叶子还挂在长满了尖刺的花椒树的树枝上,而在道路与篱笆相交的地方则是随意的一排小树枝绑成的栅栏门,栅栏门的中间一般会有一团铁丝,形成两个互相套在一起的圈圈,圈的正中就是锁锁的地方了。如今,在这冬天的时候,圈里没有锁,栅栏门也大多半敞着。半敞的栅栏门与参差的花椒树篱笆,还有偶尔的一两棵高大些的柳树一起构成了果园外面的道路边上的原始景观。

走在这样原始的路上,呼吸着史无前例的湿润空气,人自然而然就会有回到了过去时光的愉快。呼吸顺畅以后,眼前的一切就都是美的了,或者说当眼前的一切都是美的时候,呼吸一定也是顺畅的了。这是不是一个规律还不知道,但是两者完美地结合起来的时候整个人就有跃跃欲试地飞升起来的妙感的事实却是确凿的。在这样的状态里,任何一个视角里都是天然的美的画面,半敞的柴扉,垂着柳丝的小树,堆在田里的黑粪,这么早就已经开始在地里为来年的西瓜地起垄(起垄以后把那黑粪埋进去)的庄稼汉,还有瓦蓝的天空笼罩着的这一切的一切,空空荡荡的眼下和丰富无比的未来……

田野深处,道路旁边有一处小小的院落,里面却是青砖瓦脊的大房子。房子和院子外面都有大法桐树,根据树的粗细程度可以判断这院子的年龄已经有几十年的历史了。这是原来部队农场里驻屯战士们的宿舍,当年有一批又一批年轻人千里迢迢地来此驻扎,年复一年地耕种,过着一种与他们在家乡的时候并没有太大区别的农业生活。不过毕竟还是以集体为单位的农业生活，国家管吃住，有军装，有纪律，又是一伙年轻人凑在一起，在这远离尘嚣的地方，自由还是有的，快乐想必也是有的。即使是现在，走过这小小院落，似乎能约略地听到那驻屯部队时期的遥远回响。

弯弯曲曲的土路，土路边上的大法桐树，法桐树后面的小小的院落；周围都是广阔无垠的原野，这种景象，想一想都是十分入画的妙境。在周围空旷的空气里似乎永远都会有青春的诗意在弥漫，有一个一个年轻生命昂扬的气息在传递……

脚下的路在田野里自由地延伸，通向地平线上那一片齐齐的大杨树树梢形成的灰白色的天际。那样的天际线是眼前所有宜人景象的遥远背景，是在这冬天的大地深处步行的令人愉快的方向。

在这样的大地上徒步，可以按照道路行走，也可以在田地里穿插着去随意一个一时间想去而脚下并没有路的方向。有一种难得的纵横驰骋般的自由奔放之感，曲曲折折的庄稼路，拉沙子的路，放羊的路，制作水泥管场地上的路、养殖场的路，都可以走可以不走，从这条路向那一条路，从那一条路就直接进了收获过了花生山药的沙地，到了滹沱河河滩里。

滹沱河很多很多年前就没有了水，却依然有着仿佛是凝固了的水一般的广袤的痕迹。在起伏的沙地里费力地前进，绕过一个又一个取沙以后留下的大大小小的坑，旋转着向前；间或的一丛茅草立在冬天无力的夕阳中，惨淡而寂寞，却又有一种我们自己走热了的身体里散发出来，源源不断的诗意。

这些郊外徒步，先是用自行车和公共汽车结合起来的交通方式离开城市，然后到达郊外目的地以后再开始步行的。这在冬天里是一种很妙的运动的与审美的选择。先骑车到公共汽车站，然后坐公共汽车到达郊外，然后步行，步行累了的时候又可以坐上公共汽车，坐在公共汽车上得到了适当的休息，下车以后再骑车，骑车也就没有了原来一路都骑车出行，等回来的时候的那种疲劳感了。每一段都是轻松的，每一段的运动方式都有另外一种运动做了适当的调解。

而且，在田野里步行比之骑车是更自由的，能体会到更多细节的。回程的时候也不是很在乎是不是天黑了，即使是黑了，也只要坐上车就可以了，没有了骑车走夜路的不便。这样的方式比开车出来玩也好得多，车开到郊外，放在哪里其实都是不大放心的，你步行的半径不可能太大，总是要围着汽车转的。关键是那种有了什么不放心的状态下，行走就少了应该有的轻松了。

当然那种更其遥远的地方，不通公交的所在，还是开车到达以后再进行步行要来得方便。正如在欧洲诸多国家之所见，人们都是开车到郊外，然后把车顶上的自行车卸下来骑行，或者徒步，或者轮滑。而其中尤以汽车结合徒步的方式最为常见。他们的周末一般都是在阖家团聚以后,开车到郊外,沿着河流或者山径徒步行走;徒步之外,或者跑步,或者骑车,或者轮滑,一家人一起徜徉自然之境,疲劳以后再驾车回到城镇之中。对于生活作息的安排,经过多少代人的摸索与总结而达于一种恰到好处的境界,有着一种让人羡慕的健康方式与节奏。

汽车让人们迅速离开城里的拥挤与嘈杂,很快抵达通常来说都是所在遥远然而风景秀丽的河边或者山中,背好包就在一瞬间里置身于自然之中了。呼吸着被双脚踩出来的泥土的气息,和浸染在自然里的植物的味道(即使是冬天植物也是散发着味道的)。体力上的活络源于由自己掌握的身体的节奏、舒缓而适中的移动速度,这种速度宜于思考和想象,也适宜于谈话和交流。在山野里行走的时候,儿时的很多味道、很多恍惚中已是上一辈子的眼睛与手足的触觉与感觉都再一次地奔来身心,让你沉醉、让你痴迷。

那是小学的时候一个刚刚放了学的中午,你一个人背着书包向家里走,走着走着似乎就将向家里走这件事遗忘掉了,你被眼前的天风地气所吸引,蹲下观看蚂蚁、站起来追逐水中的叶子、仰着头和云赛跑。时光像母亲一样慈爱地抚慰着你,让你将自己的脚步和自己的存在同时忘却。这个曾经完全被忘却的场景是很多很多年以后你从客观记忆的角度想起来的。这个角度告诉你的东西使你努力回忆着自己主观上的现场感受,但是无论如何那已经是一段美好的空白了。可是,今天,当你行走在山野中的时候,那段美好的空白里的感觉似乎回来了,一点一点地回来了!它伴随着你的脚步,一步一步地出现,让你乐此不疲地走下去,走下去。在山野里行走不仅是我们童年的记忆,也是人类童年的记忆,是我们这个种属最健康、最天真的年代里的不涉理论的本能美学行为。

在最初的目不暇接的观察和东张西望的审视以后,我们逐渐陷入了白日梦一样的遐想状态,长途地行走也许会使你表情呆滞,但是内心里喜悦的激流却一直在不停地奔淌,任何一个你从面无表情的状态里恢复过来清醒过来的瞬间里,重新确认自己彼时彼刻的行走事实的时候,你的心中都会涌起一阵无与伦比的优越与满足。

所有的旅行方式都不是独立的,都是可以互相联结起来的。各种方式的旅行联合起来所提供的方便的敏锐,共同为旅行者提供着最为恰切的自由与最为丰富的感受。用一句夸张的大话描述一下,似乎可以这样说:人生的美妙,在这样的旅行里已经异彩纷呈。

独行与结伴

在景点,在旅途中,我们经常能看见成群结队的旅行者,他们结伴而行,互相照顾,互相拍照,指指点点,说说笑笑,欢声笑语之中有一种一般的旅行者所没有的放松,甚至在举止之间已经有了一层与环境不大和谐的夸张的演示意味。作为群居动物,结伴是人类的本能;旅行的时候的结伴也是顺理成章的最大众化的方式。大家一起面对自然中的美丽,也共同防御着出行的时候的不便甚至意外,还可以有诸多在平时不容易有的近距离的交流。说着笑着,经常是早就将走到了哪里、看到了什么的眼前的事实遗忘掉,而完全沉浸到了用互相的话语搭建起来的交流平台之中,进入了"忘我"状态。结伴使旅程中互相都有一个表达的对象,一个抒发情绪的时候的听众,一个交流感受、安定心神的依靠。而在旅行中结伴的好处还有省钱:住旅馆经常是两张床一间,一个人是那么多钱,两个人还是那么多钱;在德国的周末票会是一张票五个人有效,人少了每个人负担的车票钱就会大幅增长……这就是即便除了情侣、家人、朋友之外，旅行中总是结伴者众的一个重要原因。

与友人约了一起出去，还在家里准备着的时候，那种要出发的喜悦就已经降临到两个人的全部身心里来了。收拾东西，准备一应之物的过程中就已经在不断地想象将要在路上、在自然景色中所经历与感受到的一切，像是孩子们一起出去玩的时候的那种莫名的兴高采烈，就已经油然而起。

这样的愉悦尤其在和人约了一起出发时，最为强烈；如果仅仅是自己出去的话，虽然也有一种跃跃欲试的兴奋，但是其强烈程度和自我收敛着的性质还是有所不同的。

我曾经在连续两周的周末，约不同的朋友一起到户外，边走边谈，交流着已经有相当时日了的分别的林林总总。在不知不觉中走山谷，看野树，郊野徒步。远离酒桌和废话，远离了世俗化习惯下的无意义的形式主义，这实在是朋友聚会、同学叙谈的一种非常健康的理想方式。

走出去再回来，每每已经有了适度的疲劳感。这种疲劳感让内心十分稳定，让人觉着于季节无憾，于生命无愧。也只有这样出去过了，心里才不再觉着憋屈，不再遗憾；这是只有从大自然中归来的时候才会有的好状态。尽管那只是勉为其难的大自然，是污染指数经常在二百左右的天空下的大自然。

当然与友人同游是有利有弊的，弊在于失去了自我独立感悟的敏锐，被话题所左右，甚至到了耳闻目睹都已经完全忽略的状态。头脑在话题营造的世界里飞翔,失去了感受眼前事物和氛围的机会。

所以另外一种也很普遍的情况是,在景点,在旅途中,我们也经常能看见那种单枪匹马一个人的旅行者,他们一般都是沉默的,在沉默之中又有着只属于他自己的兴奋与专注,有着从他自己的习惯模式与思想脉络里来的稳妥与悠然;即便是自言自语或者自己在地图上查询着什么、在小本子上书写着什么、在镜头里拍摄着什么的时候,也自有自己的一种按部就班的模式和节奏。只要稍加注意就能发现,在他们身上探索者的严肃和放松者的自由已经做了完美的结合,别看他们往往只能用自拍的方式将自己和风景留在镜头之中,他们在不受打扰的旅程中获得的个人性的记忆,却经常比之那些热闹的集体旅行者,要丰富得多。

在风景中的感触与感觉往往因为独行而多,因为"众行"而少。一个人的时候感觉往往层出不穷,两个人的时候也还常常因为对话而激发出思想的火花,三个人的时候就只顾说和听,只顾兴奋地过语言的瘾了;人在境中,心却完全在别处。不过,当人数超过四个的时候,则个人就又获得了相对封闭的自由:别人的话可听可不听,因为你不听总有别人在听;该说的话可说可不说,因为你不说总会有别人说。说和听从而都被解放了出来,你就又可以自由地思想、自由地感觉了。不过在那样的情况下,为了避免自己落单,也还是要做一些符合人群中的规则的事情,说些其实自己并不大想说的话,用以维持自己和他人、和这个群体的联盟关系，是集体出行的题内之意。这是成人社会的法则，也是集体中不言而喻的"团结"气氛的需要。至于结伴而行的时候人们互相遮挡对方视野里的风景与声音干扰，就更是一种必然的代价了。更糟糕的是，如果结伴出行的参与者之间的关系不是那么融洽，或者过分亲密，社会生活中那种因为人事而出现的矛盾与纠缠，就会在这本来是要出来顺应山水、体会自由的旅行中应运而生了，那就与旅行的初衷完全背道而驰了。

然而即便如此，当今的时代里，独行还是远不如结伴来得兴旺。抗着旗帜，放着音乐，吆五喝六，总是有些哗众取宠的意思的结伴旅行的队伍招摇过市的景象，几乎在每个城市的周末都会上演。各种各样的户外俱乐部组织是结伴旅行广受欢迎的一个表现，也是人们旅行精神萎缩的反证。因为它们本身的旅行意味已经淡化，夸示行程的远近、道路的艰难程度甚至是交友与互相显示装备的情绪占了明显的上峰。那样的旅行有队首有队尾，要行要止都是统一动作，没有个人行动的自由。路途上细节的观感都要给集体的一致让位，为了互相的照顾和安全，为了人类作为群居动物的习惯，而少了太多出行本身的乐趣。

在习惯于集体出行的人们看来，旅行，一个人的旅行，一个人的长途旅行，仔细分析其中总是有负面的情感因素在起作用。这是大多数的事实，也是我们旅行观念上的一个重要的误区，是我们人生经验上需要补充的一课。为什么只会在负面情绪的作用下才去开启一个人旅行，一个人的长途旅行呢？在我们的身心健康的状态下实现一个人的长途旅行的动力为什么就不足呢？

一位作家，是在被检查出癌症来以后去南方做一个人的长途旅行的。虽然后来证明那不过是一次误诊，但是此行却直接促成他写出了使其后来获得世界性文学奖的小说。在没灾没难没有失恋没有解不开的心结的情况下，我们有没有去做一次一个人的长途旅行的动力呢？

虽然单人独行同样可以让人麻木，但是它让人产生遐思的机会无疑是远远大于集体出游的。在适当的孤独中，人才会思如泉涌，才会因为不与他人交流而心生幻象，它们丰富了我们日常总是实实在在的眼前的意象。曾经见过公路上一个剃了光头的旅行者，他一个人骑车而行，低着头，一点儿也不东张西望，对周围的一切采取了一种完全熟视无睹的态度，眉目之间的思绪和身后的行李一样巨大。他一点儿也不知道，知道了也肯定一点儿都不在乎：他一个人的长途旅行之中在这时候留下的剪影，已经成了一个永恒的形象。这个形象或许是忧郁的，但是却有一种我们在寻常的生活里十分难得的自由。那样的自由是无数人所向往而又不可得的，他如今驾驭着那样的自由，他的忧郁的独行也就无所谓什么负面情绪的不良状态了。

其实，个人在负面情绪下进行的所谓忧郁的旅行，在所有的旅行情绪之中大约是最最奢侈的一种了。正是忧郁的情绪状态使我们脱离开了世俗的挣扎，脱离开了日常的生活轨迹，使我们专注于人类精神领域的痛苦，从而也专注于精神领域的探索与发现。忧郁的旅行自动地会避开都市，选择与优美而安静的大自然相伴，选择清新的空气和无垠的视野，选择植被丰富的气息和山石的味道。忧郁而孤独的旅行可以在更完全的意义上实现旅行之为旅行的使旅行者脱离现世、获得超拔的机会的功能。一个人的忧郁旅行，使人既在人世之中也在具体而琐碎、重复而枯燥的生活之外，使人出离日常的人生状态，获得解放，获得忧郁中的解放。

可以进行忧郁的旅行的地方，无一不是充满了自然诗意的所在，在日益喧嚣的现实里，可以有资格领受这种忧郁的旅行的地方实在是并不多有。而且往往会在抵达那样的地方的旅途之中先要经过火气十足、戒心十足的"现实"之旅，将即使出发的时候有那么一点点的忧郁情绪在不由自主之中消耗了去，在抵达的同时就已经忘掉了当初的所谓忧郁，而只需投身纯美的自然了。从旅行的这个特点上说，那些失恋的人，那些有了忧郁症状的人，去做一个人的旅行，一个人的长途旅行，就不失为一个好的选择了。

应该承认，在真正的个人旅行之中，孤独凄凉都是必然的题内之意。关于旅行，或者说关于那种离开现有的生活环境，哪怕很短暂的荒野里的漫步（山坡上的攀登除外，因为剧烈的体力付出可以使人无暇他顾），在事后被我们记录下来的时候往往都是很饱满愉快的情绪，这当然并不代表在现实中、在其时的当下个人的全部情绪。事实上只要我们稍微细致地回想一下，将已经被自己的头脑自动地排除掉的成分稍微找回来一点点，就立刻会重新进入哪怕是一闪念的孤独寂寞、凄凉荒凉的感觉里。那种抛弃了人群，也被人群所抛弃的寒凉。那种认为人世的来去都无意义的判断，那种面对风中的野草和静默了成千上万年的沟壑的无语，都让出来找愉快的自己突然望见了不怎么愉快的人生底色。如果再加上现实里的旅途之苦——饮食睡眠的不大确定，更需要绷起神经来随时防范危险，体力付出过大，金钱的付出也往往比在家里待着的时候要多得多，让人感受到所谓穷家富路实在是一种无奈的选择。正所谓"在家千日好，出门一日难"——加上这些旅途之中的题内之苦，我们在旅行中的负面情绪状态，也就成了一种很难被完全避免的东西了。

然而，旅行之中这种所谓负面情绪，或者是绕到了人生背面的清醒，具有能让所有的愉快更愉快、能使所有的言行更脚踏实地的特殊功效，它是构成高质量的愉快旅途的一个不可或缺的组成部分；也是旅行之所以能为人们不旅行的时候，所谓正常生活，提供的诸多营养的非常非常重要的一种。

个人旅行可以健身、可以放松、可以领略新鲜的世界，个人旅行也还有让人谦卑起来的功能。尤其是那种身在异域，长时间的单独旅行；或者那种独处式的，一个人深入自然，面对的只有天空大地和自己的心灵的旅行。在这样的长时间的，或者是孤独的，或者既是长时间的又是孤独的旅行之中，我们蓦然回首，会重新发现人类在自然之中的真正位置。原来的自己或者还有因为对这种人类定位的不甚了然,而不自觉地表现出来的自大或狂妄。但是现在,一切都已明了,我们除了谦卑地、感恩地活在这个世界上,除了获得微薄的生活资源便可满足的微末的生活需要以外,难道还有什么多余的要求吗?

结伴旅行在这样的意义上会打很大的折扣,却也有孤独旅行所没有的诸多方便。只是,和朋友旅行之前,尤其是在骑车或者徒步之类艰苦的旅行之前,是要做一些约定的,再好的朋友也一定要做。否则很可能就此和这些朋友割袍断袖、恩断义绝。

这些约定包括花钱的方式,是不是AA,包括永远不能说泄气的话,不能埋怨抱怨,遇到问题商量着来,商量不下来就举手投票投硬币……

实际上,即便是夫妻一起旅行,也应该做一些类似的约定。怎么花钱之类的倒是不必约定了,但是不能埋怨抱怨,不能指责,不能发脾气,倒是很可以约定一下的。

至于那种跟团的旅行,不管多长时间都不会有这样的功能的。因为那是一种有卖有买的商业行为,留给个人精神的时间空间都很少,基本上与心灵无关。因为去遭遇"遥远的偶然",踏足与你既有的生活场景与生活模式完全不一样的人和地方,才是旅行的自然而原始的本质;在异地的偶遇中,才能发现旅行的真正意义。按照商业话语被布置好了的目的地和线路上,其实都不存在这种旅行的原始意义。

跟团旅行

抵触跟团旅游的人，总是能说出很多原因。其中最为根本的一条是：旅行中的道路选择的自由，是包含着一种人生自由的哲学含义在其中的。不走别人安排好的路径，或者因为其模式化的不动脑筋，或者因为其商业化的盈利目的。反正在大自然赐予的这壮丽辽阔的地球表面上，以自己的能力完全自主地选择路径和方式，是真正的旅行、真正的审美的根本要义。审美视野是需要审美能力做依托的，而审美能力中的重要一条就是路径选择和方式选择，它代表着你自己在多大程度上能脱离开商业话语对你的轰炸，在多大程度上能想象到什么样的山水里可能存在什么样的景致。

换个角度，换个路径，我们就可能迎来全新的收获，就可能获得全新的审美机会，就可能走上只属于你自己的丰富而别致的人生道路。

除了那些规定必须要组团抵达才允许入境的旅游目的地以外，其实任何人都可以以个人的身份去任何地方。人类在地球上移动的自由，在经过了国家之间的签证的关口以后，还是可以在相当程度上部分地实现的。国内旅行的情况就更是如此了，在有钱的前提下，去哪里，不去哪里，以什么方式去，基本上都不受限制。

不过，在使用有相当不确定性的公共交通，食宿也存在很大的未知数的情况下，对于老人孩子等没有个人旅行能力的人们来说，参加旅行社的线路旅游，似乎就是唯一的选择了。这样的旅游，大约算是结伴旅行的一种商业化的极致状态。

关于跟团旅游，有一句谐趣的总结：上车睡觉下车尿尿，到了景点就拍照，回到家什么也不知道。这基本上是对那些没有发生大的争执、相对比较正常的旅行团的状态的准确描绘。事实上，能达到这种水平的旅行团旅行，也就是心情相对平静，旅行者自己不觉着吃了亏、受了气的跟团旅行，只能在全部跟团旅行之中占一部分。

像餐厅里的服务员经常抱怨食客一样，旅行社的人也经常会说旅行团是付了钱以后的霸权主义。他们说旅行团的成员之中大多都抱着一种我付了钱，所以我要享受事先承诺的美丽和舒适，吃与住都要达到标准，坐的车游览的项目都要符合合同的条款，抠着合同字眼要一一兑现承诺……其实那只是一种花了钱以后自然而然的期待。这种期待按照经济学的交换原则自然是无可厚非的，但是在旅行过程中能不能有感受，能不能在自然与人文的环境里对个人的审美情怀有所助益，却又不是那些合同里规定的享受与项目所能决定的。旅行合同作为一种商业合同，在相当程度上不过是一纸格式化的文字，并不能直接为旅行者带来精神上的期待。当旅行中的很大一部分精力都需要用在跟旅行社针对合同而较真儿的时候，旅行者的心情与收获也就同时都打了折扣。然而在旅行社的组团旅行普遍不规范的情况下，参团的旅行者要么就自认如此，吃点儿亏受点儿气以后心情受了影响，无奈地发现所谓旅游不过尔尔，与日常生活一样没有什么特别值得青睐的；要么就"斤斤计较"，对旅行社的服务"挑三拣四"；而旅行社在收获自己合理不合理的利益的时候往往又做不到不能让人看出破绽的程度，于是纠纷不断。所以最后旅行就变成了抱怨，就变成了因为抱怨情绪而产生的"霸权主义式"的发泄。

关键的问题之一，似乎在于把欣赏大自然的行为变成了商业行为以后的矛盾。旅行团往往失去了欣赏自然时所要求的随意与自由，丧失了对不定的自然目标的不定观察与参与的乐趣；一切都是事先安排好的，在计划之中的，在旅行手册里已经了如指掌的，绝对不会出人意料。即使是一次被旅行社安排得天衣无缝的旅行，也无非就是把旅行手册上的一切内容都不打折扣地实现了的旅行。即使如此，游客对不确定的美的期待、对不确定的场景的期待，往往也会因为乘车、就餐之类被规定了特定的时间与场合的环节，在那些方面投入了过大的精力与财力，而使旅行的本来目的落空。他们花了钱而没有实现内心的期许，就总会有一股怨气。这种怨气的酝酿是事实存在着的,爆发都是不分时机的,是时时存在着的。从某些细节里泄露出来的时候就成了导游和旅行社一般所抱怨的"霸权主义式"的不讲道理、难伺候。

不过这只是问题的一个方面,另一方面也许才是更大的问题所在:那就是旅行社唯利是图,不用说不能细心又悉心地体会大家对于旅行审美的要求了,就是合同的条款也往往是打了折扣再打折扣。突然更改项目和路线,加钱;突然增加购物的次数,为了拿回扣而牺牲掉旅行者的时间;应该退还给70岁以上的老年人的门票费用就是不退,或者只退一点点象征性的微不足道的小数……所有的行为,都只有一个目的:就是为了钱。一次本来目的与金钱距离最远的审美的旅行,就这样被旅行社与参团旅行的旅行者们一起变成了一次恼人的商业买卖双方的较量。

从很严重的意义上说,在一个相当长的时期里,旅行社的某些从业者已经成了一种以"数人头"的方式赚钱的人。他们靠的不是服务,而是动歪脑筋,甚至是乘人之危的威胁。尤其是当他们面对以老人、以带孩子的家长为主的旅行团的时候。在旅途中是他们自己直接做,在风景点的一些出格事情则往往由地陪出面去做,然后他们再分成。门票回扣,购物回扣,交通、住宿和餐饮回扣,如果说这些还是一般旅行者能够接受的话,那些降低标准、改变行程、缩减景点甚至甩客撒手不管、谩骂殴打旅客之类的恶劣行径,就不是绝大多数跟团的旅行者所能容忍得了的了。

一个个投诉机构的设置，一次次旅游主管机构的文件约束，正好说明了一个时期里这一行业的混乱。在别的领域里挣钱也许还有些温情的面纱，在某些旅行社那里似乎就以不诚信为常了。就像出租车行业就容易不找零钱一样，旅行社坑人，不坑人就开不了旅行社，似乎也成了一种大家心照不宣的潜规则。这样的现象随着更多有能力进行自助游的人选择离开旅行社的线路安排，大约会多少有些收敛。不过曾经的例证总还是让人心有余悸，那些众多参团旅游的人不但失去了旅行的乐趣，还花钱买了气生，让更多明智的人退避三舍，也就成了顺理成章的事情了。

在一个商业行为一度不太规范的阶段里，商业化的旅行模式可能会因为其从业人员自由操作空间大而尤其显得不规范。从这个角度上说，至少在一个较长的阶段里，跟团游方式并非最佳选择。从根本上说，在旅行这个非常私人化也事关高质量的精神需求的事情上，尤其不宜与商业性的买卖挂上钩，也就是旅行社的组团旅行挂上钩。

音乐中的旅行

音乐与旅行有着天然的伴随关系,这来源于它们在本质上有自由与浪漫的共同特征。而且,具体而微地说,人类在大自然中速度均匀的位置移动和音乐的节奏之间,似乎有着一种暗合的品质。不管是徒步旅行和自行车旅行中身体动作的协调步调,还是汽车旅行和火车旅行中眼前景物的悠然地后退,它们在或明或暗的节奏上,都和音乐有着天生的一致性。

音乐与旅行天衣无缝的默契配合甚至使人怀疑,怀疑音乐似乎是专门为旅行而存在的一种艺术。不管是一首歌还是一部曲,如果坐在屋子里听,总是不如在户外,在人的位移状态里听来得更适宜。眼前的大自然的画面和音乐的音响相配合,身体移动的节奏与旋律相对接的状态,总是能让我们发现音乐更多的细节,也总是能使我们在不免于枯燥的旅程中突然就情绪盎然起来。神思被妙响牵引着,离开了自己的现场。似真似幻的缥缈,无边无际的遐思,在旋律中成为一种可以让人确切地感受得到长度,从而也变得仿佛是可以触摸的人生幸福。音乐与旅行的配合，旅行又同时拥有音乐的状态，两者共同的作用常常能使人获得一种在定居时，或者是只听音乐不旅行时，或者只旅行没有听音乐时，所很难获得的人生况味：超越于既有生活，超越于我们庸常人生的飞升之感，就在这看似平常的在音乐中旅行的状态里，油然而生了。

现代人的一大享受是可以用随身听、MP3或手机做自己旅行的伴侣，可以在目光遥望大地的同时倾听耳边音符的流淌。在音乐中旅行，不管是在火车上凭窗而坐欣赏着外面流动的风景，是在开车的过程中将汽车音响调整出回荡环绕的立体声效果，还是在徒步或者骑行的过程中让音乐与身体的运动产生奇妙默契的场合，都能让旅行者产生一种幻化的超越之感，超越于现实，超越于既有的人生。在越过越具体、越过越狭隘的生活里很难产生的审视视角、审美情绪、哲学长思，都可以在音乐伴随的旅行过程中轻易地实现。

多少个凉爽的黄昏，多少个温煦的上午；多少次远离开城市的喧嚣和污浊，多少次漫游在田野中笔直或曲折的小路上；骑着自行车、戴着耳机，一次又一次痴迷地享受着这人间无上的快乐。它是那么微妙，那么不可言说，以至于自己似乎都有了一种偷偷的感觉，一种小心的情绪，一种秘而不宣的惬意……

音乐是在旅途上听的，音乐是在运动中享受的。在屋子里，在无论怎样安静的屋子里，只要是在屋子里，我感觉音乐就失去了音乐活色生香的一面，变成了僵死的讲义和枯燥的说教；在屋子里的音乐就像笼子里的野生动物，就像被扭曲了的盆景，美则美矣，美的却只是它们的皮毛，是它们的外衣，而它们的生命，它们的呼吸，却都在天上、在风里。

音乐本来就源于自然，拿回自然里享用才能使其容光焕发地尽情施展自己的天地。只有在户外环境中，你才能完全地体会到音乐的所有细节，任何角落里响起的一个伴音和鸣都会被你在大自然里纯净了的感官捕捉到，体会出作者最细微的苦心。同样一首曲子、一首歌，在旅行中听会比在屋子里更丰富，更逼近心灵。

将自然里的风和音乐对风的模拟与追述对照着享受的时候，我们会因为音乐的风而更爱真实的风，会因为真实的风而更懂得音乐里的风。音乐里的鸟鸣，音乐里的花香，音乐的节奏，都对真实的鸟鸣、花香和节奏进行了放大效果的追捧，它们争先恐后地协助着你在幻想的美丽里越来越愉快。

能让音乐伴随着运动一起让人享受的发明是伟大的，它使这艺术的精灵有了放飞的机会，使这魂魄飘浮的技艺从此成为可能。不用有多好，不用有多贵，只要它有放音的功能，只要它能在运动中忠实地完成自己的放音使命，那么对于一个在野外、在自然里、在风景里运动着人来说就足够了。一个随身听，一幅耳机，或者仅仅是一部手机，一辆自行车（摩托车不大行，它的噪音较大，音乐也不得不随之高声播放;而在汽车火车上看着窗外的风景听着耳机里的音乐也未尝不是一种享受,但是和这种将自己的运动与音乐的运动结合在纯粹的自然里的自行车漫游还是有区别的),加上一个会享受的你,这一切就是成就一个神仙境界的全部条件。

在风中,在风景中,在没有垃圾的郊外,在自然的植被和自然的气息弥漫的小路上,可以慢慢的也可以迅速的,可以风驰电掣也可以怡然自得。那些都不重要,那些都是表面上的形式,都是你在音乐的世界里飘浮的时候农田里偶尔抬起头来的劳动者所看到的你的外表,这个外表之下的你啊,其实已经在比这驰骋、比这呼吸都更加广阔的所在了。那个所在是音乐配合了你的幻想,是环境配合了你的想象。音乐的节奏配合着运动的节奏,身体的节奏配合着天籁的节奏,在真实的配合与虚幻的配合里,你将仿佛一去不返地走向高潮和巅峰。

麦田中的小径、林荫里的大道,连接一个又一个乡村的颠簸土路、跨越一个又一个丘陵的舒缓坡道,一片菜地、一角草场,一棵刚刚挂了小小果实的树、一群乍然间起起落落的鸽子;一种婉转、一种激昂、一种沉郁、一种轻松,一种一泻千里的流畅、一种迟重迂缓的慨叹……所有的起伏的情绪与变幻的角度都在内心里和肢体上获得了可触可及的实现。

这样的音画结合白日醒梦式的运动是一举多得的,锻炼身体,享受音乐,陶冶灵魂;还有,还有对过去与未来的原谅和理解，对真实与虚幻的模糊与超越，对风的抚摸、对草的关爱，对现在的脱离，对自己的遗忘……

戴着耳机在风景里位移，让音乐和眼前的风景融合起来，固然是一种大享受；不过，在风景里也需要摘掉耳机，关闭一切人为的音响，让自然的声音没有阻碍地和自己的身体接触，让身体最大限度地解放，以感受花儿的格外清香、风声的格外细微、天光云影的格外玄妙……这样的时候，感官在自然里才能觉醒，才能最大限度地展示自己本来十分强大的功能。而久违其用的我们，才在惊叹的同时，沉浸到了它们无限丰富的觉察里去。

旅行本身所沐浴着的一切，正是音乐所从来之的源泉，在旅行中我们正可以对那源于人类心灵最原始的激荡进行揣摩，从根本上对音乐这种人类形式的自然画面、这种由自然画面派生出来的人类形式，有一个参与性的了解。

音乐为旅行锦上添花，旅行有音乐携手，就使生命登峰造极。

第 五 章
旅行的目的与旅行的目的地

　　旅行的目的地和旅行的目的有关。旅行的目的从旅行还没有开始的时候其实就已经在实现着了；而旅行的目的地经常不过是我们的文化习惯所要确立的一个给人看，同时给自己安慰的目标而已。

旅行的目的

10月底的时候,2010年上海世博会终于闭幕了。在依旧壮观的林林总总的各国建筑都逐一进入了拆除的程序以后,各个国家馆的雇用人员也纷纷结束了在这里为期半年的展览工作,生活也随着工作告一段落,日日拥挤不堪的热闹和辗转倒地铁和公交上下班的重复,突然结束了。大家在互相告别的时候都已经安排了自己的行程,或者回自己的国家,或者回中国国内的什么地方,车票飞机票都订好了,行李也都提前整理了,就等着工作结束而后离开了。

那些天里,离开上海的每一趟飞机和每一列火车中似乎都有与世博会有关的人员。瑞士馆的汤小姐就是上海本地人,但是她也加入了这离开的行列。她和奥地利的男朋友已经预定了在世博会工作结束的第二天飞九寨沟旅游。可是就在头一天,航空公司突然来了电话,说明天的航班因故取消,她可以选择退票,也可以选择后延。她在电话里毫不犹豫地立刻回答退票,然后放下电话再抓起电话打到旅行社,问还有哪一个明天的团可以现在报名。当时已经是下午五点多了,已经到了上海很多单位的下班时间。旅行社说很抱歉,只有短途的了,南京。她再次果断地问了价钱后立刻就报了名,她说无论如何明天都要离开上海,离开世博会这一块地方,离开已经持续了半年多的工作与生活,要找一个没有待过的地方去待一待了。

妻子和汤小姐是同事,她跟我描述了这个情景以后,我十分感慨:汤小姐的这一次旅行,目的并不是到目的地,而主要是离开上海;只要离开了上海,旅行的目的基本上就已经实现。在众多的旅行之中,这种以离开本身为目的,而不以到达为意的旅行,可算是一种特例。更多的旅行大约看重的还是去哪里的问题,那是一种通常的文化习惯与行为习惯的综合结果。当然,两者并重,既是为了离开也是为了到达的旅行,在世界范围内来说也许更具广泛性。

德国与瑞士接壤的莱茵河谷谷地里的德国小镇巴德塞京根,被列为欧洲最美的十个小镇之一。那里有横在滚滚的莱茵河上的古老廊桥,有与清澈的河水、和缓的山峦、蓊郁的森林相和谐的双塔教堂,有吹喇叭的人的传说,有形成了环湖徒步路径的山顶湖泊,有可以疗疾的山麓温泉,是一个非常适宜人居的欧洲小镇。在那里,退休前一直担任弗莱堡大学经济学教授的海克尔先生对我说,他们夫妇俩每年至少都要离开家一次,去世界各地旅行,今年去一个地方,明年去另一个地方,一般不重复;不过,每年都出去的更重要的一个原因是,必须要离开巴德塞京根一阵子,这里美则美矣,但是毕竟是河谷地带,长期生活不加调节的话，就有狭窄压抑之感。他们的旅行，在不同的目的地的观赏游览之外，也是为了离开一下，离开一下当下的环境和当下的生活。无疑，对既有生活场景的逃离，重新认识一下世界和自我，从而获得放开视野的解放之感——这是旅行的一个重要动因。

一个事实是，人类是动物，动物总要动。所谓动，就是位移，是从一个地方到达另一个地方的旅行。尽管通常所说的旅行是有较狭义的所指，并非日常生活中为了吃喝拉撒、生老病死、生意经济或者事业事务而进行的奔波，旅行在本质上确实也是一种位移，是一种属于精神范畴的超越于一般的功利目的的自我移动。人类这种独特的无关现实利益的位置移动，有着属于灵魂之属的无用之用的可贵品质。

真正的旅行，到达了一个地方以后，并不急着直奔目的地。置身陌生的环境，上学的去学校，工作的去单位，办事的去找相关部门，这些都和自己不相干了。自己的旅行、自己的漫游本来也没有目的。漫游是没有目的地的，漫游只享受漫游过程本身即可。漫游的路途就是漫游的目的地，所见所闻都可回味，都愿意回味。闲人一样地走走停停，那是漫游者应有的姿态。

原来还觉着工作，至少写作，毕竟是自己的正事，每天早晨起床以后是雷打不动的伏案时间。后来越来越觉着投身自然里才是自己的正事，所有的别的事，包括写作不过是那正事的副产品而已。只有将自己与四季的时序融合起来，争取每一个时间段里都能体会到自己的或微妙、或剧烈的变化，与其共生长同呼吸一起进行一个又一个的轮回，才是人生最大的乐趣。

这样的旅行与漫游中，总是随身带着一个水壶，也总是要在水壶里放上一点儿茶，即使自己平常没有喝茶的习惯。放了茶，有了品味的闲情逸致，旅途才有了内容和滋味，才不那么简单直接的只有一个目的地何时到达的念想，才有了从容不迫的闲心，才可以更好地将一切都暂时让位给灵魂的需要。

虽然地球持续受到各种各样的威胁，变暖、战争、污染、动乱、病毒，但是总的来看，现在和可以预见的相当长一段时间里，它也依旧还适宜着人类的生活；在世界的任何一个地方，尤其是那些人们生活相对有秩序的地方，甚至是没有太多的秩序但是也还没有太过频繁的混乱的地方，我们都可以看到一些熟练的生活者，只要不是什么高官巨贾、明星大腕之类超越于普通而正常的生活之上的人士，他们几乎无论贫富，都是在自己的长期居住地里游刃有余的生活方式拥有者。什么时间做什么事都已经不再经过头脑的思索，都是由肢体本身的低级记忆和惯性作用自动完成的。这样的好处是忘了时间，时间于人不再是任何痛苦的煎熬或者等待，而成了可以无限重复与延续的空间。坏处是会逐渐丧失感觉，其中的极端者甚至已无知于自己的生死……所以适当打断一下在一个地方过于熟悉的生活，离开，去一个陌生的地方旅行，非常有助于恢复我们生命对环境的敏感，重新将时间对于生命的质量和分量提高到一种尖锐鲜活的气氛里去。激活我们的头脑与身体，再次感受到在这个唯一适宜人类生存的星球上的天然幸运与应有活力……

旅行具有这样以打断旧有生活模式的方式来激活一下自己的功能，旅行是一段人生与另一段人生之间的一个节点，一次好的旅行常常可以让一个人记上很久很久。即便是那些隐在日常生活的缝隙里的定居地周围的漫游，除了享受自然的审美功能之外，也多有回看自己、俯瞰日常中的琐碎与庸常的效果。一次次骑车漫游的一个潜在的心理目的，是追寻儿时的一个画面，一个场面，一个梦一样的境况：村边大面积的菜地，小路扭扭曲曲地蜿蜒，花香菜香弥漫在黄昏的安详里……所有的旅行者都有一个潜在的最高目的——超越于素常的生活表象之上，获得自我实现的极端体验。在旅行这种被外在形式形式化了的自由寻找之中，寻找日常生活中所不容易有的高峰体验。这就是旅行者不以旅行为苦、不以旅途为苦，反以为乐的根本原因。

在旅行中，人才能看到一个与平时的自己不一样的另一个自己，那是一个比平常的自己要真实的自己。每次旅行，实际上都是去见他了。一个人拎着背包下了飞机又上了长途汽车；一个人拿着一瓶酒凭窗而坐于火车上，久久地凝视着移动的窗外景色；一个人骑行在丘陵地带永远在上上下下的起伏里，沉没到像是无用功般的上去下来的路途上，沉没到像是没有什么效果般的体力付出中；一个人跋涉在山谷间的小路上，地势忽然陡峭难行、绝地逢生，忽然一望无际、绵延无尽；东南西北，春夏秋冬，男男女女，各个不同；其实，他们的方向与路径都很恰当。因为那样的时候，每一个旅行者都离开了已经被生活蒙上了尘垢的自己，正在旅途中，正魂在天外，已经在与另一个自己、真实的自己会面了。旅行具有一种让人抽身世外，在不是自己的生活环境里，在别人的生活环境里，重新望见自己，重新让自己在这个世界上定位的奇妙功能。

我们大约都有过这样的经历：在旅行中一个不期然的场景，会突然触到我们没有准备（也可以说是早有准备，不过是无意识的准备罢了）的心，而那样的触动在自己定居地的生活场景里是万难发生的。

一个夏天，徒步在山中旅行。在两省交接的高海拔的崇山峻岭中的山西一侧，那个有笔直笔直的大松树作为村庄的旗帜的小村子砖庙，在下了一天的雨后，正有一两个人牵着牛慢慢地走出来喂；他们沾着柴草碎屑的长衣长裤着装，比山外面的人要早了一个季节。见了我们这样的陌生人，自己反而像是外人一样羞涩地低下了头。主动地打了招呼以后，才徐缓地说起话来。他们口音浓郁的话语、牛的咀嚼与水的流淌，互相混合起来，却又让人能将它们清晰地区分开来，这几种声音都是这个世界上的天籁。

除了这些让我们自感卑微的声音之外，刚刚被雨水反复洗刷过的村庄，便完全寂静而无人迹。年轻人和孩子都已经离开了这个远在深山的清秀之地，到污浊的平原上乃至省会去谋自己的与孩子的未来去了,这里剩下的只有老人。高低错落的房子比老人们还老,默默地在纯净的雨里承受了几十年、上百年的洗刷,腰背普遍地略略有了些弯曲。在一个只有老人的站满了老房子的古老村庄,安详与寂静是它生存的日常状态的两面。而在雨后,这两面都被清洗得异常清晰。也就是在这个时候,自己突然意识到,此时此刻,置身这样的气氛与环境,这就是这次旅行的全部目的。世界在这一瞬间里重新让人望见了它清晰的本来模样,在这个本来模样里的万物秩序中,自己和任何人与事一样被乖乖地排列在一个最为质朴的位置上,随天地一起运转。

旅行中的这种极致状态极少能保持十分钟,一般都是在几分钟甚至是一两分钟,或者是在一分钟之内结束的,在感觉到了以后的一个瞬间,它就一去不复返了。而我们旅行的目的实际上就是为了追寻那稍纵即逝的瞬间感觉,那个感觉里的陶醉和迷狂,为自然的景致,为自己在这自然的景致里的感触本身,而陶醉而迷狂。即使是一瞬,此前此后此所做的一切运输自己来与去的精力、体力、财力的付出也就都有了让人心满意足的价值。当然,那样的瞬间并不一定总是出现在目的地,它更多地出现在去路或归程上,甚至是在那次旅行结束很长很长时间以后的一次偶然的触景生情的回忆里。这是漫游或旅行为我们的人生增添的最大的乐趣,它或者立刻让人获得了什么,或者埋伏了日后会让你获得什么的机会。

旅行的目的很多时候并不明确，常常是某一次旅行结束很多很多年以后，你才突然想起那次旅行之中一个细节，一个场面，一个味道。就是这一个一个，让当下的你似乎是完全地幸福陶醉起来。

2000年的时候儿子9岁，在那个九岁的春天里，我们父子俩一起去山东旅行。这一天，到达了曲阜。黄昏的时候，穿过仁义巷和仓廪街沿着孔庙的外墙走了一截，孔庙里盘旋的大鸟往复回环地在树梢徜徉着，审视着千百年来的又一个安静的太阳西沉的时刻。因为没有了游人和围绕游人的各种买卖，所以气氛显得很真实，很有些古已有之并将永远有之的永恒意蕴。坐在对着孔庙的一条街的街边长椅上，儿子吃着什么东西，晃着悬起的双脚，津津有味地说东道西，大大的脑袋抵在我的下巴上，依旧散发着婴儿般的馨香。在旅行中，孩子的任何一点点收获也同时就是大人的收获，而且在大人这里，这收获都会因为自己的成就感而加倍。这是带着孩子旅行的一种格外的乐趣。

身后的电影院散了场，是学生包的场，呼啦啦出来一大片中学生，穿着打扮（少女们穿的都是那种"普遍高"的高底鞋和宽腿的牛仔裤）和别处好像也没有什么区别，都是那个时代甚至那个春天里最流行的几样。他们成群结队地走过我们面前，从我们父子俩所坐着的长椅前叽叽喳喳地走过。那边儿，孔庙庙墙上挂着大型的招贴，说明正在上演的电影是什么片子：《我爱我爹》。广告语是："住洋楼，吃补品，科学养爹爹憔悴；招人笑，让人乐，剧情感人笑声多。"这样的广告还被印刷成了粉红色的小纸片，夹在停在街边上的每一辆自行车的后椅架上。长椅的另一边是一片拆光了的老房子，很空旷；一个拿着马扎的老头背过身去就在那里方便。从他身边走过去的两个中学生一点儿也没有感到有什么奇怪的，非常从容地从他身边走了过去。生活如流水，圣人其实也是人，他的故乡人其实也只是比别处的人从地理位置上更靠近人们心中的榜样；生活的力量是强大的，榜样的力量显然是不能作用于每一个人的。

如今，儿子已经长大、身高早就超过了我的时候，我会很偶然地再次想起那个孔庙墙外的黄昏，想起和儿子一起望着人们散了电影逐渐远去的身影。这个画面是我们共同的人生经历中一个重要的片段，在这个片段里他在长大，我在陪着他长大，而我们在同样的异乡场景里所经历的这一次观察与凝视，也就成了那次旅行在无意间留下的一个"目的"。所谓岁月，所谓生命，不过是这样一些可以记住的画面吧；在每个人类个体漫长而又短暂的一生中,究竟有多少这样可以被记住的画面呢？在梦的恍惚里，在发呆的角落里，在一个人默默地走在暮年的小路上的时候，能有多少这样的画面涌上心头呢？

然而，不论是出于文化习惯的旅行还是已经被彻底商业化的旅行，在我们的社会话语里，都很少被赋予这样的虚无缥缈的审美的抑或哲学的功能。如果要到达一个地方必须要有一个理由，这已经成为一种其实没有任何人监督但是却深入了我们骨髓里的"道德"。探亲访友、旅游玩乐、做生意或者观光，总是要有一个理由的；如果完全没有任何理由就去了一个地方，别人就很疑惑，连自己也底气不足。这是在庸常的生活中生活久了的人的一种必然，即使是出去散散心吧，也要去旅游点，去有名胜古迹的地方，去广告上说过的地方。而如果一个地方从来没有听说过，也确实就没有什么古迹或者著名的自然风光，那里只是在一块自然环境里生活着一些人、生长着一些自然的与人工培育的植被，仅此而已，你就没有理由去了吗？

任何一个你没有到达过的地方，任何一种人们的生活状态，对你来说都可能是美的，对那样的地方，你有充分的理由行使你在这世界上的自由移动权。这个权利是天赋的不说，它对你的内心的滋养也是你所需要的。

自然，这是理论上的判断，主动付诸实施对大多数人来说也许一辈子都不会有一次。应该如何，可以如何和实际如何，往往大相径庭，这是人类生活中被有形无形地限制着的无奈常态。

行使自己在这个世界上的自由移动的权利，在大多数最平常的生活与最平常的风景中望见人生的美，这是我们不能丢掉的享受。要想我们的人生足够宽广，要想我们的生活足够丰富，这是最容易被忽视其实也是最不可忽视的选择。为什么很多人去过很多地方，最后还是感觉不自由呢？不能不说忽视了这一点，将自己的一切都装到了所谓社会主流话语、商业主流话语的套路里，是一个重要的原因。

多走一个地方，到达一个以前没有到达过的地方，不管它是多么默默无名，于自己都是一种莫大的福利。在饮食男女高官厚禄发财得金之类的幸福定义都远去了以后，人生最根本性的幸福之源，似乎就在这里。旅行有一种让人领略与自己不同的人生的意味，尽管这种领略往往因为蜻蜓点水的浅尝辄止而只能在某种模拟的意义上拥有，但是对于一直处于狭隘的生活状态里的定居者来说，这样的模拟意义上的对人生多样性、多样性的人生状态的领略，也足堪慰怀了。旅行开阔了我们的视野和心胸，增加了审美的机会，扩展了人生的范畴，提升了我们看这个世界、看自己在这个世界中的位置的哲学高度。

至今想起来，那些到达一个陌生的国内城市，租或借上一辆自行车，后来还有了共享单车，刚刚骑上去开始在异乡的土地上奔驰起来的一瞬间的快乐，还是无与伦比的——在我个人沉闷的生活里，很少打破常规的生活里，那是一次不是很经常的浪漫的开始，一次眼前依次展开的都是新鲜的审美的（至少是审视的）事物的浪漫之事的开始。所以强调是国内的城市并不是说在国外的城市里这样的快乐就会有什么不一样，而是说只有在国内的城市里你作为一个旅行着的人才会不被人注意。那些因为文明的习惯和良好的生活规矩而对外国人不围观不注视的外国人，虽然没有盯着你看，但是你的人种和语言还是时时刻刻地提醒着人家更提醒着你自己，你是一个游客。真正的游客是不希望被别人看出自己是个游客的——这一点作为游客来说在自己的国家里更容易实现。这是一种文化上的背景需要，一种安全感日常化的旅行的需要。

然而这也没有妨碍旅行作为浪漫之事的品质。毕竟你自己的感觉还是非常明晰地体会着其实你作为一个游客的快乐的。经常可以走一条新路，这是人生一大享受。而这种享受在身在外地的时候，突然就会变得实现起来，易如反掌，所以一定要利用我们通常都是短暂的身在外地的时间，多走走，走那一条条自己从来没有涉足过的新路。街道马路树木房屋建筑花草，人们的脸，脸上的表情，表情后面所隐藏着的和你自己的环境里的人们不同的遭际，这些于你都像新生婴儿一样的新鲜，都是你闻所未闻、见所未见的东西。那种什么都是新鲜的喜悦，那种婴儿睁开眼睛看世界的喜悦，你已经多少时间没有过了呢？

好了，现在开始，在一个全新的地方开始了！不受任何人打扰，不受任何事限制，至少这一天，这几天的时间里，你自己在这星球上的这个角落里获得了其实在我们的生命里殊难一遇的自由。

孩子在小的时候的玩耍往往是最能接近问题的真谛：方向目的全无，只在乎有趣、好玩儿。可是一旦成人，具有了远行的能力以后，这种好玩儿有趣的远行反而越来越少，几近于无了。人类的社会化的因素逐渐泯灭了我们本能的地理审美欲望，萎缩了我们在最直观的旅行之中舒展我们的自由之身的可能，使我们的人生变得残缺不全、支离破碎、索然无味。

事先的目的常常成为旅行被异化的原因，事实上任何离开了我们日常生活的景象都可以作为旅行的目的而自然地存在。所谓目的其实经常只是我们的旅行的一个大的方向，目的地已经在离开了我们日常居住的地方，甚至是开始收拾行李的激动与不安之中就已经开始抵达了。我们在这样众多的不期而遇的"目的"的陪伴下，在无所不在的观察中，从日常生活中一成不变的熟练与感觉丧失中获得了解放的体验，由运动与位移带来的新鲜中体验人之为人的自由和人之为人对于美的发现的权利。

对于这一点，大约古代的主动与被迫的旅行者（比如被贬到外地做官什么的）体会最深。因为当时只能步行或借助于简单的畜力，他们的目的地在他们心中一向只能是一个遥远的期望，抵达成了几乎是遥不可及的带有天命色彩的事情；旅途中不仅仅需要他们付出艰苦的体力，更要有极大的耐心，这种耐心在习惯了以后就成了一种随遇而安的认同。在这种认同里，他们反倒比之风驰电掣的现代人更多了审视周围所见的机会与心态，在不甚以之为意的放松状态里发现路途上任何可能的美；况且这种所见在他们眼前呈现的时间远远比之现代人要长。这样一来，在旅途中他们就比较充分地实现了旅行者的审美或审视的自由。

旅途中的人们

大约是 1985 年，记得是彩色照片在国内刚刚推广开来的时候，和两个同学骑车去秦皇岛。在海边玩了几天以后，我们于回程中到了山中的燕塞湖。岸边上等旅游船的人们在夏天灼热的阳光下，各个表情呆板，动作拘束，有一种像是到了什么重大而特殊场合的那种不自然。那些面孔在我们这些刚刚上了大学，还没有什么社会经验、还很幼稚的人看来很不以为然。当时就用彩照照了下来，以为立此存照式的批判。年轻人毫无根据的盛傲之气是幼稚的生命本能里激荡着的一种喧嚣，其实就是他们自己何尝不在别人眼里也呈现着同样的呆板呢。

那个水边上的中午，虽然是在山里，但是毕竟离大海不远，眼光里还有海边的那种无遮无拦的肆无忌惮，而来旅游的人们之所以面无表情也并不全是因为这种让人睁不开眼的阳光——这其中有传统上的远行者离开故乡走在路上，充满了小心和慌张的成分。因为路上有很多花钱的事情，远比在家里要多，要不得已。虽然出发的时候不是身无分文，但是那用死工资甚至用鸡蛋和粮食换回来的辛苦钱实在太过珍贵，舍不得花。正是这种舍不得和不得不之间的张力，造成了人们在路上的紧张。所谓穷家富路的意思就是从这里生发出来的，意思是再紧张也不能不花，花了才能保证人的顺利归来。和钱比起来，人更重要。

而更重要的是，普通民众参与的旅游之事在中国刚刚开始，大家都还没有多少经验，在旅游的公共场合里究竟应该拿出一副什么样的表情来面对他人，尚为未知。他们只有原来开大会、搞游行之类的集体活动的相关经验。在那样的场合里，有众人在场，有无数的眼睛望着自己，所以严肃是第一要义，脸上不喜不悲，没有任何表情是最保险的自我防范措施。在旅游或者叫出来玩这种从来没有过的事情之中应该有什么表情实在是没有经验，一点儿也不熟练，对旅途与前程如何更是一无所知，加上经济状况的普遍拮据，大家对出来旅游的花费都有点儿忐忑不安，随时都准备面对着原来商业机构里那种冷面训人的吆喝，也就无论如何不能拿出真正轻松和谐的表情来了。

社会场景中人们的普遍的表情和行为状态是这个社会发展水平的一个最直观的窗口，看一个国家、看一个地区发展得怎么样，只要随便于稠人广座的场合张望上一会儿也就心知肚明了。然而，懵懂的旅行者在那样的状态里的木讷却并不能对旅行的目的与旅行的动力稍有遮蔽；大家出来玩，都怀着一种新奇的冲动与展开了新生活方式的兴奋，都在试图在某种程度上改变自己的生活、自己看待生活的态度。

从这个意义上说,当年这样最初走出来旅行的人都是相当勇敢的人。因为在生活中,包括在旅行中受不了辛苦的人,不愿意付出的人,怕晒、怕累、怕未知的一切,这样的人,实际上对生活不会有深刻的感受,更不会有深刻的领悟与创造。无法走出、不愿意走出窠臼的人,人生往往是小于等于人的,对大于人的东西不感兴趣,也从未真实了解,也更不会花费时间精力去了解。

而那些率先离开旧有的生活轨迹,出来旅行的人则懂得,懂得爱故乡、爱生活的方式,必然是先离开故乡、离开自己熟悉的生活,只有离开故乡、离开熟悉的生活,再回来的时候,才明白故乡和原来生活在世界上的位置,才知道故乡和生活的优缺点。家是温暖的,也是容易让人逐渐陷于麻木的所在。无所不在的习惯既是让人安心的程序也是使人走进一成不变的套路里的桎梏,这种不知不觉里的麻木状态只有在你离开了家,生活骤然之间发生了改变的时候才能重新回头看清楚。

人的舒适往往要以麻木为代价,而改变又必然地需要不那么舒适的调整,难以两全的格局恰恰就是在这两种生活的互相镶嵌之中一起让整个生活达到相对的和谐与舒适的。人是渴望舒适的,也是离不开敏锐的感觉的,二者之间的矛盾就只能以不同状态的改变为总的模式,舍此并无他途。这就是为什么生活在社会体系与环境都已经很完善了的发达地方的人还要出来旅游,还要到其他地方甚至蛮荒状态的地方看一看的重要原因；也是我们在久居一地的生活中总要拿出时间与金钱来哪怕去周边地区看看走走的根本动力。

从此以后，对于旅行中的人们的精神状态的观察就成了自己一个不自觉的习惯。而所谓旅途中的人们，主要是说在旅程之中你置身于他们之中却又完全与他们陌生的那种情况下的旅伴；他们主要出现在火车、汽车或者飞机旅行之中，在徒步或者自行车旅行中，这样的旅伴几乎是没有机会出现的。在动车产生之前，因为座位都是面对面的，所以火车旅行中总是有很多陌生的旅伴坐在我们的旁边或者对面。大家或者说话，或者从始至终都没有说一句话，但是在整个旅程之中因为目光总是被限制在这些人的脸上，总是在努力避免面面相觑的尴尬，总是不由自主地在用眼角的余光琢磨他们的表情和举动后面所隐藏着的身份与目的，总是在火车上的大多数时候都其实是无事的骚动之中，互相牵动和影响着产生共同面对的情境。不过，这样被迫加深的印象不管持续多长时间，只要火车到站，一下车，一切也就烟消云散了，什么都想不起来了，故意地去想都想不起来了。而其中某一个或者某几个人的形象，不知道为什么在过了很多很多天甚至是很多很多年以后的一个非常偶然的机会里，就会突然出现在头脑中，清晰到了让自己都感到恐怖的程度，仿佛那并非我们今生今世的所见。他们的出现在此前和此后都毫无迹象可循，左右没有任何关联。这不得不让人怀疑自己的头脑里的影像记忆库其实有很多连自己也不知道的角落,或者确切地说是,我们知道的只是它的几个有限的角落。

尽管如此,在火车车厢里尤其是长途汽车里,一般来说还是要比电梯中的气氛融洽与自然一些的:长途汽车(还有现在的火车动车)里的状态一般来说是公共交通工具中相对比较好的,因为大家都是面向前方,避免了"面面相觑"的尴尬。电梯里面对面站着的时间都是短暂的,是可以忍受而且人们也往往采取了忍受的方式的。而列车上的人际关系如果只用沉默来互相忍受,则未免太过考验人们的忍耐力了(那种喝水与抽烟的欲望与动作突然被强化的现象实际上就是这种忍耐的变相表达),即使勉强忍耐了,也于身心有害。对于火车上的旅途,人们在电影和小说里设计了很多浪漫的遭遇,以使旅途变得丰富多彩;这从一个侧面反证着现实中的旅途的单调和乏味。

所谓漫长的旅途,其实通常都是说那种个人待在交通工具里很不舒服的枯燥旅行,空间狭窄,举手投足都会互相打扰,甚至几乎没有个人的眼光不与他人的眼睛交叉的地方;漫长的旅途和旅途绝对的长短关系并非很大,主要是旅客的个人感觉。不必说如果是东方快车那样有包厢的旅程,再长也不会感觉漫长;即使是在火车上能有一个铺位,不管是软卧硬卧,有一个可以不受打扰地躺下来的地方,然后再有那么一瓶被自己装到了饮料瓶里随时可以喝上几口再拧紧盖子的葡萄酒,坐在靠窗的小座上,侧着头望着外面时时掠过的山川平原和别人的生活,内外配合,让人可以长时间地沉浸到一种在非旅途的状态里很难实现的诗意里去，那么，再长的旅途也都会变成享受的。

旅途之中的人们，还没有到达旅行的目的地的人们，实际上已经在实现着旅行的目的了。如果因为旅途难熬就把旅途只当作了旅途本身，当作奔向旅行目的地的一个无聊过程，而不当其为散心与观赏的途径，那就损失了旅行中相当重要的一部分。所以想方设法地获得一种相对不受打扰的旅途环境，即便多花了钱也是一种物有所值的选择。改善的途径自然可以是买高等级的全程对号的快车或者现代化的动车，也可以是卧铺，更可以是打破与周围旅客的陌生的藩篱，在不能在硬件上改善的时候获得一种相对融洽的旅途气氛，在相对轻松放松的环境里于旅途之中就能体会到旅行的乐趣，实现旅行的目的，至少是一部分目的。

旅行的目的地

旅行总是有一个要最终到达的地方，一个到达了那里就不再向更远的地方走了的此次旅程的终结之地。每每我们终于到达了一个地方，一个在旅行开始之前心中做了规划的目的之地，总会有一种不一样的兴奋，那是抵达的兴奋，是实现了什么以后的兴奋。

终于到达了一个地方以后，脚步一踏上那里的土地，总是先有一种恍惚的感觉：自己真的已经到了这里了吗？想象由此而一步一步地落实，初来乍到的喜悦伴随着强烈的不真实感。然后就是庆幸，庆幸自己又到了一个这一生中从来没有来过的地方。这种自足的感觉会发展成一种和理智无关的激情；自己是多么地爱自己啊，因为正是自己决定要把自己运输到这里来的，如果当初自己没有决定的话，现在的自己怎么会立足这里呢？怎么会有如此的享受呢？没病没灾，身体健康，精神炯然，踏足这原来只在图上和心中的地方，这已经是人生的至福了。

尽管火车站、汽车站甚至飞机场总是千篇一律，匆忙奔跑有之，漫长等待有之；整洁漂亮有之，肮脏混乱有之；安全有序有之，欺骗偷窃有之；但是，总还是能在逐渐离开火车站汽车站飞机场的过程中，在向着四面八方的不断张望里，发现有诸多不同于过去经验的新鲜，有在新的天地里微妙的异样。地域文化传统在一体化的现代潮流中毕竟还没有彻底完全地被扫除干净，在不同的地方还总是残留着不同的风俗文化上的不同的，正是这种现在越来越微小也越来越珍贵的不同，给了初来乍到的旅行者以新鲜明亮的感觉。

那一次的旅程，武汉是目的地。武汉的火车站的空气里就已经开始弥漫着一种只有南方才有的甜软的味道，很多年前过路倒车的时候的印象中就是这个味道，过去了很多年，依然如此，看来还会永远地持续下去。不过，这一回还是看到了与上一回不一样的景观，一个男人在火车站广场的厕所门口殴打一个女人，以男人的膂力抽在女人脸上的耳光和踹在女人身上的脚力都使那女人一次次地原地打转。她吃惊、她愤怒、她天塌地陷一样地叫喊，然而一切都无济于事，男人恶毒的抽打丝毫没有减弱的趋势，那种像抽打一个男人一样的抽打里其实是隐藏着一种强权对弱势的霸权的，真正对一个男人的时候，他就不敢这么从容不迫地使用肆无忌惮的暴力了。有人站住围观，但是没有人敢于上前拦阻。似乎这已经是大家习以为常的情景了，好在有保安向这边跑过来了。

即使夜已经晚了，但是路上的人和车还是川流不息，这也是我们城市的日常景观。一时间难辨方向，就询问一个正站在路边上值勤的穿制服的人。他大约是因为值勤一天了很是疲劳了，问了几句以后才非常勉强地扭了一下头，扫了一眼我这扶老携幼的中年人，嘴角上带着某种不以为然的一"撇"，随便向着一个方向一指。结果正如所料，三代人好不容易穿过马路，背着大包小包走了很远很远以后一打听，方向正相反。

这些初到的印象使我对这次旅行的目的地产生了极大的怀疑，但是马上这种怀疑就被化解了：再次打听的时候，被问的是从一辆公共汽车上下来的售票员，她刚刚从另一路车上下班，矮矮的她长得圆胖，说起话来一点儿都没有受到劳累了一天的疲劳影响，热情而周到，说你们跟着我走就行。我一边道着谢，一边在心里保持着高度警惕。

公交车上有自行车被抬上来，是一个卖货的小贩，连货带人带车一起上了车。末班车上几乎没有人，这应该是售票员的特别照顾。这样的善意让人有些意外，莫非是他们认识？公共汽车过了江，在那著名的有塔的山边上停住以后，那个下班的售票员招呼我们一起下了车。穿过熙熙攘攘的地摊，她再次给我们指了方向，直到告辞离开的时候，我小心的防备才随着自己真诚的道谢而彻底放松。武汉的空气里那种甜软的味道重新飘了回来。

抵达目的地的喜悦之中有一种格外的小心：旅行者履地如新、诚惶诚恐，生怕有了什么闪失，稍微一不注意就将一切破坏掉了。这种小心的态度里体现着一种对生活的珍视，一种对生命崭新的感知力。它刷新了我们不旅行的时候已经有些麻木了的神经，重新确认了一次自己在这个世界，在这个天地之间的自然之中的渺小而又难得的位置。

尽管出于我们文化传统与行为习惯的心理定式，旅行的目的地总是拥有一个被期待着的刷新自己的视野与身心的功能位置，但是在商业化越来越严重的当代旅行之中，旅行的目的地的这种本来的功能被越来越千篇一律的商业包装所同化与弱化，我们首先并不能再像古人那样以一个正常的旅人的身份出现在一个正常的自然或者文化地域之中，我们被贴上了旅游者的标签，成了推销乃至欺诈的对象；其次是那些作为旅行目的的自然与地域文化，也不再是正常的生活中的状态，而呈现出一种装扮好了准备出卖的谄媚与一旦收了钱就转脸冷若冰霜的虚伪。这些都与审美意义上的旅行与旅行的目的地概念范畴，越来越遥远。多次失望的经验使人们开始失去对旅行目的地的向往，而寄托于那种在抵达目的地之前的边边角角的视觉停留中的感受。

我们大约都会有这样的经验，在日常生活中，在阅读的时候，会因为眼前的什么场景、什么字迹、什么意境而一下子进入与此几乎毫无关系的某些回忆之中去，那些回忆甚至会很长，会使你进入一种睁着眼睛发呆的白日梦样的状态里。旅行也是如此：那种夜晚得到了充足睡眠的旅行，那种并不总是急着赶路的旅行中的某一天，某一天偶然的很可能是不得不的休息，你会发现这被迫的休息的一天在异域的天地里的感受远远大于你在那些你作为目的地的风景名胜的所得。风景点的喧嚣杂乱与摩肩接踵之中大家的感觉大同小异，而在旅途间隙里的那一天，你因为身处一个周围的人都处于正常的生活状态的氛围里，而自然地将个人行动的自由与思想的自由结合了起来。在非景点里非旅行目的地的那一天耽搁，你不是被领着转来转去的商品消费者，而是一个在异域他乡感觉丰富的人。这种离开景点以后获得比在景点里的感受更丰富也更真实的感受的现象，从一个侧面证明着旅游点作为公认的旅行目的地的可疑。

我们自己的长期居住地，基本上是我们日日面对的熟悉得不能再熟悉的环境。从这个意义上说，任何一个新的地方对我们来说都有极高的观赏价值，因为那是我们一生中大多数时间都无缘生活于其间的地方，是适合人类生存的天地自然之间我们从未涉足过的一片体验空白。对于我们这样生年不满百的生命短暂的生物来说，能有机会一睹一视一住，能不幸耶？

置身于异地，置身于全新的大自然之中，强烈地意识到自己可以向着四面八方任何一个方向，沿着任何一条道路无限地走下去……这就是关于自由与幸福的最直观的定义。在这样的时刻，尽管你在众多可能之中只能选择其中的一个方向一条道路，但是众多的可能却给了你天地之间最为广阔的舒畅之感，给了自己的身心无限的自由之义。

然而异地的景色并不是都集中在一起，加上商业化操作的需要，也就是集中收取门票的需要，旅行的目的地由是成了一种所谓社会话语加诸人们头顶上的重要的甚至唯一的旅行指向。这样长期的文化意识渲染的结果就是旅行者自己也逐渐地失去了对于旅行本质性的认知，天然地以别人规定的旅行目的地为目的地，以去了那些别人都去过的或者都可能去过的地方为自豪。其实，旅行的目的地经常不过是我们的文化习惯所要确立的一个给人看同时给自己安慰的目标而已。

人们习惯于奔着某某景点而去，甚至一个地方一个景点如果不卖票的话，大家就会觉着那里一定不够精彩，一定不值得一去。商业社会的诸多准则也会警告人们，在那些不卖票的地方缺少安全的保障，没有保险，没有治安巡逻，没有餐饮住宿服务；在人们的头脑里被媒体和大众话语千千万万次地灌输着的知识和观念，就是以为所有可以看的风景都在被商业化了的景区里，那里有各种保障，出了事是有获得赔偿的可能的；那里景色很壮观、很漂亮、很集中，置身那里就可以欣赏到最浓缩的美，事半而功倍，一劳而永逸；只有在景区里照了相，将自己在景色中的影像固定下来，才能证明自己真的到过什么什么地方，不仅以为纪念，还要以此显示曾经到达的证据……

而事实上，社会性的人身保险医疗保险并不以你在不在景点为界，非景点的社会治安也并不一定就比景点坏；至于说有没有在挂着某某景色的牌子的景色里照过相，其实并不能直接在旅行者的内心里形成到达与否的自我确认凭据。怕自己遗忘的话，大可以在照片背后记上一笔，或者在电脑储存文档上起个名字留个日期也就可以了。更为关键的是，大自然从来都以其自身的节奏总体均匀地布置着自己的美，山山水水，沟沟壑壑，风景或有所谓集中之地，但是更广泛意义上的自然美其实就在整个山川大地的每一寸肌肤上，就在向着景点前进的路途上，就在我们日常生活的环境中。神奇奥妙之地不是没有，而是并不具有自然美的唯一性。更多的时候，旅游点的设置其实是完全违背人类自然审美的本性的，那种根据人们的审美欲望而商业化了的将一定范围的自然景色圈起来进行"保护"，却对更大范围的自然在遭到破坏的事实惘然不顾的行为，是对自然审美的变相抹煞。

多年以后再到绍兴，赫然发现，鲁迅故居已经是从生活氛围里被剥离出来的鲁迅故居。以前来的时候在门口穿梭的乌篷船不见了踪影，邻居们出出入入上班放学的日常景观也都彻底被排除了，除了那故居本身和被打着小旗、举着喇叭、规定什么什么时间必须集合的导游领着的、戴着统一的小帽的游客以外，就都是以这些游客为目标的生意了。

环境其实也是景点的重要组成部分，不仅是自然环境，更包括人文环境，包括景点周围人类自然状态的栖居。没有周围自然生活状态里的人，只剩下了商业的门脸儿，只剩下了为了游客其实是为了自己的买卖铺子，那景点本身也就被孤立了起来，成了标本，成了不再有任何活力、不再能让人产生任何想象力的僵硬概念。

将一直镶嵌在历史中，镶嵌在生活中的所谓景点孤立出来，予以公园化的环境建设。这种相当普遍的做法，一直是在"大煞风景"。人在美丽而虚假的公园里走着，享受着与真实草木花朵点缀的自然没有什么两样的美感的同时，内心深处还是止不住地向往着真实的花草植被，真实的人类生活场景。那些或者会有这样那样的缺陷的地理环境，才是人类真实地处身其间，生活于其中的风景。街道的斜与直，拐弯的大与小，路面的平与洼，植被的疏与密，花草的有与无，还有那些一个地方总与一个地方有所不同的原始风貌，引领我们走进一个从来没有到达过的人类聚居地的地理状态中的欣喜……尽管这种享受已经越来越少了，越来越是一种奢望了，但毕竟还有很多偏僻的所在，还有很多因为特殊的地理形势而未被工业化、商业化所污染的地方，可供人去发现，去徜徉。

任何一个地点都不是地点本身，尤其是这地点是所谓风景点的时候。任何地点在本身之外，更有那地点的四面八方。一个地点的周围究竟是怎样的？那个地点是如何在环境中被"安排"、被"放置"在那里的？它是在一个什么样的环境关系里存在着的？这样的疑问，不仅是我对旅行目的地即所谓景点的一种根深蒂固的观察方式、审美方式，其实也是对日常景物观察、判断、审美的一种习惯。在被审美的对象的周围关系上的注意力使人永远可以避免"转了向"的那种含混与头晕，这种由环境入手的关乎其来龙去脉、关乎其空间阈值的定位，在有助于对被审美对象本身的把握的同时，还经常能让人望见事物最朴素真实的一面。

一条道路，延伸下去，一直可以延伸吗？尽头是怎样的？一个庄园，围墙是如何与邻居进行分割的？围墙内外的景观分界上的情形是什么样的？一个宗教意义重大的朝圣地，是怎样与周围的世俗建筑相处的？它的神圣与周围的世俗之间的关系是不是处理得很协调？

由此扩展开来，即使是对于一个城市，我也更关注郊区，关注各个方向的郊区，关注郊区通向城区的所有的道路（这些道路血管一样地起着仿佛自然而然的联络作用），关注郊区与城市的关系及其关系方式。只有对一个城市的郊区都有了分明的印象以后，这个城市的主流话语或者形象工程才会被真正地看透，也才进而望见一座城市栉风沐雨的真实特征。

放假的时候怎样选择一个适合的地方去旅行？首先自然是看地图，查找那些刚刚开通了高速，通向山里的高速，然后在终点下道，或者在经过偏僻的深山区的站点下道。由此再深入那些山谷中的岔路，一般都不会让人失望。交通不便几乎已经成为依旧保持自然风貌的最后屏障，也几乎是维持人类内心淳朴的仅有的一个条件。

污染日趋严重，严重到了风景只有在景点里被保护着才能在一定程度上葆有自然的风貌的程度，但是其上的天空，其中的空气，却是保护不起来的。人们在一个污染的世界里欣赏自然的美，如果也像非要到动物园里去欣赏野生动物一样，那就基本上快走到自己类的尽头了。但愿非要到景点里去看风景的事情，还主要不是因为这样的原因吧。在现实里，在观念中，只有恢复到我们生活于其中的环境就是风景本身的认识里去的时候，或者才是人与自然的和谐的应有之义吧。

没有目的地的旅行

想起来那一天的早晨，因为出来的比较早，还不必急着去上班，而去探索一直总是路过，却从来没有走过的一条林荫道的事情来。

那条两边都是一棵挨一棵的大杨树的路，自己好像是没有走过，或者至少是有十几年没有走了；当年从那里一穿而过的时候，那些杨树还都很细，像这个城市的所有的路边树一样，永远像是新植上去的，刚栽在那里的。不知道过了多少年以后，才发现每次路过这条路的路口，总是能看见从浓如夜色的林荫里走出来的人和车，稀稀疏疏的，与周围所有暴露在烈日下的路与街上的拥挤不堪相比，别有一份清爽和惬意。那样浓荫下的清爽，能通向哪里？能走出去多远呢？十几年来每次路过，这样带有诱惑性的疑问都会油然而生，但也都会随着自己不能停下来的速度而一晃而过。

在那个人流还不特别汹涌的早晨，骑车走上那条路的时候，马上就有了一种相当程度上的陌生感。这种陌生感一下就和在一个完全没有到达过的城市里的一次骑车漫游，联系了起来；那种观察与自己毫无关系的人类生活的"客观"视角，也就是暂时忘却了眼下自己生活中的诸多琐事的超然，那种超越了利害和任何现实联系的局外人的状态，就是旅行所追求的最高等级的享受了吧。如今自己就已经身在那最高级的享受里了，格外的还有一层没有长途奔波而就在上班路上得来的窃喜。

就在自己骑车刚刚开始在这条林荫道上骑行的时候，路两边的小门脸儿，路上走着的，嘴巴一边咀嚼，眼睛一边有点儿茫然地凝视着前方的路人；还有那些从来都没有事儿，一大早就开始蹲在大门口的闲人；更还有林荫道里比别处来得明确得多的阴凉，他们一起，在一个瞬间里为自己营造了一种身在异地的，从来没有到达过的崭新的感觉。时间是自己的，前途由着自己随时驰骋，目的由着自己以出发前对地图的模糊记忆为准的美好错觉。一个人也不认识，一个地方也没见过，单位的招牌、商店的字号、小区的名字，还有它们排列的格局和先后的次序，门前的摆设和门卫的模样，扑面而来的无论什么都是新鲜的；灵活敏锐的感觉细胞一律睁大了眼睛，放开了呼吸。头脑里对于新奇的预设带来的果然是陌生的感觉，脱离开上班的道路，脱离开日常的轨道，一转车把就经过传说中的"空间门"一般的胡同口，进入了一片异地的新鲜，一片从来没有到达过的异地的新鲜。这新鲜间隔出来的这一点点自由，货真价实，不折不扣，其间的每一秒钟自己都强烈地意识到价值连城，一再确认着自己身在福中。在杨树的浓荫里，自己从里到外，每一个细胞都洋溢在一种微笑样的欢欣之中去了。

这条实在太短的路很快就把自己引到了死胡同的尽头，越来越复杂的城市道路在很早很早以前就阴错阳差地把这条路彻底截断了。不得不向回走的时候，一切就逐渐结束了，及至上了日日行走的大路，人也像重回了机械运转的轨道上的螺丝，变得很无奈。路两边的大杨树之所以在频繁的城市改造中屡次得以幸免，正是因为这条路的死胡同的性质。是死胡同这种只供路边上的有限的几个单位几个住宅区的有限的人使用的特质，让城市管理者们暂时将它遗忘到了脑后，让开发商觉着缺少卖点，完全是偶然地将路边上的大树保留了下来。四通八达，正是使道路失去自身的幽静之美的致命条件。只有这种外人没有理由走进去的死胡同，才保持了让人以审美的目的而不是以交通的目的涉足其间的吸引力。

上班路上这种几乎是超越了日常生活的享受，虽然全部过程短到似乎只是在自己的头脑里一闪即过的程度，但是当时那种享受却是具有相当的极端性质的：在真正的现实里，要实现它们已经是很困难的事情了。

一般化的观念中往往将旅行在不知不觉之中归入对目的地的选择。这固然是没有错误的，不管是主观上意识到没有意识到，目的地在旅行中是一个必然的存在，不过如果只以"去哪里"或者"去过哪里没有"作为旅行的判断标准，就会陷入一个盲区：单纯追求那些还没有去过的地方，追求那些著名的地方，而对已经去过的地方、不著名的地方或者随时可以去的地方，则有意无意地进行着罔顾的省略。

已经去过的地方、不著名的地方，即使是我们工作地、居住地，其实也还是有很多你没有走到过的角落，没有立足过的角度，每个地方都有其一个或几个最佳的被观察的地点，那里往往避开了尘嚣，或有树林，或有河流，或有深广的平原，或有缓起的山梁，那里的草木道路都更少地受过人类的打扰，是我们放松精神休憩灵魂的妙境佳地。这样的角落在每一个城市、每一个乡村、每一个人类聚居的地方几乎都有，它们是我们旅行最应该关注的地方，是和这个地方的热闹繁华都有相当的距离，但是也恰恰是因为这距离反而更容易看清楚那地方的特质的所在。当然，它们也是只可口耳相传绝不能广而告之的所在，它们的小众性决定了其商业价值上的有限，断断不会被旅游开发商所看重。而即便被那样宣传包装过以后，一旦它们成为众矢之的式的旅游点，自身那种原生的非为被商业性的利用而存在的一切也就变了调、走了味儿。我们更需要脱离开社会话语结构规定的（旅行社规定的，既定的流行语言、商业语言规定出来的）目的地旅行，以获得富于原始旅行意味的自由感。这一点在当今这个时代可能尤其显得如此，因为很多卖门票的地方都已经颇为可疑（名山大川除外），特别是所谓的文化景观，几乎无一例外都是新造的商业设施而已。

  所谓没有目的地的旅行，就是离开被规定了的景点的旅行，是慢条斯理地走遍一个地方所有角落的旅行，是站开一点儿，站到更能看清楚这个地方的文化与传统根基的距离上的旅行。衡量这样的地方的标准不在于来过没有，而在于来过几次，来了以后所抵达的范围。每一次都是美的，都是难忘的，都是值得记忆的。衡量这样的地方的标准在于重复的频率与感受的广度，在于各个季节各种天气里来过的感觉：春夏秋冬、风霜雨雪、黄昏黎明，即使是最平淡的时刻，它也能为你的记忆留下回味无穷的永恒印象。

娄亭与柴厂
——更接近旅行本意的非景点旅行

在清西陵的诸多陵寝旅游点之外,我曾经着意在周围的山山水水的非景点地带漫游过几日。在清西陵所在的山脉与河流之间,在陵区西侧被旺隆水库所遮挡着的西山前的广阔的开阔地里,有两个小小的村庄,娄亭和柴厂。娄亭和柴厂,这两个小村子及其周围的景致,在某种意义上可以视为一种世外桃源,至少是一种美妙孤岛。进入其间,就会有一种与世隔绝的感觉,一种自此以后就可以拥有无限的时间,可以拥有一种前所未有的从容不迫的感觉,就可以将所见所闻的每一个细节每天都看上无数遍、烂熟于心的感觉。

虽然严格地说自己只是在一条穿越两个村庄的小路上走了一走,来回走了一走,但是丰富的感觉却让人有无从下手无以表达的急迫:在这样的路上,是应该一天只看见一幅画面的;只看见一幅画面,然后在一个安静如现在的阳台上的地方,在没有人和事打扰的情况下,用一天的时间去书写和刻画、去将心中由此出发的多向的想象详尽而清晰地传达，似乎只有那样才稳妥，才不乱，才不会被所有一拥而上的感觉所淹没。从娄亭柴厂方向回来以后的丰富无比的感觉之上的一个最强烈的感觉，就是这个感觉。

过了旺隆水库以后，在山坡上盘绕的公路重回平原，在重回平原以后两边的山都退到了很远很远的地方；不仅退到了很远很远的地方，还异常高大起来，成为山间谷地强大神秘的背景，那山顶上的大树从谷地中间的小公路上看过去，一根一根的，带着模糊的毛刺儿，仿佛我们在田野河边所见的一种非常矮小但是身材却异常匀称的草，它们完全是按照严格的比例缩小以后的具体而微的大树。那背景一样的高山之巅的大树，想必是非常古老高大，否则以这么遥远的距离是很难看见树的细节的。这里说从谷地的中间的小公路往上看，只是近似于中间，因为正中间最平坦低洼的地方，毕竟为天然选择的水流占据着。从那遥远的山峰上流下来的滚滚的水，在谷地正中间的河道里肆意地冲击着，碧绿而高耸的草都被水流冲得抬不起头来了，说明这水来了还不长时间，否则草是长不了那么高的。

北易水倾斜着从遥远的作为背景的高山上流淌下来，走到娄亭和柴厂这一段，变得笔直笔直，和旁边的小公路并行着，所有行走在小公路上的人和车随时都被浸在水的气息里。天气再热也不怕，只需要停下来，坐在水汽氤氲的河边的石头上，或者像当地人一样蹲下，不消一刻钟，一切汗水和汗水带来的烦躁都会烟消云散。

小公路和河道之间一般是有一列大杨树，而小公路和田野之间却总是有好几列大杨树，有的地方干脆就是一大片一大片的杨树林子。杨树比山外面的高很多，笔直笔直的，高到了几十米的程度的时候人们就习惯于用高耸入云之类的词句来形容了。对这高耸入云的大树，好像必须躺下才能看见树梢，而其实因为树与树之间的叶子过于密集，你就是躺下也很难真正看见它们。这就使人有了一种无限的感觉：背景的山是无限的，身边的树是无限的，滚滚的河是无限的。在几重无限之中我们的行走似乎也可以是无限的，开阔和放松因为这些无限而被推上了喜悦的巅峰，进入一种自由自在的化境。

这种化境的形成的另一个重要条件是这里并非是什么旅游点，除了自己以外没有任何一个外人，只有原住者自在而自为地生活着，安详从容地生活着，按照天地和山川的节奏，不紧不慢，有条不紊，从容不迫，游刃有余。虽然并不富裕，但是也不焦虑，永远有一个外在于他们个人生活之外的天地主宰占据着每一个灵魂最深处起定位作用的位置，让他们春夏秋冬、年年月月、世世代代，平衡平和、平安平顺……

娄亭沿着河水的村边修建了一系列阶梯拦水坝，水流平缓了很多，宽阔了很多，孩子们在其中嬉水欢闹也安全了很多。未来遇到枯水季节，这里也能比别的地方保留相对多一些的水域面积，这是自然生态保护村建设的一部分。旁边的林地里，像城里的街心公园一样修了健身路径，彩色的铁制健身设备在林子里露天放着，吸引了老人和孩子像猴子一样爬到上边、吊在下面。因为对大多数人来说都是新鲜的，所以试探着玩耍的时候，那种伸着胳膊吊着肩膀的姿势总是先让自己就笑了起来，好像这不是什么运动器材而是很幽默的玩意儿，一摸它你就会笑起来，笑起来没完没了。山里人，普遍的牙齿保健做得不是很好，岁数不很大就已经满嘴没有几颗牙了，一笑起来，就成了一个个只有一两个白色黄色士兵站岗的黑洞。

我在有两块假山石（在这大山之间的山谷中有这样的假山山石装饰总是让人感觉有那么点儿怪异，对于城市的一味地模仿在这样的细节上也一丝不苟，似乎有那么一点儿不顾实际情况地照猫画虎反类其犬的劲头了）的公园门口，仔细看着公园的示意图的时候，里面健身路径上那些"黑洞"发出的淳朴而真挚的笑声正绵延不断。我站到一台电冰柜边上的时候，从那一堆笑声里很不熟练地跑出一个姑娘来。她像山里的任何一个姑娘一样健壮到了粗壮的程度，无比健康的圆脸上洋溢着还有那么一点点羞涩的笑容。一块五买了一瓶冰镇矿泉水，顺便和她聊了几句。她笑容满面地说，再过一年再来吧，那时候我们这地方就更漂亮啦！她找钱的时候顺手从冰柜顶上的一个黑色小手包里掏摸着，一五一十地找好了，那黑包就又那么随便地一扔，扔到了冰柜顶上。一个半小时以后我回程再次经过这里的时候，那个黑包依旧扔在那里，周围一个人也没有，健身路径上那些笑个不停的人们也都不见了。那姑娘大约去周围的什么地方和别人说话去了，钱包扔在那里仅仅是出于山里的习惯。山里的习惯就是把东西很自然地一放就可以离开，可以离开很长很长时间，再回来的时候那东西一定还在，一点儿也不用考虑就可以肯定还在，从来没有考虑过它不在了的可能。

头一天，我在日暮时分的村中路正中间见过一辆并不很旧的自行车，车把上缠着一个家做的千块布的竖兜，里面鼓鼓的，有些东西，车锁开着，整个自行车就像一匹主人进了院子自己立在路上、缰绳垂在地上的马。屋子里隐隐约约地有说笑的声音，这是一个过路者正在朋友或者亲戚家里小坐。喝了这杯水，他就会在朋友或者亲戚的陪伴下从屋子里走出来，顺理成章地推起他的自行车，重新上路。他们从来没有遇到过一出门自行车不见了的情况，也根本不去考虑那种可能性。那时候村庄里的蓝色的炊烟正与持续了一天的薄薄的雾气混合起来，悬浮在整个村庄的上空，久而不去，柴草和烙饼的味道一起弥漫，他的家还在山的那一边呢。

离开旺隆水库附近那种狭窄的深山区的景象以后，沿着这条路，走到这里就突然有了开阔和富足的感觉，有了山中常见的闲适和安详，还有山里少有的现代感。这现代感不是仅指山岭之上那些异常高大的电线架子，也不仅指那一口一口电视接收器大锅，更是一份普遍高敞的房屋与一尘不染的道路所显示出来的整洁。这种整洁的气氛似曾相识，想来想去，一如阿尔卑斯山下的德国瑞士。

路上干净而无车；住户，即使路边的住户也都与路有着一段距离，不那么迫近。而恰恰是这么一点点的距离维护了居住者在行路者面前的尊严。那家门口有六棵已经有树荫初成的小柿子树的小院堪称典范：柿子树的大小基本上就是这个小院的年龄，墨绿的叶子和墨绿的果实非常干净、非常爽利，而秋后的火红和春天的嫩绿，甚至冬天的收敛了生命力以后的沉静，都在这墨绿色背后潜伏着。墙上也爬了现在碧绿将来会暗红起来的爬山虎；墙里还有一排竹子露出了头，即使是雪笼大地的时候它们也依然是绿的；影壁中心有烧制的彩色的瓷画，画面是一朵大大的花儿。瓷画的两侧还各有一棵一人多高开满了黄色花朵的花树。夏天开黄花，是什么花儿？可能也是一种中药吧。刚才路边的小铺外面就挂着一块小小的黑板，上面写着收购药材的名称和价格：远志5元/斤，还有大红袍、柴胡、蝎子之类，各有其价。

距离小铺不远的地方，是又一个养蜂人的栖息之处。这条路上的苗圃多，养蜂的多。养蜂人是怎么知道这样的深山里，这样一条只有来路没有去路的死胡同式的山路上能有放蜂的地方呢？他们的支在路边的帐篷，帐篷里的有木头床头的木头床，炉子锅碗瓢盆一应物什，都很类似，连他们默默的表情都是一样的。他们永远是外人，路上走过去的每一个人都会引起他们警惕。这些放蜂人家一般都只带着很小的孩子，可能是因为暑假，也可能是因为孩子还在学龄前。这一户的姑娘坐在帐篷前面的小凳上（放蜂人的东西都尽量得小，为的是便于携带），双手捧着一本仿佛是说明书的书在昏暗的天光下仔细地看。刚才骑车在路上慢悠悠地走着的就是她，她从自己家的帐篷到村边上的小铺去一趟，几十米的距离，就算是到热闹和繁华里走了一遭了。

说到热闹，正放暑假的柴厂村的学校在没有放假的时候才是最热闹的地方，孩子们的热闹在空无一人的假期里似乎还能听见那无忧无虑的回声。学校在路边，也像民居一样，向里面退进去几十米的距离。操场在学校门外，院外和院里各有一棵年轻的榕树。七月的榕树，正在横向的线条状的绿叶之中开满了同样由密集的线条组成的红色的花，红色的花随着横向的枝伸展开来，形成一种绿色的托盘上盛着平铺的云的状态；红色的云，祥云。停留在这宽阔的山谷之间的沿河平原上理想化的路旁的祥云，让眼光和思绪都迅速地离开眼前的水声与之一路相伴，山石与植被的气息也一路相伴。无论是行走、开车、骑车、漫步、跑步，在所有人类的运动方式都极其适宜的环境中，飞升向不知所终的远方。

这里就应该是我们日常的远方，不应该让思绪再从这里飞走了。走在这样的路上，暑气全无，绿意深醉，历史与人生突然都变得无所急无所欲。多年以来那种冥冥中的搜寻，那种魂不守舍的游历所要寻找的远方，已经在现在展开了。一旦确认了这个感觉的正确，兴奋和在时间中畅游的无上的感觉就风起云涌地袭来，让人幸福，让人晕眩。

这理想中的路，走这一遭显然是不够的，再来的计划暂且留到以后再说，现在，脚下走着，眼睛望着，嘴角笑着，思绪昂扬着，先就把眼前的每一个细节尽量地收进自己的记忆中吧。

这条路路边的护道树、护道花始终做得一丝不苟，不因越来越远、越来越偏僻而有所不同；但是在划一的道路格局和河流始终相伴随的模式之外的景观却又丰富灵动，每一眼都让人有平和而幸福的享受：

一条拐向村里的小公路，因为要绕开一片柿子林，而做了一个弧度优美的转弯。从来都是树为路让道，这里的路为树绕开显得在诗意之外更让人有一番树道与人道的考虑。这是生态自然村的题内之义，算是做到了家。这个转弯的里面有果树掩映着的屋顶，这个转弯的外面，是节奏单一而从不烦人的河水与寂寞而又笔直的道路。从屋子里出来，从外面回家，走到这个拐弯的时候，就是彻底实现离开和回来的心理过程的所在，是人居的诗意现实的难得例证。

夕阳中两个抱着大脑袋娃娃过河的妇女，为了不滑倒、更为了怀里的孩子而小心翼翼地迈着脚步；不过那种格外的缓慢似乎还有一种愿意多在水里站上一会儿的意思。流水在脚指头的缝隙里抚摸，清流柔和地拥抱细腻的皮肤，那样的享受确实有难以摆脱的诱惑力。她们都脱了鞋，露着粗壮黑红的小腿。从小就在田野里参加最自然的劳动，身体的各个部分都为了承重和保持平衡而均匀地发展；没有病态的纤细和不见阳光的惨白，而多是为了强度更大的劳动而准备着的粗壮力量。在劳动了一天以后,夕阳之中的河边会站着这样一个女人。她把裤子挽到膝盖,一把一把地把水撩上来洗脸、洗脖子、洗小腿,头发纷披而下,她就直一直腰,抹一把脸,拢一拢头发,再次弯下腰去,接着洗。这种对于女性来说有私密色彩的行为一旦在天光日影里尽情地展示着的时候,她们在不自觉之中成了这自然生态保护村里最动人的景观。

一行灰鹅、白鹅、不灰不白的鹅,以同样的频率摇摇摆摆地走过来,左右、左右的幅度很大而且异常一致。几个孩子,浑身上下都湿淋淋地在鹅队边上叫喊着跑过来、叫喊着跑过去,鹅对他们视而不见,依旧高视阔步。孩子们溅起的水花落到了鹅队的行列之中,它们才摆着头,伸了伸脖子,哦哦哦地叫了几声。洗车人一盆一盆地从河里舀着水,往他那白色的农用车上浇着。他的农用车是比较少有的白色,而且不是三个轱辘而是四个。和普通的卡车在外表上没有什么两样。从他擦洗的认真和一丝不苟的态度上,可以看到他对自己的车如同老农对农具一样的爱,这种爱因为有足够的空间和时间、有足够的河水资源作保证,而显得从容不迫、淋漓尽致。

早早地就发现了一路步行而来的外人,一只小狗以极度诧异的表情凝视着,一动不动。它站在路中间的张望和蹲伏下来的遥望,都和这里很长时间都不会有一辆车通过的情况相适应。它不必担心被路上的人和车碰到,所有的人和车都认识它,都会在走到它跟前的时候鸣一鸣笛或者吹吹口哨，孩子们还会蹲下抚摸它光滑的皮毛。

一个长发工人，只剩脑袋的后半部有头发了，而那一点点头发又被他留得很长很长，干活的时候都挽到后面，垂下来的时候就抬手挽一挽，像一个时髦的艺术家，又像前朝的遗老遗少。天色昏暗下来以后收了工，他骑着一辆大大的自行车迤逦而来，快到刚刚在河里洗了脸正站在路中央依依不舍地望着的我们面前了，被汗水浸泡了又浸泡的旧衣服暗淡地一闪，一拐把，拐向一个隐隐约约在树后有屋顶隐现的山沟。

一个穿白连衣裙的女孩，坐在石头上看书，羊在她面前吃着草；她已经完全习惯于周围没有任何新鲜的人和事出现的状态了，她的世界在书里；不过蓦然之间有生人出现的时候，现实的诱惑还是大过了书本里的幻影。她屡屡从自己的书上抬起头来看，一直看了我们很远。天黑了，她要回家了，拿着她的书，赶着她的羊……

天光渐渐隐去，云影和大地融合，清凉和爽洁的地气冉冉上升，生生息息的田园又进入了安详的梦中；物敛人收，各各归巢，只有那永恒的山峦（现在它们在最后一点天光背景里成了剪影，而即使在剪影里，山头上的树的树冠和树干也一清二楚）和汤汤的河水（在树的缝隙里，水在流过凸起的石头时有微弱的声响和柔光），守护着、等待着、准备着那属于大家的新的黎明。传说中的那座名山，在路与河第一次交叉以后，已经可以在笔直笔直的路的尽头望见它的踪影了。考虑到回程的时间，忍痛放弃了前行。

我其实是愿意永远地这样走下去的……

从娄亭到柴厂的路是一条美妙的路，是一条我的理想中的路，是我无数个莫名其妙的下午骑车在自己居住的城市和到过的地方寻来找去而不见的冥冥中的所在。那种人声物象非常均匀而适合的甜美，那种山川平原非常适度的搭配，那种整洁与无争的普遍状态，甚至连房屋退后、林木在前的宅院格局都一一如梦，都是儿时坐在婴儿车里望见的一幅永恒画面的再现！

走在这条美妙的路上的时候，突然感到时间，自己的时间，自己可以支配的分分秒秒竟然是如此宝贵；它类乎第一次上学迈进校门的那一刻，刚刚懂得了书籍之妙以后获得的第一本书；甚至类乎新婚之喜……

人的一生，时间在自己的生命里被平均地分配到各个段落里，不因为沮丧而缩短，不因为狂喜而延长，但是这种美妙的时刻却可以让人永远铭记。语言和文字传达出来的东西不及其万一，在真正撼动心智的美丽面前，自己的表达只能用笨拙和蹩脚来作结。

在非景点的自然环境里，虽然会有诸多并不如意的日常景象，但是也正因为对这种无目的地的旅行方式本身的期望值本身就不高，所以反而会经常有所得，所得之中的喜出望外的成分，让人感觉到一种原始意义上的旅行所带来的快乐感觉：从始至终的全程都是快乐的，都是在一种潜在的兴奋流中的，能说出来能写出来的仅仅是那快乐的一部分，一小部分。而最大的快乐都在从计划出发，到真的出发，到结束，甚至到其后的回忆的全部过程之中。非景点的自然审美，不受任何商业化的宣传与打扰的自然审美给我们留下的是接通天地、博大幽深、惬意舒爽的快乐。

如何去爱一处风景

旅行的目的，林林总总归结起来，最终指向的都是审美。而如何审美，如何爱一处风景，始终都是一个问题。

平素关于美景的描述，常常因为其中寄托着一些另外的因素而失真。这"另外的因素"就是对理想情境的苦寻不得。稍有所得，便很容易将自己的期望一下子附加上去，使景色本来美的程度被夸大，夸大到超乎其引起我们确切的感觉之上。这就是动不动就"世外桃源"，就"塞上江南"，就"美不胜收"，就"叹为观止"的一个重要原因。

正是因为风景的普遍匮乏，才导致了人们在追寻风景的过程中，普遍稍有所得就惊为天人的夸饰习惯；正是因为自然被毁坏得越来越严重，人们面对真正美妙自然的机会越来越少，才催生了人们要么对一丁点儿还有那么些自然气息的场景的过分讴歌，要么是在模式化的套话下的泛泛概括。

我们大概都听到过这样的话，甚至自己也有过这样的感觉：这个地方我很喜欢，地理地形、树木的形状和道路的弯曲度，第一眼就让人喜欢。即便是将风景置于可有可无地位的氛围里，人们也凭着自己的本能发现，所谓四海为家不仅是传统的干事业的描述，还经常是审美的看风景的享受。

即使是以其他的名义而进行的远行，也可以在远行的途中发现远远的一片黑森森的柏树，柏树的树冠在大地与天空的交界处所绘出的参差起伏的地平线有着一种无与伦比的审美的吸引力……这就是人在本能的环境审美意识之下的顺理成章的喜悦。在环境中获得审美感受的人是幸福的，特别是置身于一个新环境中的时候，这样的发现与感受往往来得更加强烈。

孩子身上一般都有这种本能的反映，到了别人家里，到了他还没有进去过的幼儿园或者小学，他都有一种看也看不够的痴迷。这样的痴迷在成人以后被转移成了旅行中的发现，转移成了在各种成人的政治与经济、工作或旅游名义之下的旅行过程中的有意味的凝视。

旅行是可以多走一些地方的，甚至要尽量多走一些地方的。不过在所有走过的地方，能不能发现最有价值的角度，最能给人以自然审美与审美的自然的状态，就要看旅行者对事物甚至是对世界的感受与判断力了。长时间地欣赏一个固定的地点的山水，往往会使一般的游客失去耐心。他们需要在一定的时间内尽量多看，多走，多望，多到达。匆匆而来又匆匆而去，奔着一个又一个的目标，最后以多罗列几个目标为胜、为满足。

只有真正的审美者，那些懂得审美真谛的旅行者，还有那些经过了生活、经历了生活而又有举一反三的智慧的人，才会对每一处风景都格外珍惜。他们知道一个场景能出现在自己的面前，这是缘分，是机遇，是并非总能重复的人生至境，非流连忘返、淘尽深意而不能止。他们深知，并不是一直存在一个更好的目标在前面，眼前的就是最好的，只有抓住现在，一切也才会有意义，人生才会有深度，才能在人生的深度里体会丰富的蕴涵，才能在日后回首的时候说自己没有虚度。

风景，风景中的每一个细节都已经了如指掌，但是一旦再次置身于这风景里的时候，还是有莫大的享受，有事先无论如何都不能想象的仿佛初见的美妙。赏风景之人于风景，一如永恒的爱；风景是一种可以无限重复进入的享受。生命不止，其值无减。

我们怎样爱一条河？在河中行船，在水中畅游，都是方式，而在水边静坐，更是。爱一处风景，和爱一个人一样，不只是在风景里走马观花地每一处都走到的到此一游，更是停下来，住下来，日日相对，时时厮守，共度天地运转的时时刻刻，一点一点地体会，体会微波细浪荡漾的细节，体会那不动的风景里的黎明与黄昏。

对于一个绝美的景色，对于一处宜人的环境，对于一朵让人惊艳的花，我们往往会在事后使用大量的文字进行描述，采用对比、排比、分析、象征种种方法要永恒留存自己在那个美好的瞬间里的状态。然而，仔细想一想，在那样的时刻，我们实际上往往没有后来所书写的那些系统的感觉，至少不会有那么完整的感觉线索。我们当时在干什么？什么都没有干，我们吃惊，我们陶醉，然后我们说不出话来。后来也无非是惊叫、感叹、用单音节来呼喊一下而已。无语是最大的真实，没有任何可以描述的有长度的线索，现场只有"哎呀""哈哈"之类的声音片段。那才是最大的审美真实。

从露宿的睡袋里醒来，找到一个公用水管洗漱以后，我开始沿着窄窄的木板路向着朝阳照耀着的波光粼粼的大海走。时间还是这样早，但是在海水直接贯通到了房屋和街道旁边的威尼斯，在中国式的拱桥与因为街道狭窄而显得格外稀罕的圣马可广场，都有人已经把画夹子支在那里写生了。色彩在他们的笔下缤纷地将眼前的景物呈现。他们的技法参差，即便是好手，画出来的景象在外人看来也不过尔尔，都是大家不仅在现实里而且在经典绘画中也早就熟视无睹的东西了，可是为什么他们依旧乐此不疲呢？他们中的大多数并不是卖画者，也没有表演欲，他们扛着画板画了一个角度换另一个角度，画了一个地方换另一个地方，在面对着风景的停顿中，在一笔一画地对着风景写生的过程中，他们实际上是在享受风景，是在表达自己对眼前这威尼斯独特的水城风景的爱。

面对风景，只有停下来，支起画板或者掏出笔记本来，才能捕捉到思绪的流转和感触的细微之处。所以，好的旅行，一定是可以随时停下来也经常能停下来的旅行。在风景里坐下来和不坐下来的差别绝不仅仅是体位上的，更重要的是心态上的。坐下来才从容，才能体会细节，才能呼吸到微妙的气息。即使再熟悉的东西，你坐下来也会有完全不同的感受。在随时能停下来的旅行中，我们才能拥有比较从容的心态，才能抱着一种观赏的态度对待旅行中的一切。那是一种时时处处的观赏，观赏周围，观赏自己在"周围"之中的状态。

中国的审美文化传统之中，为了这种在风景里停下来的审美方式专门建造了"亭"这种建筑。比如江南园林里那些出现在水边假山之高处的亭，曲廊湾水、岸柳画眉，都可以在亭中尽揽；比如嵩山中岳庙后面的位于中轴线上的小山山顶上那座亭式建筑，置身于周围广袤的丘陵之上，上可望嵩山，下可瞰庙宇，将一处绝佳的审美角度明确地标识了出来。在中国古代的审美经验里，所有有亭的地方都是一个可以在风景里驻足的恰当的点；都是对处于审美过程中的人们的一个提醒。

明代苏州造园家计成，在《园冶·亭》中说："亭者，停也，所以停憩游行也。""亭"是让路人休息聊天的地方，也是一个可以在户外避风雨的所在。就急的情况下，人们于其中获得较之真正的露宿风餐好一点儿的条件。这么看来，这种中国古代建筑与自然关系密切的形式，就颇有了诗意。它实际上不仅是让人的脚步停了下来，还让人的精神得以有暇，能够比较从容地欣赏眼前的景致，梳理刚刚形成的观感，获得信息或者倾听别人的心声……古人关于亭的这个准确而诗意的解释，让人再次见到亭的时候，就抑制不住地要排除掉那种对于一切公众习惯的停留地点都不屑一顾的旅行的特立独行的秉性，也要去停一停了。坐在亭子里，向着四面八方各个角度观赏周围的景致，在静止的可以将后背靠在柱子上的悠闲里，从容地观察这一角亭外的世界。

相对于运动来说，暂停是美的，正如相对于静止来说，运动是美的一样。只有动静结合，我们的人生，我们的审美，才完满。所以亭这种建筑形式，实在是中国人的一种符合人类审美诸原则的具体建筑。这既是财力不逮的古代之事，也是今天普遍建设时代的常见之形制。德国的易北河边，常有木塔，盘旋而上，层层可歇，可谓观察瞭望之地，亦为迭起之亭也。

停在风景里，既是欣赏风景的方式，也是对风景表达我们的爱的方式。讴歌美丽的景致的方式有很多种，置身其中，盘桓流连久而不去；且诗且歌，支起画板来进行现场描绘，让自己也成为风景中的风景；仔细观察风景中的细节，将那些无论如何凭空想象都不能想到的细节一一记录在自己的小本子上；还有，坐在风景里看书，躺在风景里睡觉，拿着一瓶啤酒在风景里无言地感叹和惆怅……

这最后一种方式，在欧洲似乎更常见。人们在街头广场，在风景区人流最为集中的地方找一个露天的咖啡座或者路边的长椅坐下来喝上一杯的悠闲，其实并非是要把自己展览到众目睽睽之下，而是方便自己的目光进行最简易的凝视。开始的时候我还有一种模糊的感觉，好像坐在街头或风景区里喝酒总是有点儿颓废，但是一旦自己也去实践了以后，就越来越觉着它的简单易行、恰如其分，它的酣畅淋漓、意蕴深长。

在风景里喝酒，嗯，人生还有什么比这更美妙的事情呢？酒精伴随着情绪，身体的澎湃有了酒的鼓动而将开始的时候含义不清的精神指向做了泛意的涂抹，任何一个方向、任何一个目标、任何一种情愫、任何一种怀想，都找到了自己安身立命的地方；人生的物象与神往，在这风景的酒里统一起来，让自己进入了一种浑然的完满状态……

在风景里欣赏风景，人往往容易因为突然手里无事而有点儿手足无措的不自然，因为突然失去了参照而逐渐麻木，这时候手里拿上一瓶啤酒，就有了事，这个事又与现实中的非常务实的事有着明确的区别，含有浪漫的精神意味——注意，必须是干喝一瓶啤酒或葡萄酒才会有这种精神指向，如果还有满满的一桌子菜，又吆五喝六地劝起酒、划起拳来，就离了题，就成了破坏风景了。

在风景里喝酒，最好是喝风景所在地出产的酒，如在西湖喝西湖啤酒，在青岛喝青岛啤酒，在崂山喝崂山啤酒——中国很多啤酒都是以地域甚至是风景区本身命名的，这为我们在风景里喝酒讴歌风景的行为提供了极大的方便。如果能这样的话，那在这风景里喝酒的浪漫，就更有了明确的讴歌意味。不仅是讴歌风景，还连带着讴歌了讴歌者自己，讴歌了自己生命中那一段难得的时间。

从这样的角度上说，在风景写生的意义并不比在风景里喝酒更大或者更高尚，它们的最高目的都是让自己置身风景中而有所事事，都是为了让我们在一片耀眼的美丽里显得不那么手足无措，都是在用外在之物讴歌那风景、享受那风景本身。在一片风景里，我们可以写生，可以阅读（阅读的间隙抬起头来会再次意识到自己身在何处而再次充满如初见般的喜悦），可以喝酒，可以躺下睡觉，可以什么也不干，只要是有意识地让自己置身在那一片风景里了，置身其中还不急着离开了，就已经是对那风景的爱的表达了。那其实就是人类与自然和谐的至高境界。

以上所说的"停"在风景里的停，凝望的停与饮酒的停，还都是暂停，是短时间的驻足而不是长时间的拥有。如果能在风景里过夜，甚至不只过一夜，那样的"停"或者更是"亭"的引申之意呢。去一个地方，光是去去是远远不够的；你必须和它睡过以后，才能拥有它的黄昏与黎明，才能了解它的味道，体会到它的真实的质感。所以那种一日游的安排实际上是和城里的逛公园没有什么区别的，即使到了一个有真实的自然气息的地方也不能领会那种气息完整的面貌和妙处。当然如果能有机会和那个地方反复睡，睡了又睡地住上一周时间、一个月时间，那你对那里的美，对那美的任何一个细节和角落都会产生水乳交融、相濡以沫般的爱。

我们通常只习惯于在乎是不是到达了一个风景所有的角度，是不是把整个景区都转到了。空间上的概念一向在旅行之中广受重视，然而时间上的角度也是不可或缺的。是不是在一个地方过夜，能不能见识一个地方的黄昏和黎明，这和是不是走到了景色之中任何一个地方同样重要。如果进而能经历一个地方的春夏秋冬、风霜雨雪、电闪雷鸣、雾云阴晴，那才是最为透彻的、全面的审美，是享受一个地方提供给我们的所有的审美可能的享受。

第 六 章
城市与乡村

在德国丹麦边界上最后一个德国小村尼布尔（Niebuell）里，没有院子的花园和最高三层的居民建筑错落有致地排列在整个街区中。树木与花朵，行人与车辆都各处其位，每一样生物每一栋建筑都有自己非常完备的空间领域，树枝可以尽情伸展，行人甚至车辆都可以随时行止，天地之间的一切都拥有自己近乎完美的自由空间。那里完全没有城市的喧嚣与乡村的不便，是现代人居环境的一个典范。

"可恶"的城市

在名城上海,的确有着别的包括首都在内的城市都没有的精致与整洁,有着别的城市里所不及的秩序井然。那些虽然处身仅容一人的窄窄便道中央,但也还是被小心地保存下来的粗大的悬铃木(法桐),暗示着这个城市的管理者在诸如爱护树木、环保和营造适合人居的环境观念等方面罕有的优秀传统。即便如此,因为这城市里的人口已经在冲击世界城市第一的目标了,所以拥挤狭促的感觉给人的印象依然深刻。

南京路上,人山人海,摩肩接踵,人人几乎都没有立足之地。警察保安和戴袖标的志愿者,在人群中奔忙,使人人都感觉到了一种无处不在而又很难判断具体来自谁的压力。从两侧山谷一样的高楼上垂下的条幅与从鳞次栉比的门面里传出来的商场的背景音,产生了太多的色彩与声音的混合,让人人的眼里、耳里、手里、脚里、心里都趴抓着琳琅满目数不胜数的信息信号。像是掉到了有成千上万只蚂蚁的蚂蚁窝里的一只小小昆虫,想马上挣脱出去,后悔走进来，但都已经晚了，只能听天由命地跟着迟缓的人流一点一点地向前移动了。

这种人员过分密集的景象一直持续到外滩，持续到那想对着有江水的地方拍个照而永远都只能照在人们的身上的世界著名观光点。如果你的个子还不是特别低的话，在外滩仰起头来向着四面八方张望，就能看见周围各个方向上被大家引以为豪的新时代建设成就——各种各样的摩天大楼。它们像是些洋洋得意的巨人沉默地俯瞰着陷在人流中的你，完全不以为意地屹立在自己的位置上，自顾自地展示着自己的形象……

然而，离开外滩，离开上海的城市中心，哪怕是步行，沿着曹杨路向西站的方向走，刚刚过了淞江，也就几乎没有上述的特点了，甚至和别的城市的区别很小了：马路变宽了，也不太有人流的秩序了。做小生意的、打工的走得满街满道，他们携带着大包小裹，扛着货，拉着东西，递送着广告纸，大声吆喝着自己的生意。

果品和鱼类的批发市场鳞次栉比，水沟边上收破烂的人正抬着一捆捆刚刚收回来的纸箱到里面浸泡……这个工作是在众目睽睽之下大规模地展开的，做的人毫无顾忌，看的人也视若无睹。马路上很多地方还在施工，马路边上曾经的厂区因为正处于拆迁状态而一片荒凉。阳光越来越强烈，照射在亮亮的广玉兰的叶片上，反着灼人的光芒，让人意识到这里是南方，是即使冬天刚过也会露出夏天的面目的南方。

比照之下就会明白,核心城区里镇宁路那样的上海味道,实际上是靠着高昂的消费堤坝来维持着自己的优雅与"文明"的。两棵葱卖10块钱的物价壁垒在这样的地方和外围区域之间画出了一条看不见的高墙。

这是2010年我将上海作为旅行目的地的时候的一点点观感。

旅行通常的目的地,除了名山大川就是城市。即使是名山大川也多依托于某一个城市。很多与名山大川有依托被依托关系的城市慢慢地也都取了那名山大川的名字,比如泰山市、黄山市、张家界市之类。旅行者持续而大规模的到来所造就的商业机会与人群效应,直接将那些名山大川之畔的人类聚居之地打造成了规模可观的城市。荒野固然有自然的美,也是人类所由出之的故乡,但是毕竟只有城市或者乡村,也就是说毕竟只有或大或小的人类聚居点才是我们普通人的一生中待的时间最长的地方。旅行的目的地与旅途中的歇脚之处,更多的还是城市与乡村,是有人类聚居的地方。

而作为旅行者,在谈到自己的观感的时候,所言也多是各个城市的印象。城市成了旅行最为经常的目的地。然而城市作为旅行的目的地,其实越来越相似,千城一面:宽宽的马路、高高的建筑、拥挤的车流、让人眼花缭乱的地铁和公交线路图……宽马路和高层建筑实际上是对人类,对每一个具体的人类个体的嘲讽。不借助钢铁工具的时候,行走其间的人们都会感到自己的无助和乏力,都会在被压迫着的渺小的感觉里，在一个瞬间，丧失主体的尊严和信心。过大的城市、过高的城市、过宽的城市、过亮的城市，甚至过快的城市，都是从根本上违反自然人性的。城市，尤其是大城市，是人类异化的一个集中体现，是群居的人类将群居发展到了没有节制的程度的时候的一个逆反人性的庞大固埃。这一点在后发达社会里尤其突出。由于规划频繁变动，在资本的利益挤压下，公益与城市舒适度之类的概念往往为发展让位，利益最大化的密集高楼也就成了必然的选择；由于每次规划都有自己一套想法，而每一套想法其实也都是大同小异，首先是政绩，然后是利益，余者几乎没有地位。城市在这种催长剂的逼催下，疯狂地生长着，越来越大、越来越高、越来越拥挤，将人类史上城市的诸多极限实践一一推向顶峰。不仅是北上广已经是特大型城市，众多的省会城市也纷纷提出口号要在多少年多少年的时间内把自己打造成拥有多少多少人口的超级大城市，让自己也达到城市的极限与顶峰。这对城市中的绝大多数的普通人来说，都是并非最佳的选择；以城市为目的地的旅行者，自然也难逃其束缚。

城市是屏蔽了自然的地方，只有像下雨、打雷、下雪刮风这类非常强烈的天气现象才可能在一定程度上激活生活在城市里的人们早已经退化了的自然感觉功能，才可能再一次让他们在一个模糊的瞬间里认识到自己一直是生活在天地之间的事实。之所以说是瞬间，是因为那个瞬间里他走了思，头脑突然从眼前的街道与墙壁转移到了天空与大地之上。而这种瞬间的转移一旦被他自己意识到以后,立刻就又被理智判断为没有意义的荒唐,他马上就会强迫自己立刻离开那种毫无用处的关注,马上就又全身心地投入蝇营狗苟之中去,甚至因为感觉刚才自己的走思可能给自己在现实的功利之争里造成损失,所以还要变本加厉地投入,变本加厉地对周围的季节特征与自然天象不闻不问。

城市中永远都熙熙攘攘、人来车往,到处是脚跟碰脚跟的热闹。每个人都在人群中,但人与人都相距十万八千里;人类个体的数量在一个小小的空间里过度膨胀的状态本身其实就是对人的挤压。在这样的地方生活的人,是既得利益者,是投机者,也更是麻木和无奈的人。商人在此有固定的利益,投机者在这里有不固定的利益,而无知无觉的人们在这里只是因为习惯的束缚和生存的无奈。

在城市里,人和人的物理距离空前接近,心理距离却拉得很大,有所谓的礼貌也经常只是卖和买之间短暂的面具。城市是不允许任何人犯错误的,即使只是丢了一块手绢,在转瞬之间它也会无影无踪,让不小心的孩子追悔莫及;一切都只能是小心谨慎的,任何一个错误、任何一点点不警惕,都会给你留下永远的遗憾。这样的小心使每一个人都很紧张,都不轻松,都有一种莫名的压力。而城市的冷漠与紧张,在城市的中心表现得最为剧烈。现代文明以之为反拨,但在大多数城市还都需要假以时日,需要很长很长时间才能逐渐扭转这种所谓城市病的问题。

城市生活,为每一个人都布置了无穷无尽的烦恼程序。

办任何事情都需要等待，都需要耐心地排队，都需要忍受办事机构、办事人员的僵硬死板与不通融。这还是在规则之内的。在规则之外，在谁也不公开的潜规则之下，每一个城市人所要承担的压力，几乎会遍布包括生老病死的所有的问题之中。只要你按照所谓的一般的社会话语模式生活，去追求住房、医疗、教育、职称、房子、汽车、官位或者只是好一点儿的生活，就势必会遇到仿佛早已经布置在那里的一个又一个难题。小到给小孩报名进幼儿园、为汽车办一次年检，大到买房子、办理养老保险，不管你是求人办事还是只是作为消费者去消费，都不乏让人烦恼的问题。

这样的城市留给普通人的幸福空间实在有限。它们很多时候可能不是大家普遍可以获得幸福的聚居之地，而只是为了生存而不得不在的现场，乃至比拼人脉与关系、权力与金钱的舞台。当然，这种比拼的残酷程度是有区别的，虽然人们聚居度高的大城市的规则度比中小城市高，但给普通人留下的工作和生活空间都趋于底层。在大城市貌似天地更大、就业机会更多的现象后面，是个体范畴的压缩，是层级固化的僵硬，是绝对意义上的竞争白热化。

当我们的旅行以这样的地方为目的地的时候，所见所闻也就只能局限于博物馆、展览馆、文物古迹或者陷在楼群俯瞰之下的什么名人故居旧时王榭了。这些风干了的人类遗迹被我们忍受了一路的颠簸辗转、奋力穿越拥挤不堪的人流以后，进行着花费不菲的瞻仰。如果不是尚对世界充满了懵懂好奇的孩子的话,余兴廖然也就近于一种必然。

因为城市的这种极限化已经过于强烈,所以不管以任何旅行方式到达,都已经对总的不良观感没有什么影响了。并不是那些坐了飞机或者火车达到一个城市的旅行者才会面临诸多城市本身的问题,即使是在一个城市骑车旅行,也依旧是让人很不舒服。拥挤、吵闹、污染、混乱,还要随时防撞防盗,让人很难受。而如果你骑的是一辆以速度为胜的赛车,就不仅是不舒服的问题了,因为时时可能出现的突然刹车,就时时有碰撞的危险了。骑车旅行的天地还是在城市之外的道路上,毕竟在那里才有相对干净的空气,有不被打扰的空间,有自己面对自己而不必面对他人的自由。

总觉着上海世博会的口号"城市让生活更美好"有点儿匪夷所思,后来看到了英语,原来的意思是"更好的城市,更好的生活"(BETTER CITY,BETTER LIFE),也就明白了它的本意。这口号的言外之意,就是在承认现在的城市还不能让生活更美好这个事实。确实,城市作为旅行的目的地实在是勉为其难的,然而旅行的目的地在大多数时候却又是城市。这除了社会的主流话语结构里总是以城市为话语对象,公共交通也总是以城市为起点与终点的原因之外,应该承认在世界范围内来说,很多城市本身也或多或少的有着自己的魅力。笼统地将城市归入不适于游览甚至不适于人居的地方,显然是荒谬的,甚至也并不符合个人有限的旅行经验中的粗浅观感——尤其是中小城市,或就是大城市，也还是有着很多成功的范例的。

在德国北部刮着海风的广袤平原上，火车上零零星星的旅客都将目光向着窗外遥望，这里也实在是一个适合遥望的地方。四面八方的地平线都无边无际地坦荡着，纵横其上的只有持续的风和并不饱满的阳光。在德国和丹麦边界上最后一个德国小村尼布尔（Niebuell），火车终于停了下来。丹麦文字显示的下一站站名，使这里多少有了一点点异域色彩。一个提着一捆啤酒瓶的座托儿的少年，在沿着一个一个的垃圾桶寻找空的啤酒瓶，找到一个就马上从桶里面拎出来，放到他手里的啤酒座托儿里，等全部座托儿都满了以后就提着去旁边的小卖店里去兑换现金，出来以后继续他的寻找。这件工作他做得非常熟练，聚精会神地投入其间，完全没有任何一点儿不好意思：显然他并不是因为生计问题才从事这一在其他地方被视为艰难的人生的象征的工作的，他是在练习生活，练习自立，或者就是在为一次生日聚会而攒钱。从火车上下来的人们，还有坐在与城市没有任何界限的火车站周围的长椅上的人们，也都不以为意，都以一种予人自由、尊重他人的宽容面对着他，面对着他身后的这个美丽的村庄。

这位于边界上的村庄或者说是小镇，没有院子的花园和最高三层的居民建筑错落有致地排列在整个街区中。在建筑和植被的环护下，一直持续的风也让位给了稳定的阳光照耀下的静寂安详。树木与花朵，行人与车辆都各处其位，每一样生物、每一栋建筑都有自己非常完备的空间领域，树枝可以尽情伸展，行人甚至车辆都可以随时行止，或走或停，空间都留得非常充分，天地之间的一切都拥有自己近乎完美的自由领域。这里完全没有城市的喧嚣与乡村的不便，堪称现代人居环境的一个典范。在等待前往丹麦的公共汽车的一个小时时间里，在这座德国村镇里的随意观览给人留下了深刻的印象。原来并不是只有豪宅之类的少数建筑才能建得符合人性，即便是普通的民居也可以安排得如此天衣无缝的。

更好的城市，更好的人类聚集的方式与格局，的确是可以使城市更美好，从而也可以使生活更美好的。

城市的乐趣

在城市的高温里挣扎久了以后，置身户外、郊外、荒野里，总是很快就能感受到迎面而来的寒凉之气。然而即使是夏天，这种寒凉也并不经常让从城里出来的人们真正地喜欢，因为它总是很阴沉，很叵测，带着一种不良的威胁：警告着那些在安全与确定里生活惯了的人们，这里的一切都是不确定的，都是有多种可能性的，某些可能性或者会很坏……脱离了城市对自然的屏蔽以后，在自然里直接面对和承受的时候，大家不约而同地体会到了什么是温室里的植物。

这种寒凉之气让一直在欢笑的人们突然噤声，让眉头以一种艰苦劳作时候的方式皱了起来，让嘴巴仿佛喘不过气来的样子不由自主地半张着。让人产生一种强烈的后悔，后悔自己这次出来，恨不能立刻就回去。大多数城里人似乎都是不适合面临这样的状态的，乘车而至也好，步行也好，骑车也好，或者就是坐在自行车的后架上，都无法避免这种冲击。当然比较理想的是坐在汽车里，汽车内部还保持着城里的温室效果，保持着从城里切割出来的一块一切都没有变化的小空间。即使下了车，外面有什么不良的感觉了，也可以马上一迈腿就回到车内，回到自己的"流动着的城里"。

城市生活造就的乐趣与其说是乐趣，不如说更多的是一种习惯。但是别人的城市里的别人的习惯在旅行者眼中还是能兑换成乐趣的，他们能在不一样的环境里去返照自己的习惯，在不一样的环境里去体会到多种多样的可能性，在不一样的环境里醒悟到天地的广阔与自身在世界上的位置。

到达一个崭新的城市，对这城市里所有的既有景色进行多角度地审视，以不辜负自己享有的对这些景色进行审美的权利；对身边最方便到达的景致进行一而再再而三的观赏，以把握最大限度地利用自己的审美可能。这是以游赏定位人生目的、以自然审美为人生追求的人的日常生活中的题内之意。所以才会有在旅行目的地的城市里的"流连忘返"，才会有在定居之地反复于春夏秋冬各个季节里的"有闲时刻"一再到达周边的景致而永远乐此不疲的事情。

到了异地他乡，到了自己从来没有到过的地方，一个熙熙攘攘的中等城市，或者一个冷冷清清的小城市，一种最有效的观察风土人情的方法就是坐公共汽车(或者电车、有轨、渡船、地铁、城铁什么的)。但是要注意这里是不包括大城市的，大城市的公共交通工具总是人山人海、拥挤不堪的，你即使有幸挤上去了，也极有可能是被塞到了人缝儿里，不仅什么也看不见，而且还可能成为"三只手"的下手对象。

在一个陌生的中小城市里随便乘上一辆公交车，向着终点前进，看上车下车的人说话走路的样子，看窗外一站又一站的景致，听人们在车上的议论。这些普通乘坐者无一不是急欲结束之的东西，在你，都是莫大的享受。不仅可以藉此看见陌生而新鲜的东西，还能回望自己熟悉而忽略的东西，可以迅速地将自己过去的生活与这种新鲜的生活经验进行自觉不自觉的对照，在对照之中实现超越，超越我们日常生活习见的场景，超越自我生活的麻木，在一片乍然而来的清醒里，享受旅行带来的快乐。

城市旅行的妙处，是可以在一种似乎是习以为常的与自己定居地相仿佛的环境与生活方式里，感受完全新鲜的环境面貌与人文气氛上的细微差异。在近似里望见相异，在熟悉中触及陌生，从而更贴近自己原来生活，拓展了自我。

曾经在一个陌生的小城市里，沿着一条路走过一个有桥的交叉路口，日后又无意中从桥的另一边走来，又从另外的一条路通过了那个交叉路口。从两个方向到达这个有桥的交叉路口，将这路口在自己方位定位的心理地图上的位置确定了下来。这种地理经历在心中形成了一种豁然的贯通之感，它是通过平衡来确知外面世界的小脑建立有意义的链接的一种必要条件，也是它在平衡之外所拥有的确认外部世界的一种高级形式。一旦产生了这种贯通与链接，一旦抵达了这种高级形式，我们在世界上的位置，世界在我们心中的平衡之感就会不由自主地又清晰了一层。自己关于世界的轮廓,就会又被完善了一圈。

这样的乐趣在熟悉的城市里是难以获得的,它需要一定的陌生感作为新鲜的隔离,以换取我们兴趣盎然的目光与视角。不过在一些到达过的或者曾经熟悉的城市里的再次旅行也并非没有另外的乐趣。

那一年回老家,惊讶地发现一些年来一直发生在别的城市的"天翻地覆"的变化终于也在保定发生了。随处可见的"拆"字写满了临街的墙和屋,很多地方已经是一片瓦砾;包围大慈阁的斜斜的街道和热闹的老保定气氛都已经不见了,据说这是为了要让大慈阁露出来,让人从远远的外面的大街上就能看见,吸引游客的目光。而大慈阁周围的拆迁只是整个城市改造的一小部分,是彻底消灭老城区狭窄逼仄的生活方式的大规模运动的一个片段。

那一天的上午,坐在曾经的闹市之中安静得出奇的废墟之中的一棵倒下来的老枣树的树干上,遥想儿时从保定电影院出来,沿着身边这条不知道存在了多少年的拐来拐去的小街,带着受了打仗的电影强烈的情绪影响而有些滞重的头脑,孤独地向家里走去的情景,提前让幼稚的心体会了一次无语的哀情。城市历史的笔画就是由这样短暂而深入骨髓的个人记忆片段组成的,个人和家庭的无数个重复的过程将气质和血液浸透到了地域和建筑之中。地域和建筑又以其相对恒久的存在将这些气息散发出来,成为后世生活永远的参照和关怀。老保定们对老屋老街的恋恋不舍并不单纯是"故土难离",和大慈阁之类的孤岛一样的古建筑在一起的周围的民居已经和它融为一体了,是历史——至少是这大几十年的历史——的见证,是他们代代相传的生活方式的固化。拆掉了"周围",让古迹脱离开所生活的环境,成为一处标本似的东西。高开区一样千"城"一面、全国一面的城市的变化在毋庸置疑的经济浪潮之中势如破竹,以文化和习惯的名义被要求保留下来的传统生活场景,力单势薄,而且往往在拆迁和新建以后没有几年人们就又重新适应了虽然丧失了老树浓荫、花花草草的院落但毕竟现代化多了的居住条件。那些曾经的特别,那些以环境为依托的文化存在,在抚平伤口以后正以自己顽强的生命力对保定这样一个公认"有味道"的地方进行莫可如何的再造。

门口的大旗杆拆了又建的直隶总督署现在是保定的重要旅游景点,是保存最好的一座府衙。里面的柏树参天,是原来的政府所在地,也是猫头鹰的家园;领导们在屋子里开会,猫头鹰们在树枝里养育后代;领导们下了班回家了,它们却睁开了机警的眼。大柏树下面花白的猫头鹰粪便和被啄成碎块的老鼠尸体都是稀松平常的景观。在这里做过官的李鸿章们的照片突然被郑重其事地悬挂出来,让人感觉在尊重历史的冠冕堂皇之中,可能其实是出于不多的敬意和较多的门面需要。不管是出于当代人什么样的现实愿望,反正祖宗的老建筑是被保存下来了,和距离它不远的中国名园莲池一样,它们在沉默的历史中永远无言地望着一代代人的浅薄或高尚。

莲池在民间是以讽刺慈禧的石雕莲叶托桃（连夜脱逃）而著称的。"文革"期间在里面建设了永久性的泥塑收租院，穷人们哀哀无告的样子永远在一个角落里上演着，和游园的市民们在莲池藕榭、曲桥碑廊之间寻找着角度照相的幸福情景相映成趣，成为一个相当长的时期之中活生生的旧社会的苦和新社会的甜对比的标本。只是现在它的门票早就阻止了市民们对这里街心花园式的休闲需要，彻底清除了这里的生活气息，成了"大老远的来了怎么也得看一看"的游客们独有的景点了。

南关古已存之的老桥和它周围喧嚣的小买卖摊子一起都不复存在了。新桥加了宽，拆了被历史磨得光光的大石块，铺了沥青路面。虽然因为买和卖的习惯记忆使这里还是经常显得人流如织、拥挤不堪，但是那种老树荫下的小街窄巷里的招呼和叫喊已然因为尘土飞扬、宽大阔远的空间而变了味儿。但是，在崇尚超级市场购物的时代风尚之中，南关大桥老而小的买卖并非纯粹靠着过往在人们头脑中形成的记忆支撑着自己的前程。货真价实的传统永远在这里的商业活动中顽固地占据着主导地位，吸引着一代又一代保定人乐此不疲地到这里来上演买和卖的日常生活景观。只说那小小的江米条，价格比别处便宜（很长时间里都三块五一斤，蜜饯、桃酥、大饼干，所有的点心都是这个价格；当然在后来的通货膨胀中这个价格终究还是难以为继了），味道比别处地道，酥脆甜爽，既有水果的口感又有面食的厚道，一口一个，一口几个，一斤二斤手里拿着。如果不是旁边的亲友提醒，即使是一个成年人也会在不知不觉之中很快将其吃光。过了很多很多年、走了很远很远，回过头来才明白，这种儿时只能偶尔吃一次的小东西居然是普天之下最好的江米条！

当然，像所有自然之物一样，好吃的东西并不集中（那种将所有的好吃的东西都集合到一条街上的做法本身就十分可疑，所以那样集中了以后的东西并不好吃也就不奇怪了），总是在一个地方有一样特别有名的东西，在另一个地方又有另一样。回民卤煮鸡（保定话叫"小闷子儿"，"小"是说小鸡，其实有时候也并非小鸡，这时候的"小"就是一种爱称了；"闷"是对卤煮的简称，这种叫法里有一种因为对这种食物心向往之而津津乐道、暗暗地流着哈拉的意思）就不在南关而在东关，东关回民聚居的地方，沿街一溜摆开一家家的以一个笸箩为单位的摊子，扯起来的横幅上写着自家的招牌。其中自然是刘氏三兄弟的最有名。可是就在它的旁边还有三兄弟刘氏、刘家三兄弟、刘氏三弟兄、弟兄三刘氏，等等，极尽这几个字（和这几个字的相似字）的排列组合之能事。虽然注意到了这个细节的人往往都不由自主地笑起来，但是倒也没有听说这些摊位铺面之间因此而打起官司来。大约是因为大家都还好卖，工艺和味道也基本相似，最多是最有名的卖完了，不太有名的再卖。这种买卖有一个规矩，不管多么好卖，每天都只是做这么多，一般是以一笸箩、两笸箩为限，上午做出来中午之前开始卖，卖完了就收摊儿，绝不因为好卖而多做；这就为大家各个买卖都留出了生存的空间。当然这样明显是不符合商人追求利润最大化的原则的。是不是正是这种不符合才拯救了人们的口味，不使竭泽而渔式的大规模的集成化、连锁化生产和销售的现代商业原则倒了大家的胃口呢？反正卤煮鸡的好吃是实实在在的，它让人因为它的美味而一点儿也想不起来那些小小年纪就被卤煮了的虽然卑微但也同样是生命的生命。另外一家以做鸡出名的是马家老鸡铺，据说选料必须是鸡形丰满，肉多膘肥的活鸡，并一律要按回族的俗规宰杀，叫作"宰鲜、煮鲜、卖鲜"。生鸡下锅之前要用镊子将未烫尽的羽毛全部拔光，煮鸡时除按规定比例投入葱、蒜、姜、花椒、大料、桂皮、白芷、小茴香等外，还投入自制的五香粉（含砂仁、豆蔻、肉桂等名贵中药）。加工出的熟鸡一翼插入口腔，一翼窝向后方，两爪插入膛内，整个外形呈琵琶状。每天开店之前门口就排上了长队，开卖之后新来的排队者一般都要先到前面看看还剩多少，自己现在再排的话还能不能买到。

白运章既不在南关也不在东关，而是在城中心。牌子上介绍说是"1919年白运章以自己的名字命名的。白运章包子皮薄边窄、馅大油多，把包子拿起来一晃，成肉丸的包子馅能在里边晃动。先将肉馅以高级酱油和面酱煨制，用花椒大料水调软，再放入小磨香油、味精、葱花、姜末和切碎挤干的菜馅"。不过，和所有那些旷日持久的饥饿的年代里的包子的命运一样，现代人对即使是白运章这样大名鼎鼎的包子也很难恭维了，不是说包子本身不好，而是人们的胃口已经很难再适应那种过分的油腻。上一桌酒菜最后再上一点儿人们都已经吃不下去了的包子的情景在包子店（还有饺子店）里都是司空见惯的，很多时候已经失去了过往的岁月里那种吃包子就只是吃包子的淳朴的快乐。这里面既有饮食习惯的夸张与铺排的原因，也有商家利用这个习惯追求包子之外的高额利润的诱导因素。

同样在城中心的还有槐茂酱菜。用草鞋样的篓子包了咸菜面酱，贴上片大红纸，拎着，那是外地人的阵势，保定人自己消费还是散装的腌花生、腌春不老（为"保定府三桩宝，铁球、面酱、春不老"之一。保定种植的春不老是专供腌渍的一种叶菜，与疙瘩头同属芥菜类，但肉质根小，叶柄长而圆，腌渍后，无论存放多久仍保持绿、嫩、脆的本色，别有风味，既不生筋长柴，又无苦涩味道，为冬春季不可多得的腌菜）。而用槐茂的面酱做出来的炸酱面的味道，是用别的牌子的面酱绝对做不出来的……

保定人在物产有限的北方靠着一代一代人对生活、对生活细节的热爱，培育出了一种"津津有味"的日常存在状态。他们创造出了回民卤煮鸡、元宵王元宵、牛肉罩饼、驴肉火烧、糖葫芦王糖葫芦、槐茂酱菜、南关江米条、钟楼面包等一系列好吃的东西（最近这几年又有保定会馆、北斗星、小放牛等新兴的餐饮品牌出现），仿佛要在饮食领域展示对自己、对家人、对朋友、对人世永远的眷恋。沐浴在这样的眷恋里，游走在保定的大街小巷，看了这边看那边，吃了这个吃那个，让人对"美食是爱的表现"的理论很有些感同身受。我们在这个世界上想的常常是除了吃还能做些什么，而另外一些平凡而伟大的人想的则是在吃这件事上还能做些什么。不管是吃之外还是吃之中，只要认真地去做，好像都能遥遥地望见精神的彼岸。

  宽容地看待旅行的目的地，宽容地看待外面的世界，不管是城市还是乡村，不管是从未到达过的地方还是曾经多次驻足的所在，旅行总是能为我们的生活带来崭新的视野和俯瞰自我的认知。我们在道路上的日日行走，在旅行中的地理经验的逐渐积累，会使我们与人之为人的至清至明的境界的距离越来越近。

柏林市中心的森林
——城市与乡村

在相当于北京前门位置上的柏林勃兰登堡门前，是一个面积非常广大的森林，这个森林占据的位置其实就是整个柏林的中心；在我们的经验里，市中心如果还有这么一大片近于荒野状态的所谓"空地"的话，估计早就被开发了。而就是在这个周围遍布总理府、议会大厦、菩提树大街古文化街区、施普雷河风光带、博物馆岛、犹太人纪念碑、苏军纪念雕塑和各国使馆的核心地带的城市丛林里，林荫蔽日，地面都未经硬化，小路逶迤如乡间，春天里的鸟儿起起落落，大兔子带着小兔子一家子都蹦蹦跳跳地在草地上吃着草，隐隐约约地还能看见灵巧的小鹿迅速地跑过。和煦的阳光照耀着躺在草地上晒太阳的人们，照耀着树林中的池塘和池塘周围经年的高大茅草边的那些古代雕像。这巨大的城市森林的一角被柏林动物园所占，动物们在这人类聚集的世界大都市的核心，悠闲地度着自己的时光。

在柏林的一个月的时间里，这片森林成了我最经常光顾的所在之一。以这片森林为基点，骑车向各个方向穿越柏林成了对于这座美妙城市的旅行的一个基本方案。正东、正南、正西、正北，东南、西北、西南、东北，任何一个方向的来回起点与终点都是这一片树林，从这里出发再回来的任何一个方向的行程不管是一天还是两天，这一片树林都成了对于整座城市的个人化的地理记忆中的一个最重要的节点。

柏林市中心的树林使人对于那种一般性的以城市作为旅行目的地的做法，再无任何疑义，这样的城市确实做到了将人与自然、文化与地理、建筑与环境恰到好处的结合。这样的城市是人类文明积累的硕果，是幸福生活的科学合理的布局与规划的结晶。任何旅行以这样的地方作为目的地的时候，都是天经地义的。它们作为人们向往的地方，足堪其任。

与先发达国家的城市相比，尚处于发展阶段的地域的大多数城市，虽然占有比农村多得多的公共资源，但是也还经常是将城市与乡村的缺点合二为一的集合体。城市的污染和喧嚣、城市的拥挤和嘈杂、城市的治安隐患和不安全，这样的问题城市里一样都不少；而乡村的尘土飞扬与公共道德缺失、乡村的没有秩序和非法制状态、乡村的贫穷与艰难，这样的问题城市也一样都不少。比较之下，倒是乡村，尤其是偏远乡村里至少还多一些蓝天白云，多一些干净饮水和洁净空气，多一些邻里乡情的淳厚。

乡村是真实的，无论贫穷与富有，大家的状态都那么真实。各种各样的真实导致了破落、不光鲜、不卫生甚至是丑陋，也造就了自然而淳朴的、无奈而麻木的，甚至是木讷而愚钝的容纳。容纳在人类的行为概念中永远是美的，因为它包含着人类个体之间的关系上的一种无私的美。当战争中、政治落难的时候、下乡的过程中，甚至是旅行途中的人们被乡村的容纳着接受了的时候，被接受者都是感恩戴德的，却也每每是善忘的。

　　乡村还保留着它们也许可以归入原始的人类情感中的互相协助的成分；与乡村所保留的自然相比，乡村人心中的这种自然显得同样甚至更为可贵。它是真实的，无论是风景还是情感，时代的进程之中，真实的东西的价值因为稀缺而日显珍贵；尽管可以因为真实而可憎，但更可以因为真实而可爱。只是有这样一个疑问：这种真实的保留是不是一定要以经济的不发展为代价呢？是不是城市变成了小镇，一切美好的遗存也就随之而去了呢，甚至会变得比相对规矩一些的城市更没有章法、更矫揉造作、更面目可憎？这实在是人类生态的一个大问题。这样描述乡村和乡村可能的变化的时候，我们自觉不自觉地是以现在的城市生态做比照的。在我们生存环境的选择中，除了这两种绝大多数人的选择以外，能有别的选择的人毕竟还是少数。

　　城市占据了媒体的主流，从服装流行趋势到家具时尚、业余爱好，都和乡村了无关系，而媒体传播出来的信息给人的感觉向来是生活的全部无不在此；在这种情况下，即使不是故意的，乡村也是被忽略了。似乎以前是城市户口难得，如今是城市住房的难得就可以直接证明城市生活优于乡村生活了。

城里人用着水库里收集了所有上游流经了诸多生活区和工业区的水,却很讲究卫生,每天洗澡;城里人边界感强烈,一些人却因为自身素质问题而像是天然地具有互相蔑视和一律蔑视乡村的特点。相对于乡村来说,它是不真实的。说城市不真实,是相对于乡村而言的。乡村的风光相对于城市而言,保存了更多的自然的成分;乡村的人们,植根于土地的习惯使人和人之间保留了更多的直率和温情;他们为了生存,为了生存得更好,为了能使孩子娶得起媳妇,为了能盖上一处好房子,为了把地种好,为了不让果树长虫子,为了下一代能交得起学费和书费、上得起学,为了所有最基本的愿望的实现而煞费苦心地寻找、苦拉苦拽地挣扎、小心翼翼地躲避。每一个白天和夜晚他们过得都很真实。

在相当长的一个历史阶段里,城里人和乡村人最大的区别大概就是普遍意义上的有钱和没钱。城里人的钱一般来说都不是庄稼地里长出来的,很多都不是看得见的果实和看得见的劳动换来的。他们是办公室里的动物,坐在办公室里埋头文字,乃至于从形式上看像是喝喝茶、看看报就挣钱,他们在各种各样的会议上讲讲话,不仅挣钱还被尊敬。他们普遍衣服光鲜,模样白皙;他们审批着所有具体地劳动着的人的生老病死、婚丧嫁娶、升学当兵,不断地告诫这不行那不行、这不许那不许。他们使者一样来到农村,指出这样那样的问题……

与此同时，城市生活着的人们的精神和躯体割裂感往往又是锐度很高的，抑郁症及其他心理问题层出不穷；很多人脱离开了乡村那种物质与精神原始的融洽，却始终没有找到所谓更高层次上的重新融合的点，他们没有根地飘；他们像是上了套儿的驴，无休无止地在生存和享受的圆圈里做丧失了意义的重复。

　　乡村和城市的生态，就是这样既恍惚又残酷地存在着。它们作为旅行的目的地与作为现实的生活聚居点之间的张力，常常在带给所有的旅行者以各种各样的享受与愉悦的同时，也带给他们诸多的疑惑与困扰。旅行毕竟是在人间，超越也是暂时的，所有的旅行者也都是一个一个有着最具体的生活实践着的人。这种发展中的状态，或许反而成了让城市与乡村成为旅行目的地的魅力所在。

衔接的诱惑
——郊区

在骑车沿着莱茵河所进行的旅行接近尾声的时候,在越来越接近荷兰的海港城市鹿特丹的一段路上,平坦的田野上河道纵横,牛羊在蓝天白云下面悠然地啃食着青草,古老的风车作为曾经的实用之物和现在的象征,矗立在一条一条绵延的汽车道和一条一条甚至比汽车道还要宽的自行车专用道的视野尽头。小小的几户几十户人家的村落,渐渐地多了起来。等出现了新建的郊外小区的时候,距离鹿特丹就已经只有几十公里了。

鹿特丹不是突然出现在平坦的大地上的,它在莱茵河口上的繁荣向着内陆的伸展方式,是逐渐过渡的。先是几十公里范围内的稀疏村落和小区,然后是十几公里范围内的较为密集的生活区与附属建筑,然后才进入鳞次栉比的城市街区。城市街区中居住着的多是从事体力劳动的人;高收入的人群大多都住在郊外,住在离开城市比较远的小村庄和居住小区里。

鹿特丹的城市和郊区的关系给人的印象深刻。城市是建筑的堆积，一栋栋各个历史时期的建筑互相之间没有缝隙地紧紧地挨在一起，正如我们的城市中所习惯的那样。而郊外的小村庄和小区则完全是另一番景象，即使是多层建筑也基本不超过四层，前前后后都有很宽敞的院落和公共绿地，池塘河流贯穿，大树小路连接与镶嵌在通向小区或者村庄的广阔原野之上，形成一种十分理想的城乡结合、人居与自然环境结合的景观。

城乡接合部经常是一个城市最有特点的地方。看一个城市有一项非常主要的内容就是看它的郊区，看它的城区和郊区过渡的地方。在城市的边缘，在城市和乡村接壤的地方，具体的衔接格局是什么样的？第一座城市建筑一般都是些什么功用型的？是不是经常会有更新的建筑取代原来的衔接性建筑？郊区作为城市的辐射地带，作为城市最开始的地方，不仅具有社会学的研究意义，也同时有相当的美学内涵：它显示着人类在自然中建立自己的聚居之地的方式和方法，显示着不同地域的人们对于建筑与自然的不同审美态度。

欧洲城市中的这种衔接因为有着被严格执行的规划设计的约束，一般都非常明确，城市在一个地方会戛然而止，乡间会从那个城市停止的地方马上开始自己的范畴疆域。田地荒野，森林河流，以一种似乎从未受到过城市打扰的方式将自己展开。在很多发展中国家，一般来说这种处于城乡衔接位置上的房子都是违章的临时建筑，是经营性的棚子，是把承包的耕地转作工厂之用了的作坊，甚至就是垃圾点。受着城市影响的乡村从原来的质朴一变而为唯利是图得肆无忌惮。城里不准进行的暧昧买卖、制假造假窝点、交通死角、垃圾围城之类的社会病都集中在这个地区。这里的文化特征和文明程度往往是一个城市最真实的形象体现：城市口音突然弱化，视野之内少了警察和工商管理城市管理人员，底层的人们在最原始、最简陋的生存状态里的没有遮掩的真实纤毫毕现。而每一个城市的郊区，这样的景观里都有着自己的特点，穿衣打扮、居住习惯、语言方式、民风乡俗都会暴露无遗。

地处市郊的无边界的城市公园，大约是这些城乡衔接方式中最富于诗意的一种了。它们一般依托河流或者护城的林带建成，投以巨资并被精心呵护，虽非什么著名的景点，却正是一种被保护过、被整理过的自然的妙态。在一片相对广阔的风景中，让享受自然的人获得一种虽为模拟但因为面积足够广大而仿佛是真正的自然一般的感受。这是无边界的市郊大公园，自然保护区概念下的自然休闲区域的审美本质。南京的以中山陵紫金山为核心的东部山林景区、长春的净月潭景区、郑州北部的黄河观光带、石家庄的太平河景区等都是基本上符合这种意义的审美实体。沿着一条自然的山脉与河流，将山林或河岸改造成适宜观赏的公园化的景区，游客既可在一个地方盘桓，也可以沿着山林中的小路或者河流的方向向纵深处、向上游或者下游一直走下去。尽管不是永远的公园，但是开始与结束的地方都因为与周围的自然环境没有明显的隔断，所以就能让游人在心理上获得一种"无限"的印象，从而增加了游览者内心里的自由感，也使整个公园的心理效果被强化了很多。

当然这与发达国家的那种整体环境上的自然化状态还是无法相提并论的，在那里没有达到公园状态的反而是星星点点的个别地方，一如发展中国家达到了公园状态的是星星点点的个别地方一样。不管是那样理想的郊区还是我们自己的郊区，郊区旅行的乐趣都是一个城市诸多方面最真实的呈现。郊区既有风景，也有人们的生存状态，还有纵横交错的道路与绵延不断的旅程相协调，可以随意地走出去很远很远。

大约是2002年，在桂林周围的郊区地带骑车游逛的过程中，很偶然地到了广西师大的校园外。那里有大学生公寓小区，学生们从大学的后墙上开的小小的门里把自行车小心而吃力地推出来，横过非常有坡度的马路，进入小区（那小区有一个当时还显得独特的名字，叫作什么小筑）。小区实际上是一面山坡，阴湿的树和大大小小的小吃排档鳞次栉比。我骑车进去，恍惚间有点儿不能确认自己此时此刻的所在，在两千公里之外的一个城市的一个城乡接合部的小区里？一个和自己从来没有过任何关系将来也永远不会有什么关系的小区里。到一个自己从来没有来过的地方，转到一个和自己永远也不会有关系的所在，在完全异样的时空之中，突然，非常明确地看见了自己的存在。这是旅行带来的快乐，是一种"准流浪"的自由感觉。

在这学校周围的通往乡野的小公路上,到处都是桂林山水的模样。牵牛的老婆婆,走在稻田之间的泥路上。那泥路两头直直地连通着两个在"桂林山水"里的村庄。放学回来手里拿着一条小鱼的少年,问路时非常配合的路人——他们有着南方特征鲜明的长相,却也有着和北方农民几乎是一样的淳朴和善良。在桂林的东郊,在这个雾气和热气都沼沼然的中午,我看见了土地上——从来没有见过的土地上——的人民和他们的生活。

在桂林东郊没有被城市化过的土地上,在一座座兀然挺立并且植被丰富的小山之间的稻田边上,在汗水一点点地在浑身上下渗出来并占领了思想的空间以后,我有如是的感想:植被占领了南方的土地,使人们无法涉足,造就了神秘感和未知感;南方的潮湿使思绪行之不远,行之不远就在潮热的空气里坠落到了现实中。北方的凉爽和开阔使人易于沉思,能够从容地享受思考的快乐。不过,这个感想在桂林西郊的桃花江边的自行车漫游里几乎又被我自己推翻了。那种伴随着桃花江行进的流畅,那种植物和田野、稻田和小山辉映的和谐,那种在这大千世界里用自身的力量驾驶着自行车奔驰的惬意,如今想来都是一种极致性的体验。任何思想在这样的环境里都可以自由地进行和不进行,滔滔的水声在一座桥边上不歇地响,山与植物的气息漫过了大家的身体,使我偶然发现那就是芦笛岩的惊讶早就有了感觉的根据。

顺着桃花江,弯度很适中的平滑双幅公路(那时候桂林郊外的公路绝大多数都是单幅的），一边是郁郁葱葱的大树，显然是过去公路的痕迹，一边是小树，是用彩色地砖铺就的人行道。再往外就又是桂林的山水地貌了，山是突然立起来的山，水是种着稻田的水，香气弥漫；骑车在这样的公路上有速度的奔驰，时时都能望见那平静的桃花江水。

靠着车子站在河边，面对春光之中显得格外蔚蓝的河水，看春风在河面上形成的一个个持续不断的波纹褶皱；凉爽的水汽在干燥的春风里被呼吸仔细地捕捉到，显得特别难能可贵。在水边上获得愉悦，这是人类的原始记忆，既因为实用，也因为审美；因为实用而美，也因为美而实用。

暮色苍茫，水汽香气缠绕，翻上卢笛岩的山腰，沿着笔直向西的路，向着未知的前方前行。绕山而行，一辆蹒跚的公共汽车从泥泞里吃力地爬上绕山公路，向着我所从来之的方向而去。那上面坐着终于赶上了最后一班车回城里的人们，他们结束了他们自己在城外的事情，带着满足，带着遗憾，带着还要来的愉快或者烦恼，身心疲惫地走了；他们看见我这样一个奋力骑车的人的时候，心里会掠过一阵怀疑？一点儿怜悯？一种不以为然？不管怎么样，我都是逆着它前进的。在寂静的、没有一点儿声息的山谷公路上穿行，爬上山腰处最高的所在，速度在那里变到最慢最慢。如果有什么劫道的之类的事情大约都会在这种地方发生的，里面的山上树木葱郁，夜归的鸟儿偶尔短促地鸣叫一下，然后就又只能听见自己的喘息了。谁也不能想象，再有几个小时我就会坐上火车，离开这一切，向着远远的北方归去。

下山的路比上山的路还是要快很多，也舒服很多，桥上有一两个乘凉的人，一对恋人在吃力地向上骑着车，他们要投奔那江边山脚的夜色，在夜色的掩护下、在水光的映照里去展开他们的爱情。江边上的小汽车还没有启动的迹象，一男一女坐在水边垂钓，垂钓不过是他们在这个时间坐到水边上来的一个通俗理由。

翻过山脊，是两条路，一条据我判断是环行的绕山公路的一部分，而另一条呢，它通向了山后的平原，笔直地沉浸在夕阳最后的光辉里，果园的香甜与小山小水的衬托都使这条笔直的路所通向的地方有了某种意义上的神秘与有趣。这时候我如果沿着这条笔直的路走下去，那回来的时候天一定会黑下来了；但是如果不沿着这条笔直的路走下去，遇到下一次的机会就几乎是人生中最渺茫的事情了，那么它所通向的地方，和沿着它前进的感觉就会成为自己永远的猜测。这个念头一闪而过，我几乎是毫不犹豫地冲了下去。为了两全其美，我骑车的速度是风驰电掣的。在那笔直的路的尽头是一条横着的路，一个方向是一个什么工厂，一个方向是泥水很多的乡间小路，到了这里我不得不遏制住自己去所有没有去的地方、走所有没有走够的路的兴趣了，夜里还要坐火车，而现在，天已经黑了下来。自行车在那个丁字路口上刷地一转，就又原路回去了。绕山一圈，沿着另一侧的没有人也没有车的路过了桃花江上的桥,向回走。刘三姐大观园门前的音乐很响,但是似乎是没有什么游客。过了机场路以后,就进入了市区,很快我又回到了桂林的大街小巷之中,惬意地躺到了象山公园的广场长椅上。我的桂林之行就要结束了,纷乱的印象在蒙眬的睡眠之中无序地展开。关于一座城市,关于一座城市的郊区,关于漫游一座城市和一座城市的郊区的永远的印象,一点点地刻画到了审美的记忆之中。了解了郊区,才更清楚城市;对于一个事物的掌握,除了对事物本身的钻研之外,还需要周详地去看这个事物的周围,这就是所谓郊区旅行的美学。

小路上的诗意
——乡村

那条斜穿平原的道路终于在初夏的风吹麦浪、香溢四方的季节里得以重行。这一条旧路狭窄多弯,细节密集,这并不妨碍它在大方向上有着明确的指向:由城市而乡村,由平原而山区,它是一条古人凭着自己对两点之间直线最近的朴素本能用脚踏出来的捷径。那些弯儿都是为了连接各个村落,各个有人类居住的地方,让尽量多的人都能享受到这条路的好处而在距离上做的一些小小的妥协。

一代又一代的人在这条路上来来回回地行走,走过来,走过去,从平原到山区,又从山区到平原。他们用自己的脚,用手推车、马车、驴车、自行车,一代一代地脚踏实地地把这道路巩固下来。终于,在大量地使用汽车的时代出现以后,它的狭窄和多弯儿成了不能克服的缺点,它的丰富的细节不再作为自然与审美对象放任自流地存在了,它们影响着速度,影响本来已经很快的交通工具发挥出更高的速度。大路大约是为了避免过多的拆迁费用而彻底抛弃了这老路的捷径指向,选择了绕行;虽然是绕着圈走,但是道路宽阔而流畅，还是比走这老路要快很多。这老路也就蜕化成了一条连接村与村之间的日常生活的交通需要的小路，再无人修理和维护，路面逐渐变得破烂不堪，然而它丰富的细节却在寥落中被保留了下来，成为今天的旅行者眼中稀罕的"古迹"。这古迹可以让人望见以前的路的状态，从而想象走在这样的路上的人的状态。如今骑着车或者步行其上，那样的景象就着自己的呼吸的声音，还有树上的布谷鸟的嘹亮的鸣叫一起，在我们心中营造出一种无限的爱意，一种无比的满足幸福。这种没有明确目标的笼统的爱意与幸福通常被命名为诗意，是所有真正的旅行者都心向往之的目的地。

在过去了20年以后，我踏着青春的记忆重新走在这初夏时节的斜穿平原的老路上的时候，不经意地碰到了这所有旅行者们的目的之享；它立刻就弥漫开来，让我如醉如痴，让我明明脚踏大地却仿佛已经飞了起来，让我明明骑着车却像腾云驾雾。至今回想起来，仍然有无与伦比的惬意，禁不住立刻就想重温。这也是为什么我们对曾经获得过审美感受的地方总是一而再地重返的原因。

在纯粹的平原上，风景是很容易枯燥起来的。一样的村落和耕地，一样的表情和神态，甚至连院子里的树木的样子也竟没有什么不同。经验表明，如果能使平原上的旅行更有意思，那就应该有河流，或者有丘陵，或者有树林，再次也要有荒野，总之给变化以适度的空间；原始自然在河滩林畔之类的地方多少还留着那么一点点的影子；而在无边无际的平原上，这一点点影子就足以让人流连了。即使这些东西尽付阙如，如果还能有过去的年代里的小公路，就是那种树木直接种到了路边上的窄窄的小公路，小公路在村庄之间蜿蜒伸展，随形就势，一切以村庄里的需要——也就是原来以步行为主的交通方式自然形成的与人方便的弯曲——为准。那样的行旅也是有意思的，就因为还能从这样的行制之中感受不受多少隔离的、与周围的人和人居的亲密关系；随时可以停下来说话，随时都能望见路边上的闲人闲事，而不必担心身后身前有什么大车呼啸而来裹胁而去，弄得飞沙走石、尘土飞扬，大煞风景。

可惜这样的道路是越来越少了（20世纪80年代末的郑州郊区——东南郊——还有不少呢，春天的时候，两边的梨花枣花油菜花的颜色与香气弥漫在那样的小公路上，骑车而行，信马由缰，实在是莫大的享受），似乎只有死胡同式的进去以后就只能原路折回的地方（易县娄亭柴厂自然生态村之类的地方）还多少保留着一点点了。

小路上的诗意是乡村生活为这个世界留下的仅有的农业社会的田园时代里的遗存之一了，它是乡村审美的一个侧面，是以乡村为旅行目的地的旅行中的诸多独特享受中重要的一种。

这样可以依稀找到的旧时乡间诗意已经越来越少，骑车漫游方圆几十里的偏僻之处，也许久才有此一遇。未经刻意安排，尤其是未经刻意针对游客安排的自然山水，才最审美。一旦人为的目的性因素介入，便失去了自然地理格局那种不被过分打扰的美。

记得一位长期在海外居住的华裔音乐家在接受国内的媒体采访的时候被问到一个理想的栖居之地的问题时，他略略地想了想，肯定地说，大约只有中国的偏僻地区的农村了。这个答案非常让人吃惊，他没有选择发达国家良好的空气环境里的低密度住宅区，没有选择一线城市"北上广深"，而是选择了农村，而且是偏僻农村。如果不是矫情的话，那所为何来？他解释说，只有在那样的地方，才不仅有良好的空气，淳朴的人际关系，更有被保存得比较好的农业社会的生产生活方式；在那样的地方，不仅你的呼吸是顺畅的，你与人的交流也是纯然无碍的，善良无处不在，人类的一切都在一种与自然和谐的健康状态之中永远可持续地运转。

确实，农业社会大约是迄今为止在人类所有的社会形式中最符合人与自然和谐相处的时代了。农业社会自给自足，人们远没有今天的商业社会里对金钱这么歇斯底里。大多数的人还都处于一种自然自为的人生状态里，不会赤裸裸地以金钱和权力为一生中最高的目标；大家还都像是正常的地球子民，日出而作，日落而息，像任何正常的动物植物一样，陶然于天地四季的轮回与秩序。花草在没有污染的环境里不受打扰地生长，万物循着自己的轨道，按照上天的规则运行着，人只是其中一个顺应之物……虽然在这个最接近天人合一的理想的社会形式里依然有疾病与压迫之类的人间痛楚，但是既有的其他社会形式又有哪一个可以将这些负面的东西避免掉呢？从这个角度上说，农业社会大约是人类有史以来最符合天地之道的社会形式了。

当然，乡村有纯净的空气，宽松的环境，恬淡的生活，却也有源于社会发展过程中根深蒂固的被忽略的地位。公共资源匮乏，很长时间里都没有低保、医保，没有垃圾处理系统和上下水系统，没有路灯……就更广泛的意义上而言，很多乡村早已经不是农业时代的自耕自种的美妙田园了。它在风貌上偶尔的遗存不过是以发展为代价的原始细节，在背景里却始终有挥之不去的伤痕。

元氏县西部丘陵地带起伏的道路上，连接着一个又一个塬上村庄的坎坷小路上，经常可以看见挎着、背着用蛇皮带子改制的口袋的中年妇女，或者是抱着一捆柴火或者背着一点点从地里收获来的庄稼，赶了一趟集也只是买了一袋儿盐，一个人在起伏而荒凉的道路上踽踽而行，缓慢而寥落。她们穿着平底布鞋，在应该还算是风韵犹存的年纪上，早早地就不再关注自己的外表了。随便什么衣服地凑合着，露出不应该有的老态——彻底放弃了生活中除了温饱以外的追求。生活压力使她们眉宇间常常锁着愁绪，用自己余生的所有力量想方设法地供应着自己的孩子、自己的丈夫，别的就什么也不想了。

在丘陵地带的道路上骑行着的时候，和这样的中年人擦肩而过，她们这种过早地牺牲掉了自己生命中的亮色、过早地衰老下去的状态，总是让人心有戚戚焉。实际上不唯是这样的女人，男人们、孩子们身上也无一不显示着匮乏造成的难堪。生活在匮乏中的人，连挣扎的力量也是极其微弱的；不管是愤怒也好，认命也好，实际上大家都处在一种无计可施的无奈里。物质在相当程度上毁灭着人们的精神，不管是极大丰富以后的倨傲，还是极度贫乏时候的无奈。而后一种似乎因为天然的与弱小的善有关，更能引起同情。

乡村旅行中的这种景象是自然景色之上的民生状况的现实。它在旅行者心中引起的涟漪、激起的同情与自然审美并不矛盾，人生的状况与审美的享受从来都是兼而得之的过程伴随，人在发展中投身改善自身状况的努力，更在审美中获得人之为人的精神本意。

立春以后的天气不仅没有暖和起来，还比前几天更冷了一点儿。那种阳光安静而温暖的冬日小阳春的停滞状态突然结束了，立春带来了格外的阴冷。不过，这种阴阴的冷已经和正经冬天里的刺骨的寒冷有了区别，它更多地以风的形式作用于任何裸露在外的皮肤上，而不再有穿透厚衣的力道。这种凉凉的风里已经透露出了天地之间正在发生着什么微妙的变化，光光的树枝树杈在阴阴的天色里让人盯视久了，似乎已经能看出有大小不一的骨朵冒出来。这并非错觉，不过那些骨朵自从去年叶落以后就已经存在了，只不过是现在该轮到它们上场了，有人注意它们了，它们才像是在你的眼里刚刚长出来的一样。时序已经到了你会不由自主地凝视着它们的时候。

人们有一个专门的词来形容从此开始的寒凉，叫作薄寒、薄凉。并不是不寒不凉，只是不那么让人难以忍受的寒和难以忍受的凉。薄寒的天气里往往是要有薄阴的天色的，虽然没有阳光，但是天空却显得很有点儿高远的意味，不压抑，不低垂，自然从冬天的瑟缩里突然给了你广阔得多的空间。目光所及，没有刺眼的光芒，没有避免裸眼直接去看的一个方向，自然的一切均匀地向你展开，历历在目，清晰流畅；虽然没有色彩，没有光芒，没有生命的任何迹象，不过已经有了生命原初的平静，有了刚刚开始还没有完全开始的时候才会有的那种倾向。树枝树杈在这样的天色里清晰异常，和屋舍的轮廓一样默默地呈现在静止的风景里，并迅速地成为风景最重要的组成部分。

薄阴与薄寒，不温柔却也不刺激，这样的天色，这样的气氛，仿佛高纬度的海岛。海岛因为森林密布、流水众多而拥有漫长的春天，水汽总是及时地大量上升，森林植被的吐纳又对这种上升进行着源源不断的补充。它们互为促进，互为表里，使大地的温度上升得很缓慢也很滋润，使天空之中总是有一层天神腾云驾雾般的来来去去的痕迹，使阳光成为稀罕之物，使人们的脸上总是显示着一种处变不惊的平静，一种见多识广的冷静，一种不容易激动起来的悠长。这种海岛一样的气氛的形成是有前提条件的，除了上述的植被与水域，还有就是要人少。

在春节前几天的北方，这个条件在无意之中被满足了。外来者早早地离开了，定居者在采购年货之余是断断不会到这田野里来看不存在的风景的。偶尔有人走过也都是默默的，不声张，不停留，仿佛已经将往往不自觉的闲人之状做了自觉的收敛。

今天已经是农历腊月二十八了，城市的郊外，田野与田野之间的这一块无边无际的田野，村庄和村庄、道路和道路将它左划右划地让了出来，除了一条铁路斜穿以外就是纵横的庄稼道了。铁路上很久都没有动静，远远地轰隆声中，一团与几十年前无异的白汽里缓缓地驶出沉重的燃煤机车，只有短短的几截。司机从火车头后面的窗户里侧伸出头来观察着前面的铁轨，对我这沿着铁路行走的人格外警觉也格外匆忙地瞥了一眼。

远处，漫漫田野尽头竖立着的山腰上的水泥厂，还在冒烟，即使是过年也不能使它稍有停顿，那滚滚浓烟一年365天，天天在冒，断断没有停下来的迹象。好在距离很远，风向也对头，这里是没有一点儿那烟的影响的。树上的一群黑白花的喜鹊上上下下地飞着，我的到来使它们多少有点儿惊讶。一只大喜鹊在措手不及之间把嘴里叼的东西落了下来，掉到了路边，居然是一只死喜鹊的翅膀，根上的肉已经被剔光了，只剩下了血迹斑斑的软骨。这黑白花的羽毛形状还很完整，只是再也不会扇动了。

一只狗从田野的小道上走过，凝视着我。然后走了。另一只狗从田野的小道上走过，也凝视着我，一直不走，直到我走了很远很远了，它还坐立在那里，一动不动地看着我。不知道它在想什么。大约是感觉在这样的时候，这样的季节，一个人走在乡间的道路上，不骑车而单手推车，一直在步行，有点儿怪，有点儿可疑。

苗圃的狗照例又在我走过的时候汪汪汪地叫起来，惊得竹丛里的麻雀扑棱棱地飞起来一大片，躲在树丛里的两只野鸡急急地起飞，短短的翅膀使它们不能远去，很快就又到了另一处树丛之中。苗圃是平原上的丛林，是鸟儿们仅有的家园。虽然永远不会有大树，树苗稍大一些就会被卖掉，但是因为在单位面积里追求最大利益的原因，所以树苗之间的距离都是很小很小的。这就形成了灌木丛一样的植被密集状态，让鸟儿们误以为是它们的祖先们曾经相当熟悉的野外的好环境复归了。

苗圃那一边的道路一侧是一个用墙围起来的大院，大院很大，里面的屋顶和树木冠盖露出墙来，让人猜测其中春夏秋冬的生活场景。树冠上黑黑的鸟窝安然地被置于树枝的虚空之中。两只肥壮的大狗卧在门口，看看从外面走过去的人，已经懒得吼叫了。只是在过了一个又一个，连续过了几个人以后它们才尽义务似的叫了起来，让大院里的安静愈加安静。

两只大猫轻轻地在废弃了的房子边上徘徊着，它们干净的皮毛一尘不染，不受地皮上肮脏的粪便的任何影响；它们眯起来的眼睛之中有一种一针见血似的犀利，这种犀利和它们缓慢的动作构成一种有意思的反差，显出一种老谋深算一般的怪异。在冬天的肃杀与冷静里，捕捉耗子成了它们的猫生乐趣之外的非常必要的或者近乎唯一的食物来源。它们的目光里少了别的季节里常见的那种慵懒，多了几分认真的专注和不苟言笑的凶狠。好在它们轻手轻脚的样子和缩小了的虎步都只对与它形成比例的动物们有效，不能为这安静的冬天，为这立春以后越发冷凉的天空与大地增添什么不安定因素。

由此跨越一道壕沟到了那一侧，那一侧更为人迹罕至的小路上。人为的边界通常会成为人们自觉的旅行障碍，如高速公路、铁路、运河之类的那一边。大家都习惯性地不去，也就恰恰成了好风景的可能所在。总之，在以大地为审美对象的时候，不要受任何地面上的人为的东西或者人们行为习惯的阻碍。

一个人在田间的小路上走着，思绪远远地跨过了现实，从刚刚读过的什么书里，从偶尔让脚步颠簸出来的一个词里，冒出了些不着边际的幻想。这幻想沿着自己的轨道飞驰着，与现实中的冷与凉，与脚下久行生热的感觉融合起来，成为嘴边上白日梦样的微笑。

一个人沿着田野里的小路走，思绪变得很自由——这种自由是在市内、室内都无从体会的——将脸冻住的寒凉不仅不让人生厌，还隐隐约约地有一种格外的舒适。一个以读书和写作为乐的人，如果能经常有这样的一个人在田野里步行的自由，实在也就应该很知足了，因为在他看来这无疑是人间的至福之享。

在不知不觉的变化中，现在大约只有乡村的田畴才偶尔能为我们提供这么一点点与自然相处的幸福片段了。

第七章
后旅行状态

旅行使我们更爱我们在非旅行状态里的生活,旅行使我们更爱我们的定居之地,旅行还使我们更加珍视友谊,更加看清了我们自己在世界上的位置从而更加谦卑,更懂得生命过程中一点一滴的幸福的可贵。旅行还使我们重新确认了自我在天地之间的处境,少了麻木与张狂,多了满足与平和。得之于旅行的健康情绪,是旅行馈赠给我们的重要享受。

旅行结束以后的旅行

喜欢旅行,习惯于旅行,不仅是为了收获旅行之美,也更是要让旅行激活灵感和创造力,更是为了享受出行本身那种人在天地间的最本真的快乐。出行以后的疲劳感是让人安下心来的良方,消除疲劳的过程可以持续一个下午和一个晚上,直到第二天早晨恢复如初,便又酝酿着再次出行了。这样出行之前的向往,出行之中的快乐,出行之后的恢复,出行的全部过程都是无与伦比的享受。

旅行归来,将自己这一趟行程中的车票门票归拢整理,写上日期和简单的心情……这是旅行之后的一种享受,是将自己刚刚进行的旅行立刻就做了回味,收入了记忆的储物箱的美好过程。

在某一次旅行还没有结束的时候,在返程的车上,靠着车窗望着外面连续不断的山野,虽然依旧非常愉快,但毕竟经过了多日奔波,疲劳在身体内部开始一点一点发酵。双腿上的肌肉麻酥酥的,能感觉到血流在逐渐修复过度兴奋的细胞的全部过程。心满意足的充实和恋恋不舍地回味之余，逐渐地进入一种由疲劳带来的幸福的困倦状态中去了。这时候，突然想起了家中的那几个土豆，禁不住就眼前一亮！

那几个来自西部山区的一座高山的山顶上的土豆。它们一定发了芽，回去以后大约就不能吃了，很可惜。那几个土豆的生长环境属于高寒地带了，春种秋收，地里就只有这一季收获，收获怎样全靠天意。赶上雨水多、气温高就生得好些，不施肥，更无法人工浇灌，是纯绿色食品。也许，挖掉那些芽还是可以吃的吧？挖掉芽洗净，切了，开了火，在自家的厨房里，在自家厨房明亮的灯光下，听着音乐，不紧不慢地做饭，那样的家居时光想来已经是久违了的呢！这，就是牵挂。对家的牵挂。那几个土豆，就是家。而"牵挂"就是旅行的诸多效果中十分重要的一个。

还在旅行中的时候，后旅行状态里的享受就已经开始露出了苗头。离开是为了回来，游览别的地方，在对比之中，往往会产生一种更爱自己的家、更爱自己的长期定居之所的情绪。这种情绪使还在旅途中的我们就已经有一种迫不及待地要回去的情绪，潜滋暗长。

旅行结束以后回到家里，经过旅途的颠簸、经过种种公共场合的自我约束，我们重新回到不打扰别人也不受别人打扰的私人状态。身体得到休息以后，我们会有一种焕然一新的感觉：我们不仅会回味刚刚结束的旅途中的种种甚至当时并没有太在意的场景，还会因为或长或短的离开而更爱我们的家，爱我们的家人，爱我们的家所在的地方；

也更爱我们自己，爱我们自己的生活。这是因为旅行使对比成为一种直接作用于我们自己的感官的心理状态，使长期不出门而形成的身在其中的"不识庐山真面目"的状态得以变换，藉旅行获得了疏离的机会，获得了从远处回望自己的家、回望自己的可能。这样的回望往往能让人在意识到自己的劣势的同时，也更能看清楚自己在对比中的优势，看清楚我们既有的生活状态的难能可贵。

旅行刚刚结束的那几天是最愉快的日子。身体上的疲劳迫切地需要稳定的家庭生活的调养，而原来在家里感到腻烦的一切规律和安静，突然就非常可爱了。浑身上下所有的细胞都在休息中获得着修复，慢慢地喝着热茶的悠闲因为有旅行中的匆忙与劳累做对比而显得是人生最高的享受。而所有这一切身体恢复与餐饮之乐的过程中，实际上头脑里所旋转的依旧是旅行中点点滴滴的细节，是异域他乡的风景和途中的所见所闻。旅行中的那种不确定，那种新鲜，那种每分每秒都将面对前一分钟不能完全设想的情景的期待，都是异常美妙的。与这些新鲜感比起来，困难和劳累都不在话下。所谓新鲜感，实际上对比的参照就是我们在固定地点长期生活的地方日复一日的稳定而漫长、麻木而无奈的日子。

无所不在的静思，会心一笑的怀想，确实是旅行以后的一种普遍状态。静思并常常有所感的状态是美好的。回忆、记录那些旅行的过程，那些些微的思想的火花，那些当初被触动过但是很快就滑了过去的细致的感觉，通过反刍将他们重新找回来,甚至创造出来。风景的印象越来越丰满的同时,自己的心态也就跟着越来越平静,越来越审美了。这是旅行给人的诸多乐趣中的一种。

回味,从来都是旅行的一部分

回望的时候,才更鲜明地意识到旅行的经历总是生活中能留下记忆的篇章。

而也只有旅行才会给人留下如此清晰的记忆,连每一天去了哪里做了什么,甚至是当时的气氛细节都能在多年以后一一回忆起来。奇妙的是,这些记忆都是临时想起来的,从来没有刻意记录过,就已经刻印到了脑子里。这是因为旅行的经历在你的整个生活中都是特殊的,都是不同凡响的。哪怕在旅行的当下不以为然,但在事后,多年以后,却又越发显示出来它们与庸常生活的不同。

旅行使我们更爱我们在非旅行状态里的生活,旅行使我们更爱我们的定居之地,旅行还使我们更加珍视友谊,更加看清了我们自己在世界上的位置从而更加谦卑,更懂得生命过程中一点一滴的幸福的可贵。旅行还使我们重新确认了自我在天地之间的处境,少了麻木与张狂,多了满足与平和。得之于旅行的健康情绪,是旅行馈赠给我们的重要享受。

在以物理位移为特征的旅行结束以后,我们内心的旅行还在继续,继续重复着已经在头脑里重复了很多遍的旅行中的细节,回味着那些细节里曾经被忽略的形状、颜色和声响。这时候,我们因为有了充分的时间而会比那真实的旅行走得更远，走得更细。照片、视频、纪念品和笔记文章，都是关于旅行的回忆的重要线索，也是我们在旅行结束以后无数个把玩着它们的时刻里，重新回到旅行之中去的通道。

对照片、车票、门券和纪念品的整理的过程中的旅行场面的回味，和以游记形式对旅行过程的追记、以谈话的方式对亲友的讲述，都是我们对已经结束的旅行的珍爱，是内心得到了旅行的滋养的健康表征。翻检着这一切，进行着这一切，旅行中的每一个细节都会历历在目，旅行中的日日夜夜的所有都会被放大，以至于我们都会有一种时间长短的错觉，感觉旅行中的时间比不旅行的时间要长得多：不旅行的日子里每一天和每一天都是一样的，一天一天过起来十分光滑单调，几乎不会留下任何记忆；旅行中的时间则被放大，被一分一秒地留下了特殊的记忆。体会到了这一点，就会有一种很明确地增长了的幸福感在我们的心田里滋生潜行，那确乎是旅行结束以后更美妙的一种旅行了。

旅行可以让人上瘾，可以让人恍惚，似乎只有旅行的时刻才是生活；或者准确地说，只有经常旅行才使我们眼前的生活有被感知的幸福感。正是因为有了旅行，才既使旅行的时光美妙，也使不旅行的时光有了味道。在所有不旅行的日子，都在怀念以前旅行时候的细节；在所有还没有去旅行的时刻，都畅想着即将开始的旅行的时光。或者可以用一句比较时髦的话说，就是我们一直处于一种旅行、回想旅行抑或即将旅行的状态。

　　旅行以后的思索与总结，使人意识到，貌似无用的旅行是可以协助人在日常生活的缝隙里逐渐建立起自己的精神世界来的。而没有精神世界的人，没有精神追求的人，没有为自然画像（不一定是在画布上纸页上画像，更多的人是心灵中为自然画像）的由衷的使命感的人，不管他曾经是多么吃苦耐劳、多么兢兢业业，到了老之已至的年纪的时候，生命的活力也会陡然下降，对年轻时可以饶有兴致的远足和登山之类需要较大的体力付出的行为于不知不觉中就疏远起来、漠然起来。他们的表情越来越像橡皮，心灵日渐枯萎，行为中那种连因为无聊而呐喊的无奈都没有了。如果没有旅行的滋养，如果没有可供回味的跋涉与领略的旅行经历的背景，人生的暮年就会显得格外的寡淡。

　　旅行不仅在过程中给我们以眼目之愉悦，更在尘埃落定以后逐渐成为我们日后生活的背景；多一次美妙的旅行，就能让我们生命中的岁月里多一份可供怀想的景象。旅行的经历，一点儿一点儿地拓展了我们有限的视野与生存空间，甚至思维领域；更给了我们辽阔得多的生存背景，让天地之间适宜于人类生存的世界可以更丰富地呈现在我们始终受限的生命历程中，从而获得了解以后的满足与审美之后的幸福。

旅行给予我们生活的背景

旅行中的所见——除了景点里的所见以外更有沿途所见——累积成我们某一时期日常生活的背景，在发呆发愣或者早晨将醒而未醒的蒙眬时刻，自然而然地从大脑的潜意识层次里浮现出来，成为我们白日梦样的徜徉与向往之境的背景。为了这种显现和背景的丰富，我们需要目标明确的景点旅行，更需要没有目的的漫游。

背着睡袋和防潮垫在比萨斜塔下的草地上吃随身带着的午餐，周围游客们的随意与灼人的骄阳使人在这样过分热烈的环境里，很有了一点儿看看热闹的兴致。热闹无处不在，身边的两个年轻女人旁若无人拥吻，使一向被认为没有围观习惯的西方人频频驻足，连带着让我们也不舒服了，起身离开了那自由的表演者与同样自由的围观者组成的现场。

离开熙熙攘攘的旅游点，慢慢地在比萨城里古老的小街道中走着，狭窄拥挤的建筑和潮湿阴暗的气氛是古老的城市的普遍氛围，所不同者只是比萨城被保存得更纯粹，更接近它几百年前的原始模样。转过一个小门，一个敞开式的院落呈现在眼前。一圈走廊上的每一间宽大的屋子里都人来人往，院子中间的草地上更是坐着一片年轻的男女。这里是比萨大学！与我们印象中那种有门卫、有门楼的宽敞的大单位场面的大学比起来，这所大学的结构给人留下的印象实在太深了。

场景转换到几年以后，某一天的某一个时刻随便从书架上抽出来的一本《牛虻》来。小说开始的场景就是比萨城的古老的街市，第一句话是："六月，一个燥热的夜晚，比萨神学院图书馆的窗户全都敞开着……"然后有又描绘："二百年前，这个方形的院落装饰整齐、典雅，笔直的黄杨树围篱边上栽种着一丛丛精心修剪过的迷迭香和欧薄荷。现在，那些栽培它们的白袍修道士被埋葬了，被忘却了，但芳香的药草在宁静的仲夏夜依然盛开着鲜花，只是不再有人来采集它们去配药了。"

这些文字一下就让自己想到了当年在比萨城里的小街道上偶然走进的比萨大学的景象。旅行中那个短暂而倏然来去的印象在这日后的阅读中突然被激活了，让人获得了一种只属于自己的秘密的兴奋；仿佛自己已经在那个曾经的现场里，经历过了亚瑟和蒙太尼相处温馨的那一幕。这样行万里路与读万卷书的巧妙结合的点，对万里路和万卷书两方面都有着互文意义上的助兴意味；坚定着我们走更多的路，看更多的书，从而获得更多的精神之享。

这是旅行过程中遇到的景象在日后被重新激活的一个

例证。这种激活往往会让人兴奋，让人在艺术的或者生活的触及之中再次将记忆复活，从而获得一种认知的满足与回忆的隽永。

我们大约都会有这样的经验：每年春天的旅行，都会成为这一年里生活的背景；正如秋天的旅行会为冬天里的清闲增加最直接的回忆与回味的材料一样，春天的旅行也会在这一年的忙碌的缝隙里，时时成为自己出神时候的一种取之不尽用之不竭的重温与想象相糅合起来的神思异在的源泉。

1992年，在唐县青虚山上，正举行三月三的庙会。四里八乡的乡亲扶老携幼，跋涉而至，灰蓝色的衣裳对襟褂子，布鞋、解放、鞋胶鞋，还有混合着好奇与不知所措的目光。在过早升高的气温里，他们普遍的冬天装扮让汗水不期而至。孩子们马上解开了怀，老婆婆们不停地擦着额头……

对于他们之中的大多数人来说，这是一年之中，甚至是很多年之中的唯一一次旅行，以非实用的精神的目的进行的旅行。在春天的时候离开从来都不离开的家，搭着伙坐着拖拉机颠簸而来，到山上烧一把香，还一下愿，保佑自己一个或者几个具体的生活目标，然后再坦然地踏上回程。在以后这一年之中，每次想起春天这登山拜神的情景，都能心安理得信心十足地面对即将开始的生活。

在另一个春天里，站在山冈上俯瞰元氏西南从南佐到北正的小公路、从旷村到北正的小公路，两条小公路在雄伟的太行山山脉前的丘陵地带里分别起伏着,连接起一个个村庄。而所有村庄无一例外都选择了河流谷地边缘上的高地,居高临下地俯视着一切:道路逶迤,树木迤逦,后有高山,前有平原;俯瞰之下,广阔遥远,秩序井然,人类生活的场景历历在目。开着摩托车在这两条从未涉足过的地方奔驰的情景已经过去很长时间了,但是记忆并未稍有淡漠,反而越来越经常地出现。

旅行所见的地理环境,常常在某一个不期然的角度上与你心中自己都不清楚的审美期待相吻合,调动起你沉睡的感觉,让你望见自己其实喜欢的梦想的就恰如眼前的景观;眼前的景观或者还有缺陷,但是无疑已经为你心中的审美的期待提供了最重要的线索。

这种梦寐以求的景象自此就成了自己生活的背景,成了一幅永远挂在自己的心灵深处的风景画。每个人的旅程都为其自己的人生建立着这样山水的背景。不管你意识到还是没有意识到,一旦你对一个地方有了这种独特的不可复原重建的(这一点非常奇怪,但是绝对正确,正如人和人的面貌之不同)审美感受性的概念,你对这里的一切就都有了一个定位,从此你在心理上就有了一个并非东南西北那么简单的精神背景的方位。

精神的方位与地理的背景有关,这个结论是经验的总结。素常不旅行,只在城市地理的范围内生活,在墙壁和墙壁之间忙碌和活动的时候,这种我们内心所喜欢的山水的背景、地理的背景,一直悬挂在那里,成为我们未免狭窄局促的人生的一种合理调适，给我们以安慰：尽管现在很拥挤，但是远方有着那样的广阔和起伏，有着那样的树木和道路，我们完全可以在任何一个需要的时候去行走其间，自由地呼吸，辽阔地徜徉。

走过一片土地，穿越一座城市，对于那里的山川地貌，人们的行为举止，甚至街巷的细节都有了具体的个人化的记忆后，无论是在新闻事件中，还是在阅读与影像记录中重新遇到这个地方，就都有了一个只属于自己的地理理解上的参照系。从此这个地方对于自己来说就不再只是一个概念，而成为有方位、有气息的，可以被一下子就调到眼前来的存在了。

一个旅行中的夜晚，住在香火很旺的柏林禅寺。下午关了门，游客一下子没有了，寺庙里庞大的寂静安详重新占据了所有的角角落落。夜课以后不少人都排着队去旁边的鼓楼去看打鼓的仪式去了，自己坐在钟鼓楼旁的大殿台阶上，身心都沉浸在环境营造出来的如水平静之中。前面的古柏林树冠的部分已经出现了一些枯枝。那些枯枝钢钩铁股一般地在蓝色的夜空里画出了清晰的线条。鼓声陡起，切近而悠远，真实而虚幻，起伏之间都是让人纯净起来的微妙节奏。那个时刻似有所感，也究竟还是没有任何能抓摸得到的准确语言来描绘那些倏然而来又倏然而去的感觉。眼前只有古树、飞檐、夜鼓，又像是没有任何具象的存在，人就被悬到了空中，悬到了从儿童时代开始到现在就一直没有停止过的无数的梦幻里……

旅行所追寻的其实就是这样一个迥异于旧有生活场景的瞬间。在这个相对于个人习惯的生活是异样的瞬间里，我们将既往的生活节奏做了停顿，呆呆地凝视着，无话可说地微笑着，往往可以透过差异性而望见永恒的痕迹。

这就是游历给一个人的赠予。正是我们在大地上的游历，使环境成为一个在我们的头脑里有了具体形状、具体味道的方位明确的系统；它使我们心明眼亮，使我们逐渐变得越来越不混沌。而活清楚，从某种程度上讲，也就是人生一世的一个主要目的呢。这么说来，游历就与人生的目的挂上了钩，成了一种生命里的必需。所有到过的地方，所有经历过的自然场景，如同一个人的社会阅历一样，会自然而然地形成他的生命潜意识，成为他的人生背景。越早使这个背景丰富起来，无疑就会越早地让人生更多地接近这样幸福的时刻。

旅行的文本

在战争中，统帅总是站在地图前，不管是进攻还是后撤，调动部队使之旅行——如果那也可以称为一种最为极端的旅行的话——起来的根据，就是地图。而更多的非那种极端状态的旅行，地图也都是不可或缺的依据。欧洲的城市与乡村的公共设施是普遍比较完备的，其中一个重要的设施就是位于火车站或者村前路边上的本地地图。区划街道、交通路线、地形地貌等信息一应俱全，让即使是初来乍到的外人也一目了然。在欧洲旅行，尤其是骑车旅行，如果不随身携带地图的话，还是有可能大略上完成在旅行之初制订的方向与目的地的规划的。因为每走到一个人类聚居地都会有一份公用地图矗立在公共场所，你都可以凭着记忆和在小本子上的简单记录而继续前进。当然如果可能的话，最好还是随身携带一本尽量详细的地图，那样才能做到随时随地心中有底。当然在今天这个时代，一部手机在握，已经可以解决包括地图在内的很多问题。

在人类漫长的历史中，地图都是旅行文本中最为直观的形式，也是一种最为常见最为实用的旅行指南。一图在手，行走异域的时候就可以按图索骥，心中有底，什么方向，什么交通方式，哪一趟车，都了如指掌，实在是最佳的旅行指导。很多旅行者都有到了一地方先买地图的习惯，而且用过以后往往还会小心地收藏起来，将地图作为旅行的纪念。

地图是建立旅行者自己心中的地理概念与方向定位的基础和凭借。事先读图可以心明眼亮，旅行中读图可以及时矫正方向，旅行结束以后读图则可以总结行程中的得失，明了抵达与未抵达的地域形势与特征。也正因为如此，地图具有百看不厌的性质。即便在非旅行状态里，只要展开了地图也就同时展开了想象。去过的地方在地图上重新被确认，没有去过的地方由着地图上的标记而在头脑里形成自己的想象，那些想象既有到达过的最接近的地方的印象，有那里向这从未到达过的地方的延伸，也有着根据自己对那里的物象的介绍而大胆设想出来的场景。很多时候，只是凝视着一幅地图，就可以让人仿佛进入一种类似白日梦一样的长时间幻觉状态里去。

在手机上网时代之前的漫长历史中，地图都是作为一种旅行者在旅行中的标志，常常能让我们在稠人广众之中一眼就看出哪一个是旅行者；不过在很多大城市，即使是本地居民，在乘坐地铁和公交的时候，在寻找一个单位和一个小小的门牌号的时候也不得不手擎一份当地的地图。地图作为一种最为实用的旅行文本，几乎是和人们贴得最近的一种印刷物了。很多地方的正版地图,原来是每年一版,后来半年一版,三个月一版;然而不管时间间隔得多么短,也消灭不了盗版地图的市场。盗版地图固然有其成本低的优势,不过也侧面证明着地图这种文本形式在人们的日常生活中是多么多么重要。

地图之外,另一种十分重要的旅行文本是地方志。这是一种对应着一个地域的地理与历史的大全式书籍。编辑出版地方志的传统非常悠久,甚至各个历史时代里各地的文人中往往正是靠着这种地方志书的编纂来表达自己的人生、来度过自己的生命中最有价值的时光的。地方志可以作为地方性的旅行介绍文本来读,其中的地理历史、风物传说、特产土产等内容都是一个地方纵横各个方面的既有广度又有深度的精炼概括与总结。

地方志所对应着的是一种对某一个地方做相对长久而深入了解时候的需要,是旅行之前、旅行之后或者旅行中长时间停留的状态里的平心静气地琢磨与研究的读本。如果用旅行中的行与止的节奏来对旅行文本做一下对应性的规范的话,地图无疑是对应着"行"的状态的,地方志对应的自然是"止"的状态。

地图和地方志作为诸多旅行文本中的两种,只是从一个与旅行有关的角度上切入的分类法中随便涉及的品种。以更为广阔的视角来看旅行文本的涵纳,则有诸多更有意味的甚至是更私人化的形式。比如不唯内容,只是在旅途中购买的书籍与装订的或者不装订的纸品;比如个人在旅途中记事的小本子，等等。它们不仅与旅行有关，更与旅行这种诗意的人生方式中的诗意有关。

在旅行中，到了一个陌生的地方，只要这个地方没有给人特别的恶感，总愿意到它的书店或者旅游点儿上买上一本两本的书，翻开扉页，写上时间、地点和当时的一点儿心境，以为日后偶然地翻阅留下一个埋伏。设想很多年以后的什么偶然机会里，再在书架上翻到这本书的时候，有一个事先未必料得的仿佛凭空的收获，一个可以由此进入回忆的窗口。这书本扉页上的短记，就是对当年的旅行细节的回忆线索。而如果那书还是关于当地风物与历史的独特文本的话，就更加深了一层具有实践意义的体认。这是预购幸福的方式之一种。

然而，行万里路读万卷书，说的是两种并不并行的状态。读万卷书的时候不容易行万里路，行万里路的时候也很难读万卷书。旅途中买的书在旅途中很难有时间观看，一般都是作为旅行结束以后的资料与纪念了。阅读如此，书写就更难与行路得而兼有了。真要在行路状态里进行书写，那书写其实是很难有非常周到细致的笔致的。当然，在旅行中随时随地地做笔记无疑是一个非常好的习惯，而在旅行之中也只有时时都能停下来，掏出笔记本来，才能捕捉到思绪的流转和感触的细微之处。所以，好的旅行，一定是可以随时停下来也经常能停下来的旅行。在随时能停下来的旅行中，我们才能拥有比较从容的心态，才能抱着一种观赏的态度对待旅行中的一切，那是一种时时处处的观赏，观赏周围，观赏自己在"周围"之中的状态。

　　自己一直对能发挥这种作用的小本子有一种孩子式的喜爱，曾经一下买了十个用来在旅行中记事的小本。一个两个三个四个五个六个七个八个九个十个，三个月一个的话，可以有一两年的供应了！一会儿摸一摸，一会儿看一看，什么时候摸什么时候看，都让自己又高兴一下子！这十个小本的开本大小适中。这一点很重要，也很难得，既能记录不太少的东西，又不能笨重，不能装不到最普通的兜儿里。这样的大小和厚薄非经过长期的使用体验，是不能判断出来的。而更小一些的是留给夏天的时候用的，那时候穿着很少，兜儿也很少，更不愿意带一点儿多余的东西。抚摸着它们大小适中的开本和纸页挺括的内页，体会到了一种爱不释手的愉快。想象着在未来无数个春夏秋冬的漫游过程中携带着它们、使用着它们的情景，就像因着这小本而置身了那些审美的情境。边走边记的快乐，是自己人生的一种标准审美状态。这种状态的中心，就是这小本。它将随时随地地记录自己在那种长歌般的漫游之中的感受，记录保持着高水平的兴奋情绪的微妙变化，记录那无边无际的享受的种种细节。它经常就是这些林林总总的美好状态的物化象征，甚至在事过境迁以后就是那享受本身！

　　旅行中的笔记和旅行中的感受一般来说都是成正比的。旅行有没有感觉，有没有值得书写下来的感觉，有时候并不以走得远近为唯一标准。走得太久，日程太满，反而大脑空空、一无所有的情况并不鲜见。旅行感受和记录，和旅行中的休息、特别是那种具备书写条件的休息相关。甚至还会给人以这样的错觉，似乎休息多长时间就能有多少文字流淌出来，只要握笔于小本子上，文字便可以几乎是自动地源源不断滔滔不绝一般。如果将旅途，将外出的闲暇时刻都作为身在图书馆中的状态，动静结合，常有所读，常有所记，而旁若无人，我行我素，实为人生状态之化境也。

旅行中如果经常可以坐下来，就会经常有书写的机会。坐在椅子里、坐在亭子中、坐在石头上获得的视野基本上和孩子身高的视角所见类似：贴近大地，视野因为仰望而让周围的一切更显得无边无际。所谓看不尽的大地、望不断的天涯，此之谓也。这也是孩子们特别丰富的联想和想象的视觉基础，是他们直观的思维方式的根据。让孩子有机会置身到这样的开阔无垠的环境里来，对他们的身心两方面都极其有益。

即便是成年人，在户外，在自然之中，当以这样坐在椅子里的视角看周围的世界的时候，也比开车或者骑车的时候因为视野更高远目标也更远大，比一味地在丈量大地似的一日千里导致的心有不居的非稳定性要来得幸福和愉悦。

旅行过程中在这样以稳定视角在小本子上的临时性记录，固然可以提供很多日后的书写游记或者进行回忆的线索，但是要想真正将旅行用文本的形式做有长度、有意味的刻画与描述，还是要等到旅行结束以后。因为即使只是一个习惯于出门跑的记者或者摄影师之类的人，只要他没有更多的时间伏案，心就很难静下来，很不容易进入心无旁骛的平静而细致的书写状态。因为外在事务性的烦琐不仅有烦人的一面，还有吸引人的一面。你一旦让自己适应了它的琐碎，也就心安理得地不再将阅读与书写的平静置之脑后了。所谓"浮"着，并不是总有事，不是时时刻刻忙得不可开交，而经常是有了空闲也坐不下来，坐下来也想着别的，不想别的也就想直接躺下睡觉了。不浮的状态，沉静下来的时候唯有旅行结束以后了。

旅行结束以后，关于旅行中的一切，关于旅行所引发的思绪，无形的纪念与记录都在我们心里，不必言说就能浮现，每有会意则不免心中窃喜。不过这种心中的记录往往会随着时间的日渐遥远而产生自然的淘汰效应，会将细节模糊甚至遗忘，只把感受最深的东西留下来，留下来成了我们日后长期生活甚至是我们一生的背景。而对于旅行的有形的文本形式则多种多样，游记、照片、视频、博客、微博，还有现在的即时通信软件、自媒体、小视频，私人性质的与公共性质的，只给自己看的，与可以让所有人看的，林林总总，不一而足。

人类的记忆是有着一种自动筛选功能的。关于旅行的记忆，也会在那些旅行的景致中筛选，一种不由自主地将灰暗、晦暗、不如意的东西漏掉的本能，使我们在记忆里夸大那些片段的零星的甚至一闪而过的明亮感觉而不及其余。一次旅行，过去一两年以后甚至几个月几十天以后，我们头脑中所剩下的就仅仅是那一两个瞬间的情景了。而那一两个瞬间，可以肯定都是美好的。这样虽然于身心不无益处，却也遮蔽了旅行的真实性。所以在旅行结束后及时进行游记写作就成了一种最好的补救。

游记是一种历史最为古老也至今最为旅行者所青睐的旅行文本，游记对旅行的记录因为可以顺着时间的线索顺理成章、按部就班地将所有旅行中的所见所闻和诸般感受一一记录在案，可以满足旅行者对旅行过程的钟爱情结，可以在事后的翻阅里提供一个又一个肯定会随着时间而淡忘的细节线索，所以最受青睐，是与旅行者和读者最为接近的旅行文本。游记作为一种旅行文学的体裁曾经成为一种蔚为大观的文学样式。古今中外都出现过大量的游记名篇，很多著名作家也都有写作游记的经历，如苏轼、华盛顿·欧文、三毛。

但是很多人所写的游记文字，多为行程的流水账兼资料查询以后的掉书袋，少有个人化的感受，更少属于作者自己的生命气息。剪切粘贴一些名人字句便成了全部的描写与感受，最多是立足其上再发一番当年如何如何如今如何如何的感慨便已经是了不起的多愁善感了。所谓游记写作存在的问题，在这样的文字中是显而易见的。

即便没有这么不堪，也因为游记个人记述的私人性质，往往与公众浏览的阅读期待形成一种繁简失当的矛盾，从而使很多游记成了面目可憎的文本形式，以至有很多人号称自己是从来不看游记的。游记的作者，也就是旅行者常常有一种情结：向别人宣告以后才更自足，游记博客、旅行小视频之类的个人媒介的一大功能就是表演这种宣告的姿态。而很多读者本能地就对这种宣告姿态不以为然。

在这里，似乎应该区分一下那种以游记形式为文学体裁的创作与纯粹个人游览记录的私人化的写作。对于前者的阅读期待有一个标准，对于后者则另有一个标准。对于前者读者完全可以要求其简洁与有张力，能在有限的篇幅里提供无限的文学享受；对于后者则要首先承认其私人记述的性质，要明白其记录的最初目的并非要给谁看，而只是对自己的经历的忠实刻画与书写而已。有了这样的阅读准备，对于游记中难免的琐碎也就有了容忍度，甚至还往往能在那样的字里行间看出作者的脾气禀性与兴趣爱好来，反而自有一番乐趣在其中了。

所以我还是爱买旅行类的书，一是爱好，一是感觉轻松：庸常人生未免一直活得沉重，但是抚摸着关于旅行之书，一般来说都是比较轻松的时候，心情比较好的时候，生活比较不被没完没了的外在琐事干扰着的时候。

读游记，既是对他人于旅行中的观感的了解，也是自己日后旅行的一个根据。游记记事抒情结合，实用想象兼而有之。当我们理顺心态的时候，它也就会自然呈现出一种美学景观来了。

游记除了记录旅行者个人化的行程与心路历程以外，还会很自然地记录以旅行目的地为长久居住地的人们的生活。那里的风景与生态，那些似乎可以永远地重复下去的风雨阴晴春夏秋冬,自然而然地成为游记的描述对象。旅行者深入话语权利或者叫作话语能力不张的所在,为他们发言。他们在各个时空的表现经常为媒体单一化的声音所遮蔽,让人觉着好像只有电视画面里的、收音机里的、报纸上的东西才是唯一事实。其实生活的丰富性是无穷的,旅行家这样为他们发言的时候,一如自己也成了一种媒体。

曾经在一个历史阶段,关于旅行的发言阵地,基本上都在旅行网站。旅行网站是一种空前方便的旅行信息全面而及时的载体,照片和视频一般都占据了其重要的页面。图文集合,各种信息一览无余,直观而生动。但是与图片比起来,文字性的介绍或评论却普遍不多,有些简略的介绍也都是从过去的文字文本里复制来的,鲜有原创。后来随着手机上网发展起来的自媒体文章和小视频,则有过之而无不及。虽然文字减少到了最简略的程度,但是照片影像等也依然可视为游记的变种,它们都是游记性质的文本形式。如果说有什么不同的话,是比传统的文字游记更直观,更方便不具备文字能力的人使用,从而更具广泛性;更及时,更鲜活,可以让更多的人看到,让更多的不确定的人看到;可以更长时间地被保留和查询,复制与粘贴、上传与下载都易如反掌;可以最方便地纠集起有着共同爱好的人,并成为一种社交方式。这种方便直观的副作用就是草率,没有深度,只求新鲜不求深刻,而其形式本身中所蕴涵着的将个人的形象与风景结合并广而言之,以展示自己骄人的成绩的自我表扬甚至自我炫耀的成分也就更其强烈了。

所有旅行的文本,都是在旅行结束以后更具有安静的品质与回味的魅力的。它们往往会成为旅行结束很长时间以后,让我们可以睹物思人,对那次旅行做最具体的回想的时候的一个最为有力的起点。旅行的文本是人们在后旅行状态里重新抓住旅行的一个把手,通向过去也通向未来,更通向我们的内心的门。

后　记

人生就是一次旅行

深秋的中午，在石家庄的西北郊，在河水与果园的间隙里行走，沐浴在这样的氛围里：绝对没有风，梨树黄红的叶子颜色很暗，地上满是落叶，枯了的小枝安静地躺着，新生的小草在高一些的枯草的掩护下显示着异样的绿色。杨树比一般的树还是要持久一些，还有些叶子在树枝上顽强地坚持着。

在这样的地方步行着，推着自行车行走，一边走一边听收音机里的长篇小说连播节目，讲王洛宾，讲马占山。那种谈不上高深和富有诗意的句子，如果是阅读的话，是提不起你的任何兴趣的。但是，在听觉上，在经过播音员加工过的抑扬顿挫中，我就会由着这声音的牵引而想起儿时的岁月，想起遥远的和眼前景物没有任何关系，而眼前的景物又确实帮助了你的这种想象的一些东西、一些场景、一些情绪……

这也是旅行，这是旅行的时候才有的快乐。那种不是发自内心的会议旅行，那种呼朋唤友的到外地去吃喝的旅行，那种不太想去而最后因为种种原因不得不去的旅行，其实都不如这一个冬天已经降临了的季节里的一次时间是中午、地点是郊外的果园的步行。

每次出门，不论远近，哪怕是回一百三十多公里之外的家乡保定；不管以何种交通方式出发和抵达，都是对自己感觉的一种激活和唤醒。

旅行过几次以后，一些人就会拿出几句口号来标榜，比如：世界尽头才是家。仔细想想这句口号不是完全的自豪，而是有着一种自嘲的意思在里面的。地球是圆的，世界尽头不存在，走着走着就能走回你出发的地方。尽头可以是任何地方，地球上任何一个点，甚至就是你还没有出发的脚下。

而出门确实能将人从原来习惯的状态里一下拔出来，用一种全新的环境和生活将自己刷新一下。让自己再次真切地体会到，人实际上有体验多种多样的生活环境与生活方式的可能性，人存在在这个世界上的可能性几乎是无穷的。好像已经走进了死胡同的麻木感会在出行伊始就烟消云散，一扫而空。纷至沓来的视觉、嗅觉、味觉和听觉，还有貌似与这些感觉没有什么直接关系的联想和想象，都源源不断地涌现了出来。不仅人在旅行，在位移，思想和精神也跟着起飞、翱翔了起来。

车窗外匀速后退的铁轨和大地，一下就将平常看不见的时间的形状清晰地勾勒了出来，让人一直盯着看，一直有望之不尽般的逝者如斯的感慨。

人生至少尚有一种幻想,一种很可能实现的幻象,一种等待自己去实现的幻想,埋藏在日复一日的庸常生活之中:骑车穿越村庄城镇,自由行止于季节之中,不问前程地一直向着那些从未抵达过的地方而去……

感受从来不因为隆重或者奢侈而有所偏重,人和自然之间的交流恰恰相反,经常是在朴实和本分、简单和平常中实现的。当然,如果外在的旅行原因符合了我们内心的要求,那是最好不过的了。既合了同行者的意,又能赏心悦目地完成自己内心的旅程——当然这后一点肯定是要打折扣的,因为内心的旅程从来都是很害羞的,它只喜欢安静,有了热闹它就走了。

成年以后的人生,其实每天和每天的生活都是很相似的。如果不做物理位置的转移,如果不去旅行,再不读书,那每一天其实与每一天都几乎是一样的;除了生命在逐渐消失的事实以外,少有变化,近于枯乏。在毫无意义的状态下,没事找事、惹是生非、自寻烦恼之类的无名病就会时时袭扰。

这就是我们为什么要学习的原因。学习其实也是为了生活,不为了别的,只是为了自己生活得更有意义,更好。如果你有了文化,而且养成了阅读的习惯,在不能做物理位置的移动的时候,我们的精神就可以在书本里遨游,做物理位置并不移动的精神旅行。

生活多不理想,人生如此艰难,我们为什么还要说什么旅行呢？其实正因为现世人生的不如意，我们才更应该将旅行放到自己的生命计划中的一个重要的位置上。我们可能还做不到那种将旅行很天然地融合到生命之中去的自然而然，也应该能有意识地让自己能经常从现世人生的不如意中抽身出来，投身到旅行之中，体会人生中那一片风姿绰约的广阔领域。

人生就是一次旅行，这次旅行的颠簸与停顿都有其必然的节奏。为了旅行的顺利我们会做种种努力，为了身心健康以便将旅行进行下去，又需要各种各样的调解与舒缓之方。在诸多有益身心的方式方法中，旅行，具体的位置移动意义上的旅行，无疑是其中一种尚好的选择。以物理的方式进行着的却是精神上的耕耘与享受，这是旅行的奇妙之处。

小时候，在标语和口号之外也看见过一些风景的画片。在父亲陈旧的笔记本（这些笔记本里的一些还有空白页的，都给了我当作业本了）里，有一些风景的插页，好像是雁荡山；在某一年的年历上，有一座铁路大桥下面都是盛开的油菜花的《祖国新貌》；在歪歪扭扭的烟囱后面的老师办公室的墙上，有伟人坐在椅子里看着风景捎带着也就有了风景的大照片。后来风景和服装、卷发一样都不再是资本主义了，于是就突然多了起来。快过年的时候，在新华书店或者那种熙熙攘攘的集市上，就总是有花花绿绿的一大片。风景多了，就不如少的时候那么铭心刻骨。但是毕竟是新鲜的，虽然每一幅画面被凝视的时间不像原来那么长了，可是"见多识广"的快乐也确实是难得的。其中，那些被买回家的风景挂历被凝视的时间自然最长，很多画面都已经融化到了血液之中。后来的岁月里，在那个风景所在之地，突然置身于挂历中的图片所取的那样的角度里的时候，就会浑身一震：那种激动以后的释然感觉，就像是转向转了很久的人突然不转了，突然就明白了自己在地理上的坐标位置。哦，原来就是站在这里照的相啊！那么神秘、那么伟大的画面怎么会就只是如此呢？或者那个时代的污染很小，或者那个时代就真有什么神光的环绕？现实中的景色是朴实的，是被污染以后无辜地垂着头的。仿佛拍摄者已去，景色的光彩也无。在没有神光的景色里，我们的呼吸是平静的。待久了，那流水和叶摇就会使你悟到：景色从来就只是景色，变了的是人心。当一颗心永远和景色融合的时候，它就再也不会变了。

对风景的向往，直接导致了对地理的热爱。曾经有一个相当长的时期，总是将新闻中发生的重大事件的地点作为自己地理学习的最好线索，进行不断的查找与记忆。可惜那时候没有互联网，图书馆也尽付阙如，想查点东西，哪怕只是最简单的地理知识，也只有一张中国地图和一张世界地图这么两张图。即使在图上找到了重大事件或者重大事件正在那里发生的小点儿，也再无别的信息可知。不知道那里的地理、山川与物产，只能就图上相邻国家与地区的名称获得一点点可怜的地理定位方面的简单知识。

求学时代对于地理的热爱使自己一度认为自己只对

大于等于人的东西感兴趣，大于人的是天地自然，是植被动物，是地理万物；等于人的也不过是某些具体的人，而不是一般意义上的人，尤其不是一般意义上的碌碌之人。一个没有方向感的人，一个没有地理感觉的人，一般来说也都少有哲学思维，少有宏大的涵盖天地和人生的通透性的思索。一般人也就无所谓了，可悲的是许多号称作家、艺术家的人，也居然是这样的人。这一度使年轻的自己很是不以为然。不过，随着阅历的增加和宽容的理解力的建立，逐渐明白所谓人文地理的理论与个人实践，不单单在于给予我们一种观察地理的方法，而更是阐述一种观照现实人生的途径，它代表了一批热爱地理、热爱人生的人关照这个世界、观照人生的方式方法与审美倾向或习惯。这个理论在一定程度上表达了他们的趣向，而他们的趣向也肯定在丰富着这一理论及其他类似的总结归纳。世界气象万千，不走这一套路数的人，还可以有别的路数去走，不能因为途径不一而生歧见。

而在气质上、在爱好上、在思维的路数上有热爱地理、热爱旅行倾向的人，在书本知识之外构建个人的地理感觉与地理架构的人生过程中，不行走，不漫游，不知道几十公里以外的某处的地理细节——这地理的细节包括地形意义上的细节、气候意义上的细节、植被意义上的细节、人居意义上的细节等——不知道那样的细节，在固定居所的栖止就显得十分含糊不明，人生状态就不够清晰，甚至会有分不出东南西北的转向的人的那种浑浑噩噩。对一个具体的人来说,世界不是存在的结果而是认识的结果。也就是说你不去认识你周围的那一处地理细节的话,你的世界就少了一块。自己的世界,比别人少一块,总是遗憾的。

对一个热爱地理的人来说,任何一次出行都是莫大的享受。到达以前曾经到达过的地方,可以在前后两次或者多次的到达的对比中加深印象,享受对变化着的地理进行认知的快乐;到达没有到达过的地方,则会为自己建立起新的地理认识,扩大世界在自己头脑中的存在。这两种到达都是令人兴奋的,而那到达的过程中的感受,过程前后的想象和回忆,也都是整个享受中可以进行细分成不同段落的部分……

人到中年,诸多欲望都已经变得淡薄起来。如果说还有什么热切的向往,或者准确地说还有什么能让自己像年轻人一样身心皆跃跃欲试地想着的事情,那就是去旅行了。这个旅行不是通常意义上的去风景名胜里随团而行,而是去任何一个自己以前没有到过,或者虽然到过但是没有来得及细细地转过的地方。所谓细细地转,就是骑车在它周围慢慢地体会,到它周围方圆几十公里的范围内一点一点地徜徉,像长期居民一样地把周围的山川地理做详细的各个角度、各个季节地观察与记录。那里的乡风民情,那里的小吃美食,那里的言语举止,那里的树木植被,那里的天气风云,那里的一切一切都是新鲜的,对自己来说都是崭新的,仿佛新生一般的感受会扑面而来,应接不暇,源源不断。兴奋可以一直持续,一直持续,等相当了解之后再做转换，去另一个新的地方，一个同样没有到达过的地方，去重新开始新一轮的感受……

这样的关于旅行的想象，一直是自己一种潜藏在心里的欲望，等待着一个恰当的时机去实现；它成为现在所有事情的背景，成为一种人生还有所求的目标。值得庆幸的是，在充分确认旅行的人生观价值观支配下，自己有很多时间和精力都用在了一次次或长或短的旅行之中，在旅行中与旅行后的观察与书写过程中也就逐渐积累了不少的感触。现在这本书，就是这些感触的集合。整本书的结构和框架，是把关于旅行的领悟与哲思，把旅行中的浪漫主义感受，都安排到了一个旅行的技术性文本之中。从开始到结束，尽量观照着旅行中的细节，在一个个细节上展开自己的文字诉说与情绪泅润。有感而发，有话则长，无话则短，或有谬误，却都出自真感受。

人生在继续，旅行也在继续。这是向前、向后、向自己的内心都张望了张望的，一个小结。